JN058727

「かっ……はっ……」
「フンッ」

ブタオ
（成海颯太）
成海颯太の肥満状態の姿。
現在“動けるデブ”に
頑張って進化中!?
成海華乃《なるみ・かの》
小柄で可愛いブタオの妹。
戦闘の才能はピカイチの
スーパー元気系美少女。
早瀬カヲル《はやせ・かをる》
ブタオの幼なじみ。
ブタオに起きた変化に
戸惑うが……？

成海颯太《なるみ・そうた》
主人公。普段はデバフスキル「大食漢」の影響でかなりの肥満体だが……？
大宮 皐《おおみや・さつき》
生真面目な委員長気質で、皆に好かれる善人。
新田利沙《にった・りさ》
知的な眼鏡美人。なぜかブタオの本性を知る……!?

「ねえ。
成海《なるみ》颯太《そうた》君って——もしかして。
災悪《さいあく》クン……だよね？」

災悪のアヴァロン

〜学年最下位の"悪役デブ"だった俺、
さらなる強化で昇級チャレンジ
&美少女クラスメイトと
チーム結成します〜

2

Author
鳴沢明人
Illustrator
KeG

口絵・本文イラスト　ＫｅＧ

FINDING AVALON

—— The Quest of a Chaosbringer ——

CONTENTS

第01章 ✦ 10階へ①

「それじゃあ、最後にあのスケルトンが撃《う》ったスキルは対空スキルなんだ」

「空中にいる対象に当てれば高確率でクリティカルダメージになる対空カウンタースキルだな」

ヴォルゲムートとの激闘《げきとう》を終えた後、２時間ほど気絶したように寝《ね》てしまった。そして目が覚めたら異常な空腹により再度気絶しかけた。今も足に上手《うま》く力が入らないため、妹の背に負ぶさりながらダンジョン内を移動している。

ブタオの身体へ転移して以来、一応俺《おれ》なりにダイエットは意識しており、最近では入学式で穿《は》いていたズボンにも少しだけ余裕《よゆう》が出てきていた。このままいけば半年後くらいには80kgくらいまで体重が減らせるのではと期待を抱《いだ》いて頑張《がんば》っていたのだが――あの骨との戦いの後、寝て起きたら驚《おどろ》くほど細くなっていたことに気づいた。

これまでは極度に太っていたので標準の細さというものを忘れていたけど、腕《うで》や腰回《こしまわ》りを確認《かくにん》してみた感じではほぼ脂肪《しぼう》がなくなっており、着ている服や防具が伸《の》び切っているようにダボダボになっていた。今はベルトで要所を締《し》め直している……が、異常な空腹に襲《おそ》われたため妹の背にのりながら持っていた携帯《けいたい》食料を食い続けていたら、またきつくなってきた。

どうやら元の太った状態へ急激に戻《もど》ってきている模様。それこそ、まるでマンガのデブキャラのように食えば食うほど腹や身体がみるみると膨《ふく》らんでいく。これ以上はマズい気もするが空腹感が全く収まらず、食べるのを止められない。どうなってるんだこの不思議ボディーは。

一方で妹にも大きな変化があった。あの戦いの後、なんと片手で数十kgの岩をヒョイと持ち上げられるほど肉体強化されていたのだ。レベル上昇幅《じょうしょうはば》は1つや2つではないことが分かる。

その反動のせいかやたら元気が有り余っており、俺を背負ってジグザグに走り回ったりしている。男子高校生が小柄《こがら》な女の子に背負われているのはシュールに見えるので、目立たないよう静かに歩いて欲《ほ》しいのだが。

（しかしこの足……まいったな）

起きたら足が上手く動かせなかったので試《ため》しに自分を《簡易鑑定《かんてい》》してみると、移動速度低下とHP上限低下の状態異常がかかっていた。強化魔法《まほう》による無理な負荷《ふか》と再生スキルの繰《く》り返しにより、足の筋肉がおかしな方向に回復してしまったのが原因だろう。所々麻痺《まひ》していて感覚も鈍《にぶ》い。

ちゃんと治そうと冒険者《ぼうけんしゃ》ギルドでの治療《ちりょう》も考えたが多額の治療費がかかってしまうし、学校で【プリースト】の先生に治してもらうこともできるが、この場合、俺のステータスは確実に鑑定されてしまうだろう。大幅《おおはば》にレベルアップしている現状を知られたくはない。

そういった理由から家に帰らず、そのまま10階の隠《かく》しストア「オババの店」に行って治そうというわけだ。

腰《こし》にはファルシオンがぶら下がっている。あの骨を倒《たお》したときに魔石《ませき》と共にドロップしたので有難《ありがた》く頂戴《ちょうだい》したのだ。また城主の間にあった宝箱はひとりでに開いており、中には銀のチェーンで繋《つな》がれた淡《あわ》い水色の宝石のペンダントが1個だけ入っていたので、それも遠慮《えんりょ》なく頂戴した。

ファルシオンもペンダントも何らかのマジックアイテムなのは確かだが《簡易鑑定》では判別できなかった。恐《おそ》らく中層レベルのアイテムなのだろう。ただどちらもアンデッドが持って守っていただけに呪《のろ》い装備の可能性があるので、剣《けん》は鞘《さや》から抜《ぬ》かず、ペンダントも装備せずカバンに入れたままだ。こうすれば剣も装飾品《そうしょくひん》も装備したという判定ではなくなるため呪いは発動しない。

あれやこれやと背負われながら現状を整理していると、妹はヴォルゲムートとの戦闘《せんとう》が気になるようで矢継《やつ》ぎ早《ばや》に質問を浴びせてくる。

「最後に使ったスキルはなに？　すんごい威力《いりょく》だったんだけど……」

「あぁ、《アガレスブレード》か」

最上級ジョブ【剣聖】が覚える片手武器、または二刀流スキル。マニュアル発動でも簡単なモーションで発動することができ、発動までの前兆が読みにくく発動後の隙《すき》も少ないという優秀《ゆうしゅう》なウェポンスキルなのだ。

特筆すべきなのは素手《すで》でも発動可能という点。片手武器で発動したときより威力は下がるが、剣と格闘《かくとう》を織り交ぜた戦い方ができるので対人戦用のスキルとしても人気が高い。

俺はゲーム時代に覚えていた幾《いく》つものウェポンスキルを使うことができるという〝チート〟を持っているのだが、ＳＴＲが低く武器も弱い状態で、まともにダメージを与《あた》えることができるスキルはほとんどなかった。

そんな中《アガレスブレード》はＳＴＲ比例ダメージに加えて固定ダメージも乗るため、低レベルの俺でも相応のダメージが与えられる唯一《ゆいいつ》の攻撃《こうげき》スキルだったわけだ。

……とはいえ、最上級ジョブの高威力スキルを低レベルの俺がまともに発動するとなれば肉体が耐《た》えられるわけもなく、代償《だいしょう》として右腕《みぎうで》が根元から吹《ふ》っ飛んでしまった。まぁそうなるなとは何となく分かっていたが。

「そもそもだけど。何であんないっぱいスキル使えたの？　最初の強化魔法も何だかおかしな発動方法だったよね。というかあの強化魔法も一体何なの？」

そりゃ色々と気になるよなぁ。さて、なんて説明したらいいのか。

「大量の脂肪を魔力《まりょく》で燃焼《ねんしょう》させて力に変える必殺奥義《おうぎ》だ。だが、大した脂肪も修行《しゅぎょう》経験もないお前にはまだ早い」

「何そのヘンテコな奥義……それに師匠《ししょう》みたいな言い方しないでよっ！」

妹は半年ほど前から武術スクールに通い始めたのだが、そこの先生――師匠と呼べと言われてるらしい――がまだ若い癖《くせ》に師匠ムーブを強要してきてウザいとのこと。伸びた顎《あご》鬚《ひげ》と肩《かた》の部分を破いて取ったような胴着《どうぎ》もダサいと何度か愚痴《ぐち》をこぼしていた。結構上位の冒険者らしいが、果たして。

「まぁ全《すべ》てを話してもいいが、ダンジョン知識は下手に知れば危険が伴《ともな》う。そこらの冒険者から自分の身を守れる程度に強くなったら教えてやる」

「うーん……わかった……」

なんだ、やけに聞き分けがいいな。

危険なゲーム知識はともかく、マニュアル発動については早めに教えておくべきか。今後もイレギュラーなトラブルが起こらないとも限らないし、ダンジョン外でもダンエクのシナリオにあるような危険なイベントに遭遇《そうぐう》するかもしれない。身を守る術は多く持たせておきたい。

そんな雑談をしながら7階のメインストリートを1時間ほど走って8階に到着《とうちゃく》。

8階は7階までと打って変わって、再び洞窟《どうくつ》MAPとなっている。ただ天井《てんじょう》も横幅《よこはば》も20～30mほどあり今までの洞窟MAPより広く、そこまでの閉塞感《へいそくかん》はない。入り口広間の冒険者は7階と比べてさらに少なくなっている。施設《しせつ》も無人の販売機《はんばいき》とベンチが何台かある程度で、まるで寂《さび》れた田舎《いなか》のパーキングエリアのようだ。

「トイレいってくるから待っててね」

俺を下ろすとトイレを指差して言う。別に歩けないわけではないからそこまで過保護にされる必要はないのだけども。

「んじゃ、そこの自販機《じはんき》の近くで待ってるよ」

妹と別れ、ゆっくりと背伸《せの》びをしてから自販機までの20mほどの距離《きょり》を確かめるように歩いてみる。普通《ふつう》に歩くことはできるし痛みもないが、足の感覚が所々麻痺して薄《うす》れているのが分かる。ふくらはぎを見てみれば、筋肉と血管がボコボコに浮《う》き出ていた。

この状態でも戦えないこともないが、走力とか瞬発力《しゅんぱつりょく》とか相当落ちているはず。戦闘は極力避《さ》けていったほうがいいだろう。

「まったく……無理するもんじゃないな。仕方がなかったとはいえ」

吹き飛んだ右腕《みぎうで》はしっかり正常に生えているが、左腕《ひだりうで》はなんだか皮膚《ひふ》と筋組織が歪《いびつ》に修復されている。そして無性《むしょう》に腹も減る。

あれだけ食べてもまだ空腹なのは《大食漢》のせいなのか、強力な再生スキルを行使した副作用なのか、あるいは両方か。

気をそらすために目の前に並んでいる古めかしい自動販売機を眺《なが》めてみる。

（うどんの自販機か……って高いな）

単なる狸《たぬき》うどんなのに千円近い。ダンジョンを深く潜《もぐ》るほどに物価が高くなるのは知っているが、にしても高いだろ。

我慢しようと思ったが悪魔的な食欲がわき上がると同時に俺の腹の音が唸《うな》りを上げる。

（背に腹は代えられないし、ちょっとだけ……）

そう思いながらうどんを食べ続け、気付けば数杯を完食していた。

トイレから帰ってきた妹が俺を見て盛んに首を傾《かし》げている。

「あれぇ？　大分元の姿に戻ってる気がするけど、おにぃの体は一体どうなってるの？」

「少々……食い過ぎちまったみたいだ。まだ背負えそうか？」

「ちょっとやってみるから背中に乗ってみて……あ、全然大丈夫《だいじょうぶ》っぽい」

俺を背に乗せながら勢いよく入り口広場を走り回る妹。冒険者の数は大分減っているとはいえ、それでもまだちらほらと見ている人はいるのでもう少し落ち着いて欲しい。オラ少しだけ恥《は》ずかしいよ……

「でも10階まで、おにぃを背負ってて大丈夫かな。モンスターいっぱいいるんでしょ？」

「大丈夫だとは思うが、一度8階のモンスターと戦ってみて今の実力を調べたほうが良いかもな」

10階にある隠しストアにいくには中ボスがいる部屋を通らないといけないので最悪戦闘になる可能性がある。その前にこの階でどれくらい強くなったか試したほうが良いだろう。ヴォルゲムートを倒して実際どれくらいレベルアップしたのかも分からないからだ。

8階にでるモンスターはオークジェネラル、ジャイアントバット、オークアーチャー、オークソルジャーの4種。

オークジェネラルはモンスターレベル9。モンスターレベル8のオークソルジャーやオークアーチャーを複数体連れていることがあるため戦う際は背後の数を確認する必要がある。

ジャイアントバットも厄介《やっかい》な敵だ。攻撃力《こうげきりょく》は大したことはないが空中を飛んでいるため、遠隔《えんかく》攻撃の手段が無いなら非常に面倒《めんどう》。無視しようとしても執拗《しつよう》にこちらを追いかけてくるので倒さないでいるのも難しい。この階で狩《か》りをするなら遠距離《えんきょり》攻撃持ちが欲しい所だが――

「倒すなら攻撃してきた瞬間《しゅんかん》をカウンターで迎撃《げいげき》するやり方が一般的《いっぱんてき》だな」

「ふーん……あ。上のアレ、ジャイアントバットじゃない？」

9階へ続くメインストリートを背負われながら移動していると体長50㎝ほどの何かが天井に張り付いているのが見える。あれくらいの蝙蝠《こうもり》なら翼《つばさ》を広げれば1．5mほどになるだろうか。

「こっちに気づいてないな。寝てるのか」

「じゃぁ、そこの石でも投げてみるね」

ジャイアントバットがいる真下付近まで近づく。天井までは20mくらいか。華乃《かの》が落ちている小石を勢いよく投げる。

ピシャンッ!!　と投げた小石が風切り音を立てながらジャイアントバットの1m横にぶち当たり、粉々に砕《くだ》ける。あの感じからして時速200㎞近くは出ていたのではなかろうか。

突然《とつぜん》の音に驚いたジャイアントバットは一度ふわりと飛びながら周囲を見まわし、こちらを見つけると翼を畳《たた》み、防具で守られていない妹の首元を狙《ねら》って滑降《かっこう》してきた。

「よーし、ばっちこーい！」

迎《むか》え撃とうとダガーを構えるが……うーむ。

ジャイアントバットの滑空《かっくう》速度は時速１００㎞ほどで、こちらに向かってきているのが、い、い、よく見える。それは妹も同様のようで、噛《か》みついてくる瞬間に斬《き》りこむのではなく襟首《えりくび》をつかんで見せた。キィキィと鳴きながらジタバタするジャイアントバット。可愛《かわい》いのかもと期待して顔を観察してみれば、思ったより獰猛《どうもう》な顔つきをしていたせいか躊躇《ちゅうちょ》なくダガーでトドメを刺《さ》し魔石化させる。華乃ちゃん……

「こっちにくるのがすっごくよく見えたんだけど。これってレベル上がったせいなのかな」

「レベルが上がると力や魔力だけじゃなく、反応速度や動体視力も上がるからな」

今ので動体視力が相当上がっているのは分かった。ジャイアントバットくらいなら数匹《すうひき》絡《から》まれても何の問題も無く勝てそうだ。

しかし今のだけでは俺達《おれたち》の戦闘能力がどの程度なのかよく分からない。もう1回くらい戦っておくとしよう。

第02章 ✦ 10階へ②

ジャイアントバットとの戦闘から更《さら》に２㎞ほど進んだところ、前方に黒い靄《もや》が生まれた。

オークアーチャーだ。

「普通に倒してみ」

「わかったー」

俺を背中から降ろしダガーを構える妹。先程《さきほど》のジャイアントバットよりは参考になることを期待しよう。

オークアーチャーは無防備状態から回復するとすぐにこちらに気づき、弓を構える。最初に機動力を削《けず》ろうと判断したのだろう、小走りで近寄ってくる妹の足を狙って矢を放つ。

オークアーチャーの弓は木の枝をそのまま利用したような原始的な丸木弓だが、弓の長さは２ｍを超《こ》えるほど巨大《きょだい》。ミシミシと弦《げん》の撓《しな》る音から、弓矢を放つだけでもかなりのパワーが必要なことが分かる。放たれた弓矢の音もまるでバリスタで撃ったような衝撃音《しょうげきおん》。

モンスターレベル８は伊達《だて》ではないのだ。

だが――

華乃は難なく矢じり部分をダガーで叩《たた》き落とすと勢いを殺さず距離を詰《つ》め、オークアーチャーの首から肩口《かたぐち》までを一振《ひとふ》り。オークアーチャーは地面に倒れ伏《ふ》す間もなく魔石となった。その際、ダガーに過剰《かじょう》な力が掛《か》かったようで少し歪《ゆが》んでしまったようだ。

「あぁっ、私のダガー！　ちょっと曲がっちゃったんだけどっ」

「……この感じだとレベル15くらいまで上がっているのか？」

あのダガーは元々細長い形状なので曲がりやすいといえ、鋼一枚モノの頑丈《がんじょう》な作りだ。レベル8だった頃《ころ》を考えれば多少雑に扱《あつか》ったところで曲がるような強度ではなかったはず。膂力《りょりょく》や握力《あくりょく》が随分《ずいぶん》と上がっていることが窺《うかが》える。あとソレ、お前のじゃなくて学校のレンタル品なんだけど……はぁ、弁償《べんしょう》どうすっかな……

「武器は新調しないといけないな。現金はあまり持ってないからオババの店で良いものが売っていればいいんだが」

「魔石かダンジョン通貨で買えるんだっけ」

ゲームだったときはプレイヤーが売ったアイテムが店に並ぶことがあったので、市場で過剰に余ったマジックアイテムやレア素材製の武器が安く売っていた。こちらの世界ではプレイヤーがいないから、そういったモノは売っていないだろう。だが逆に買いやすくな

るアイテムもあるはず。

「戦闘能力は十分なようだし、気兼《きが》ねなく10階へ向かうとするか」

「それじゃ走るからしっかり掴《つか》まっててねっ」

再び妹の背中に乗せてもらい、人もまばらな道を走って次の階を目指す。


揺《ゆ》れを少なくするためか小走りのように走ってるものの、結構な速度……時速40㎞くらいは出ている。速いだけではなく俺を負ぶりながら走っているので驚いて二度見する冒険者もいた。目立ちすぎるのもアレなので、もう少し速度落としてもいいんじゃないかな、華乃ちゃんや。

「うわぁ、結構速度でるんだねっ。なんか面白《おもしろ》い！」

「ちゃんと前見て走れよ」

少なくなったとはいえメインストリートには通行人がまばらにいる。ぶつかったら相手が大怪我《おおけが》してしまうじゃないか。

さらに数km走ったところで9階に到着。

20分近く走り続けたのでさぞ疲《つか》れただろうと休憩《きゅうけい》を提案しかけたが、妹の息がそれほど上がっていなかったので休憩は挟《はさ》まず、そのまま10階を目指すことにする。

10階のモンスターと戦える冒険者は統計によれば全体の1割もおらず、ここ9階の入り口広間に目を向けてみても冒険者はちらほらとしか見えない。そしてどの冒険者も基本ジョブにジョブチェンジ済みなのだろう、装備が【ファイター】【キャスター】【シーフ】用になっていて誰《だれ》がどのジョブだか分かりやすい。ざっと見た感じでは軽鎧《けいがい》に片手剣や両手剣を装備した【ファイター】が多いようだ。

ここまで来るためには、それなりの装備品を揃《そろ》える〝資金〟と、モンスターを狩り続けレベルを上げるための〝時間〟、そしてパーティーが組めるだけの〝仲間〟が必要となる。一般人《いっぱんじん》にとってその3つを全て揃えるのは厳しい条件。大抵《たいてい》は背後にスポンサーや冒険者クランなどの組織がいたり、冒険者学校関係者だったり、金持ちであったりする。元プレイヤーならゲーム知識だけで来られるので関係ないが。

「それで、9階には何がでるの〜?」

「9階も8階と同様にオークと蝙蝠がメインだが、トロールも出るぞ」

トロール。3mに迫《せま》る身長に毛むくじゃらの巨人《きょじん》でモンスターレベルは9。武器は持っておらず素手《すで》攻撃《こうげき》のみだが、怪力《かいりき》なので攻撃はできるだけ回避《かいひ》して戦うほうがいいだろう。掴《つか》まれでもしたら非常に危険だ。また再生スキル持ちのため長期戦になりやすい。そうなると他のモンスターとリンクしやすくなるので逃《に》げたほうがいいだろう。

「ふーん。でも今なら普通に勝てちゃいそう」

「エンカウントしたならともかく、こちらから仕《し》掛《か》けて戦うのは後だ。武器も今の俺達の全力には耐えられないほど貧弱だし、俺も万全《ばんぜん》じゃない」

「……うん」

遠くのほうでパーティーが戦っているのを横目に、ぼちぼちと10階へ移動を開始する。

「ねぇ、あそこ。地面が不自然に盛り上がってるよ？」

「未発動のトラップだな。落ちたら上まで登るのが面倒だからあんな感じのは避けていってくれ」

これまでメインストリートにあるトラップは発動済みばかりだったが、この階くらいから冒険者も少ないため、こういった未発動のトラップがちょくちょくでてくる。

10階くらいまでのトラップは見ただけで何かあると分かるので注意していれば回避が十分可能だ。これが20階を超えてくるとぱっと見では分からないものが出てくるため、パーティーに一人はトラップ検知のスキル持ちが必要となってくる。

いくつかのパーティーを抜き去り、さらに走り続ける。途中《とちゅう》、オークジェネラルがいたものの、周りに冒険者がいなかったためそのまま駆《か》け抜けた。

そしてようやく目標の階に到達《とうたつ》する。


――10階。

この階の到達は一つの目標だったため感無量……とかは全くない。そもそもこんなに急いで10階に向かう予定は無かった。それもこれも全てあの骨とソレルのアホ共のせい。特にソレルには華乃を攻撃した分も含《ふく》め、後できっちり報復せねばなるまい。

思い出したことで少しイラつきながら周囲を眺める。

10階入り口広場。ここからはしばらく迷路状《めいろじょう》の人工的なMAPが続くことになる。

壁は一面石材でできており、床《ゆか》も全て石畳《いしだたみ》が敷《し》かれている。天井は薄青色《うすあおいろ》で青空のようにも見えるため洞窟MAPと比べると大分明るく、開放感があってよろしい。城下町の裏路地を歩いているかのような気分だ。

「店があるんだねぇ。あ、宿泊施設《しゅくはくしせつ》もあるよ！」

広場の片隅《かたすみ》にはいくつかの店が出店しており、冒険者ギルドの職員が詰めている施設などもある。反対側には老舗《しにせ》旅館のような和風の宿が建っている。簡単な食事もできるようで、フロントでは何パーティーかが寛《くつろ》いで談笑《だんしょう》していた。

ダンジョン4階にもレジャー目的の宿泊施設があったが、10階の宿は4階の宿と違《ちが》って本格的なダンジョンダイブ目的で泊《と》まる客が多いようだ。

ゲートを使わなければ、地上へ帰るにも、逆に外から来るとしても半日以上時間が掛かる。この先を狩場《かりば》とする冒険者にとっては10階で一泊《ぱく》するのが丁度いい距離なのだ。

普通の冒険者は宿泊代《しゅくはくだい》を節約するために簡易テントを持ち込《こ》んで広間で野宿するが、高位冒険者や貴族、士族などの上流階級はプライドもあるのか野宿をできるだけ回避したがる。そういった理由でもこの階の宿泊施設は需要《じゅよう》が出ているのだろう。

（まぁ、ゲートを使える俺たちは泊まる必要はないけどな）

ここからオババの店に行くには11階へのメインストリートとは真逆に進むことになる。そちらの方向に冒険者が行くことは少なく、モンスターも普通に徘徊《はいかい》していることだろう。戦闘に備えて少し休憩していったほうがいいかもしれない。

「そんじゃちょっと休憩するか。トイレ行ってくるわ」

「私も行ってくる～。あ、お腹《なか》も空くかもしれないし持ち帰りできるもの何か頼《たの》もうよっ」

ちらっと露店《ろてん》を見れば〝焼きそば1080円〟という驚異《きょうい》の値札が見えた。ここまでの輸送中に戦闘になる可能性は十分にあり、輸送する人も限られてるから仕方がないのかもしれないが……さすがに焼きそばで1000円超《ご》えはなぁ。もしかしてこの先はもっと高くなるのか？

暗鬱《あんうつ》になりながらトイレを済ませて出てくると、案の定、あの焼きそばを頼もうとする我《わ》が妹。え～と、金そんな持って来たかな。

「おっちゃ～ん、焼きそば2つ頂戴♪」

「あいよ～。嬢《じょう》ちゃん可愛いから少し多めにしておくぜ」

「ありがとぉ～♪」

手《て》渡《わた》された焼きそばを見ると確かに他のより多めなのかもしれないが、具がほとんど入っていない。ケチケチすんなよおっちゃん……

焼きそばが入ったパックを紙で包んでリュックにしまい、広場をひとしきり見た後、西の方角にある隠しストアを目指す。隠しストアというだけあって、通常では入れないエリアにある。

「ダンジョン通貨を壁にはめるだけでいいの？」

「そう、銅貨な。ダンジョン通貨はこの階にでる中ボスを倒せば一定確率で落とす。俺たちはオークロード倒してすでに何枚か持ってるから倒す必要はないぞ」

「えぇ～じゃあ後で戦いに来よう」

華乃はここまで俺を背負って1時間以上走り続けているのに、ほとんど疲れているようには見えない。むしろモンスターを倒したくてうずうずしている様子。肉体強化が予想以上に効いているせいだろう。

俺も大幅なレベルアップにより力が溢《あふ》れている感覚はあるけれど、これは疲れを通り越《こ》してハイテンションになっているだけな気がする。

だが目的地はすぐそこ。状態異常回復だけは先に済ませておきたいので家に帰って休むのは後回しだ。気を抜かずもう少しだけ頑張ろう。

第03章 ✦ 微笑む魔人

石畳を踏《ふ》みしめ、隠しエリアに向けて足を進める。

通路が真っすぐのため遠くまで見えるのはいいが、見通しの悪い十字路も多く、角待ちしているモンスターには気を付けないといけない。狩りをしている冒険者がほぼいないためエンカウントが多くなるのを見越《みこ》して俺も歩いての移動だ。

「10階はどんなのがでるの～？」

足の調子を確かめながら歩いていると、妹が隣《となり》でダガーをクルクルと回転させながらモンスター情報を聞いてくる。

「トロールやオークロードみたいな大型亜人《あじん》モンスターがメインだな。中ボスはミノタウロスだ」

「ミノタウロス～？　オークロードはもう普通に倒せるのかな……」

オークロードについては5階でのトレインで見たときの凶悪《きょうあく》な姿が記憶《きおく》に新しいが、今の俺たちはそれ以上の力を持っているはず。ただ急激にレベルを上げたため強くなった実感が湧《わ》かないのだ。

この階は亜人が多いので5階で拾った亜人特効アイテム［オークロードの紋章《もんしょう》］を妹の胸に装着させている。見た目は豚《ぶた》のマークの可愛いバッジだが、亜人に対して攻撃ダメージ10％上昇《じょうしょう》、被《ひ》ダメージ10％減少とそれなりに強力な効果がある。5階でポップするオークロードしか落とさないため、橋落としを独占《どくせん》できるならもう何個か欲しいところだ。

そんなことを考えつつ何番目かの十字路に差し掛かったとき左方向からベタンベタンという音が、微《かす》かな振動《しんどう》と共に聞こえた。トロールかな。

音がする方の角からこっそり覗《のぞ》くと、のっそのっそと歩くトロールが見える。3m弱ほどの巨体《きょたい》で襤《ぼ》褸《ろ》切れを纏《まと》い、髪《かみ》はボッサボサ、毛むくじゃらの筋肉質。アクティブモンスターだが五感は鈍いため、目の前に出でもしない限り襲われることはない。

「（どうするのっ。戦う？）」

「（いや、通り過ぎるのを待つぞ）」

トロール相手に短剣《たんけん》やダガーのような刃渡《はわた》りの小さい武器で攻撃しても、急所以外では分厚い筋肉や脂肪に阻《はば》まれることがある。短い時間で倒すなら攻撃力または貫通力《かんつうりょく》の高いスキルを持つか、それなりの大きさの武器が欲しいところ。現状では無理に戦う必要はない。

ということで少し後退してトロールが通り過ぎるのを待ち、再び隠しエリアを目指して足を進める。

途中何度かトラップを避けてトロールを数体やり過ごし西へ１㎞ほど進むと、目の前の一本道をオークロードが塞《ふさ》いでいた。動く様子は見られない。

オーク系は足が遅《おそ》いという弱点はあるものの、この麻痺した足では上手く走ることはできないので俺では振《ふ》り切れるか微妙《びみよう》だ。華乃に釣《つ》ってもらって撒《ま》いてくるにしても、この辺りのＭＡＰを全く知らない上、下手に走り回れば他のモンスターがリンクしてトレイン状態になってしまう危険性もある。素直《すなお》に倒したほうがよさそうだ。

「(アイツはやっておくぞ。武器は強く振り過ぎるなよ、壊《こわ》れるから)」

「(うん。私が先に出るね、おにぃは背後からよろしく)」

「(わかった)」

５階のオークロードと同じように、丸太のような棍棒《こんぼう》を持っている。妹が駆け寄る姿を見るや否《いな》や、その巨大《きよだい》棍棒をぶち当てようと振りかぶる。が、予想以上に加速した妹はするりと脇腹《わきばら》から横へ回り一閃《いつせん》。

痛みによろめきながら「グアァァアアッ!!」と響《ひび》く声で叫《さけ》ぶ。そんなことはお構いなしに華乃は次々に容赦《ようしゃ》なく斬りつける。俺が背後から挟みこんで攻撃するまでもなくオークロードは倒れこみ、魔石となった。

「華乃の動きについていけてなかったな。恐らく見えてもいなかったか」

「でも、もう少し速くできそう」

あのデカい棍棒に当たればただでは済まないだろうが、今の華乃に当たるようには思えない。オークロードの動きが良く見えた……というのもあったが、肉体強化により移動速度と加速度が思ったよりも向上しており、見てから余裕でした状態。これならミノタウロスも問題なく倒せそうだ。

その後も確かめるように何度か戦闘をしながら、ようやく中ボスがいるドーム状の部屋まで辿《たど》り着く。この部屋の先に隠しエリアへ入る仕掛けがあるので部屋の中を通っていかなくてはならない。

部屋の大きさは50ｍ四方ほど。部屋の入り口付近からこっそり中を窺えば、身長２ｍほどのミノタウロスが部屋の中央付近にポツンと立っているのが見える。部屋自体が大きいためミノタウロスは相対的に小さく見えるが、筋肉が異様に盛り上がっており、牛頭《ごず》人身の獣人《じゅうじん》の姿も相まって圧迫感《あっぱくかん》すらある。

モンスターレベルは12。手には［ラブリュス］という攻撃力が高められた対称形《たいしょう》の両刃《りょうば》斧《おの》を持っている。あの斧を受けきるには相応の武具とSTRが必要だ。また、初めてウェポンスキルを使ってくる敵――俺たちの場合は7階のユニークボスが初めてだったが――である。

感知能力はそれほど高くはないため、物音を立てないで部屋の外側の壁に沿って行けば通り抜けることは可能だ。さてどうするか……

「（戦いたいんだけどっ）」

「（……まぁいいか。だがウェポンスキルだけは注意しておけ。あれは受けるな）」

「（うん。撃たせる前に倒すつもりだけどねっ）」

ミノタウロスのウェポンスキル《フルスイング》はSTRに比例し攻撃力が上昇する両手斧スキル。どういったモーションで発動するのかを道中に教えておいたが、今の動体視力と肉体能力があれば発動後でも見てから躱《かわ》せるだろう。

華乃は部屋に入ると同時に前傾《ぜんけい》姿勢のまま加速し、あっという間に時速50㎞に達するほどの速力でミノタウロスへ接近する。

近寄る音に気づいたミノタウロスは、高速で向かってくる姿を見て取ると、後手に回るのを覚悟《かくご》で華乃の攻撃を見極《みきわ》めて受ける構えを取る。それだけでミノタウロスがパワーにものを言わせただけのモンスターではないのが分かる。

俺も後を追って駆け出すが、レベル8だった頃の走力にも達していない。それでもマジックフィールド外での一般人以上に走力はあるだろう。

（相手が待ちなら無理に攻撃を仕掛けなくていいんだぞ……何か作戦があるのか？）

ミノタウロスの構えが受けと分かると、左右どちらから攻撃するか読ませないよう、ジグザグに動いてフェイントを仕掛けながら近づいていく。

ミノタウロスとしては、華乃の攻撃を受けてから力押《ちからお》しに持ち込み、武器を弾《はじ》き飛ばしてカウンターを狙いたかったようだが、それも難しいと判断すると受けを諦《あきら》め、重心を低くしウェポンスキルの発動モーションに入る。前方の広範囲《こうはんい》を薙《な》ぐ《フルスイング》だ。

しかし、その判断は〝遅い〟。

華乃はまだ余力があったのか、さらに加速し《フルスイング》の発動前に間近まで到達。そこから右脇を掻《か》い潜《くぐ》って腹を斬りつけつつ背後に回り込むと、《二刀流》により右手と左手が独立して動いているような器用な斬《き》り方《かた》で次々に斬りつける。亜人特効がある［オークロードの紋章］も効いているのか、えぐい攻撃力を出している。

それだけ斬られている状態でも《フルスイング》は発動する。ただその方向にはすでに華乃はいない。ミノタウロスは背中を滅多《めった》切《ぎ》りされながら「ヴォォオォオォ」という牛の断《だん》末魔《まつま》のような叫びを上げ、地面に伏《ふ》して魔石となった。

ダンエクの攻撃スキルには発動モーションの状態に一度入ると〝スキルキャンセル〟を行わなければ発動完了《かんりょう》するまで止まらないという制約がある。

そして現状、スキルキャンセルをしてくるモンスターはいない。少なくともゲームでは記憶に無い。ミノタウロスもゲームと同じならスキルキャンセルはしてこない敵だ。

《フルスイング》は、前方に大きな範囲《はんい》を薙ぐため、躱しにくいスキルではある。だが発動前の溜《た》めモーションがしっかり見えているなら躱すことは難しい話ではない。

引くのか、しゃがむのか、飛ぶのか、前に出るか。その4択《たく》の中で《フルスイング》に対しカウンターを狙うなら、しゃがむか前に出るかの2択。そこで華乃は加速しながら前に出て回り込みつつ背後を切り裂《さ》いた、という流れである。

しかしその流れはレベル差があればこそ。仮に華乃のレベルがミノタウロスのモンスターレベルと同等か、それ以下なら、ミノタウロスは開幕に《フルスイング》を放つのではなく、そもそも最初に受けを狙わず、全く違った戦いになっただろう。

「大丈夫。今のはレベル差があったからでしょ」

「そうだ。まぁそうでなきゃ戦闘にゴーサインは出さなかったしな」

ちゃんと分かっているようで何より。慢心《まんしん》が一番怖《こわ》いからな。ゲームのようにやり直しが効くなら失敗して痛い目をみるのもありだろうが。

ミノタウロスの魔石とダンジョン通貨を拾い、奥《おく》にある石壁に向かう。

石壁を注意深く見れば数cmほどの丸い窪《くぼ》みがあることが分かる。そこに持っているダンジョン銅貨をはめ込むと……

「あっ、壁が割れた！　すっご〜いっ！」

重いものが擦《す》れ合うような音と共に石壁が石の形に沿って左右に開く。ただ窪みにコインをはめ込むだけで開くとか、無駄《むだ》に凝《こ》った作りだなぁと感嘆《かんたん》しつつ中へと入る。この先はモンスターはポップせず、完全な安全地帯のはずだ。

閑散《かんさん》としている広い広場をゆっくりと歩いていると、ダンエク初心者だった頃の記憶が蘇《よみがえ》ってくる。ここでアイテム交換《こうかん》しながらわらしべ長者をしたっけか。

ダンエクのサービスが開始したころは隠しエリアとして扱われていたが、それなりの広さがあるこの広場は、プレイヤー達には公然の攻略拠点《こうりゃくきょてん》として扱われていた。自分が売りたいものを持ち寄って露店を開いたりパーティーを募集《ぼしゅう》したりと賑《にぎ》わっていた。しかし今は俺《おれ》たち以外に誰もいない。

広場を横切りしばし歩くと粗《あら》い石を積み上げて作った四角い箱のような建物が見えてくる。目的地である通称《つうしょう》〝オババの店〟にようやく辿り着くことができ、安堵《あんど》感《かん》から深いため息をつく。本来ならここに来るのはもう1ヶ月くらい後の予定だったのだが……

店先には黒い薄手《うすで》の服を着崩《きくず》している女性が簡素な椅子《いす》に座《すわ》り、プカプカと煙管《キセル》を吸いながら煙《けむり》を楽しんでいる。俺達が近づくとゆっくりと立ち上がり。

「あらぁ、いらっしゃい。何か買っていくかい？」

こめかみから大きく重そうな角を生やした〝魔人《まじん》〟がにっこりと微笑んで俺達を歓迎《かんげい》してくれた。

第04章 ✦ オババの店

「角⁉　人間じゃないのっ？」

「アタシは魔人と呼ばれているねぇ」

にこやかに質問に答える、胸の主張が激しいお姉さん。頭の両サイドには黒く大きな巻き角が付いている。名前は「フルフル」。深層のとあるクエストをクリアすると親密になり名前を教えてくれる、ゲームでもお馴染《なじ》みのＮＰＣである。

妖艶《ようえん》で嫋《たお》やかな見た目とは裏腹に年齢《ねんれい》は千歳を超えていて、このダンジョンについて色々な質問に答えてくれるおばあちゃんの知恵袋《ちえぶくろ》的な存在。プレイヤー達の間では「オババ」というあだ名が付いているが、それを本人の目の前で言うとギリギリ死なない程度のワンパンでぶっ飛ばされるので絶対に言ってはならない。めちゃくちゃ強いのだ。

ダンエクでは魔人が店を経営していたり、いくつかの種族が冒険者《ぼうけんしゃ》を助けたりしてくれていた。こちらの世界において彼《かれ》らの記述は見受けられないが、フルフルのように存在はしているはず。今後を考えて親交を深めておきたいものだね。

「あの～、品物見せてもらっていいですか～？」

「いいわよぉ、自由に見て行って」

店内や店前の広場はもちろん、隠《かく》しエリアに入ってから冒険者の姿は誰一人《だれひとり》と無く、一帯は閑散としている。にもかかわらず商品棚《しょうひんだな》には武器、防具、装飾品《そうしょくひん》、薬品など各種幅広《はばひろ》く商品が置いてある。冒険者ギルドでもこれほどの品ぞろえがある店は少ない。儲《もう》けなんて考えていないのかもしれないが、値引きには応じてくれないことも知っている。

「すっごーい！　ミスリル？」

「これはミスリル合金製だな」

華乃が鈍《にぶ》く銀色に光る短刀を手に取り見せてくる。

ミスリルは魔法銀《まほうぎん》とも呼ばれ、マジックフィールド内では非常に硬度《こうど》が高い。逆にマジックフィールドの外に出すと普通の銀と性質が変わらなくなる。その場合、柔《やわ》らかく重いだけの金属になってしまうので扱いには注意がいる。

そしてミスリル合金というのは、柔らかい銀にミスリルをほんの少し混ぜるだけで、そこらの鋼よりも硬度が高くなる特性がある。レベル10から30くらいの冒険者はよくお世話になる武具なのだ。

妹が見せてきた短刀はミスリル合金製だが、ミスリル含有量《がんゆうりょう》は1％も無く、99％以上は銀。とはいえ銀も安い金属ではないので冒険者ギルドで買うならこのサイズでも100万以上の値はつくだろう。

一方、100%ミスリルでできた純ミスリル製武具というのもある。非常に硬《かた》いうえに水に浮《う》くほど軽く、魔《ま》法耐性《ほうたいせい》もあるので、魔《ま》法剣《ほうけん》や耐性防具の素材として優秀《ゆうしゅう》だ。デメリットとしては入手性が悪く、高額になりやすいこと。オークションなら一体いくらになるのか考えるだけでも恐《おそ》ろしい。

華乃が感嘆しながら武具を眺めている横で、俺は状態異常回復サービスを頼む。状態異常回復の薬品も売っているが、フルフルに回復魔法を頼んだ方が安上がりなのだ。

「状態異常回復ね、3リル頂くけどいいかしら？」

「これで。よろしくお願いします」

〝リル〟とはダンジョン通貨の単位のこと。1リル＝ダンジョン銅貨1枚だ。現在銅貨は38枚、そして7階の城主が落とした金貨も1枚所持しているので合計138リル所持していることになる。

フルフルが目の前でパンッと手を叩く。それだけで全身にあったボコボコとした膨《ふく》らみが取れ、足に広がっていた痺《しび》れも引いていった。

治ったかどうか症状《しょうじょう》を確かめようとフルフルは金色の目を細め、俺の全身を確認《かくにん》し、すぐに後に首をかしげる。どうやらまだ状態異常があったらしく今度は眉間《みけん》に人差し指を当てて魔力《まりょく》を流してきた。

すると徐々《じょじょ》に視界もクリアになっていく。目……視神経にも異常があったようだ。

「随分と……無理をしたのねぇ。2回目のはサービスしておくわぁ」

「ありがとうございます。イレギュラーな敵がいたものでね」

あの骨は一体何だったんだと悪態をつきたくなるのを抑《おさ》えながら、肩《かた》を回して体の調子を確認する。ふむ、完全に治ったようだ。驚《おどろ》くほど体が軽い。といっても、あれからまた食ったせいで体重を大分戻《もど》してしまったが。

「あとジョブチェンジもお願いしていいですかね」

「奥に水晶《すいしょう》があるから使っていいわよぉ」

「あっ、私もジョブチェンジした〜い！」

陳列《ちんれつ》している装備品を手に取って見ていた妹がダッシュで駆け寄ってくる。ジョブチェンジすれば様々なスキルを会得《えとく》でき、通常戦闘《せんとう》でもスキルを使った幅広い戦略を取ることが可能となる。この世界ではジョブチェンジできれば冒険者として一人前という風潮があり、妹もそれを楽しみにしていたようだ。

「これがジョブチェンジの水晶？　見た目は普通《ふつう》だね」

幾重《いくえ》にも重ねられた布の上に直径15㎝ほどの丸く透明《とうめい》な水晶が置かれている。ゲームでは手を当てれば自動的にインターフェースが開いて誘導《ゆうどう》してくれたが……

そっと手を当ててみる。すると感覚的なインターフェースが頭に浮かぶ。計算中に数字が頭の中に浮かぶ感じのやつだ。

（これ、分かりにくいなぁ）

数値を見比べて判断できないため、どうにもやりにくい。パソコンの画面のようにじっくりと文字や表を見ながら考えたいのだけど、イメージされた数値を紙か端末《たんまつ》に写しながらやったほうがいいのだろうか。

「レベルは……19⁉　結構上がったな。ということはあの骨、レベル25くらいはあったということか」

「ええ⁉　じゃあレベル11も上がったんだね。なんであんなのが7階にいたんだろう」

「さぁな。俺も分からん」

操作を進めていくとジョブチェンジの項目《こうもく》を発見する。

現在ジョブチェンジできるジョブは基本ジョブと呼ばれる【ファイター】、【キャスター】、【シーフ】の3つ。それらに就《つ》くための条件は【ニュービー】のジョブレベルが5以上。

そしてステータスも一定以上要求される。

【ファイター】ならSTRが、【キャスター】ならINTが、【シーフ】ならAGIが20以上で就くことができる。俺も妹もレベルが19まで上がったことで必要ステータスはどれもクリアしているはずだ。

「おにぃはどれに就くつもりなの？」

「そうだなぁ。ステータス偽装《ぎそう》スキル《フェイク》は早めに取っておきたいから【シーフ】もいいが……予定より早くここまで来られたし多少の猶予《ゆうよ》もある。先に【キャスター】で魔法攻撃手段《まほうこうげき》を覚えておくのもいいかもな」

これから先では物理攻撃耐性《たいせい》、または物理無効の特性を持ったモンスターを相手にする必要がでてくる。物理以外の攻撃手段は是非《ぜひ》とも欲《ほ》しいところだ。魔法を宿した属性武器でも対応できるとはいえ、今現在、判明している属性武器は億超えの国宝クラスのみで、一部の冒険者が独占している。金があったところで揃えられるものではない。

「属性武器って、コタロー様のメインウエポンだよね」

「多分な。あの赤いエフェクトは炎《ほのお》のエンチャントだろう」

カラーズのクランリーダーである田里虎太郎《たさとこたろう》も属性魔法が付与《ふよ》された太刀《たち》を使っていたが、あれも日本では数少ない最高峰《さいこうほう》の国宝武器に指定されている。属性武器は30階前後では手に入れる手段が限られているため、どうしても希少なものになってしまうのだ。

「物理攻撃が効きづらいモンスターが出るというのが、銃火器《じゅうかき》が廃《すた》れた理由なんだっけ」

「レイス系やスライム系モンスターだな」

ダンジョンがこの世界に現れた昭和の初め頃、つまりダンジョンダイブ黎明期《れいめいき》では、主要武器は銃剣《じゅうけん》であった。元の世界でも白兵戦において最強なのは銃《じゅう》であったし、剣技《けんぎ》なんてマシンガンの前では手も足も出ないのは自明だ。この世界にももちろん銃はある。オークを狩《か》るにしても、離《はな》れた場所から銃を使えば、剣よりも早く安全に倒《たお》すことができるはずだ。

ならば何故《なぜ》、この世界の冒険者は銃を使わないのか。

それは10階以降では物理無効、または物理耐性持ち、中には飛び道具耐性なんてものを持った厄介《やっかい》なモンスターもでてくるからだ。そういったモンスターを無視して攻略《こうりゃく》できないこともないが、フロアボスのような攻略上無視できないモンスターもいるため、物理攻撃のみでは攻略が詰む。実際、ダンジョンダイブ黎明期では15階前後で攻略が頓挫《とんざ》した経緯《けいい》がある。

そも、銃には対応スキルがなく、レベルアップやジョブ補正による肉体強化の恩恵《おんけい》も受けにくい。逆にダンジョンのモンスターは深く潜《もぐ》るほどにどんどん能力が強く、素早《すばや》く、様々な耐性を持ち、強力な攻撃手段を取ってくるようになる。7階で戦ったヴォルゲムートクラスにおいては、銃弾《じゅうだん》を打ち込んだところで大したダメージを与《あた》えられないだろう。

攻略する階層が浅い場所限定というならともかく、より深く攻略するのを念頭に置いているなら、対応するウェポンスキルがある武器、もしくは魔法を使って鍛《きた》えていくのがセオリーだ。そのほうが後々強くなることが目に見えている。

（まぁそれに。10階以下でもあれだけ冒険者がいたら、銃なんて危なくて使えないだろうな）

ということでこの先のモンスターを考えれば俺か妹のどちらか、あるいは両方とも魔法を取得しておいたほうがいいだろう。

魔法攻撃手段以外でいえば、【シーフ】の《フェイク》と《トラップ検知Ⅰ》や、【ファイター】の《バックステップ》と《スキル枠《わく》＋3》あたりは是非とも取得しておきたい。

「ジョブって何度でも変更《へんこう》可能なんでしょ？」

「できるぞ。ジョブレベルはリセットされるがな」

ジョブは何回でも変更可能だが、ジョブレベルはリセットされて1からとなり、ジョブによるステータスボーナス※も減ってしまう。また上げればいいだけなのでそこまでのデメリットにはならない。一度ジョブレベルを上げたジョブへの再転職はスキルの再取得やジョブ補正目的で行うのが一般的《いっぱんてき》だ。

TIPS ステータスボーナス：ステータスボーナスはジョブレベルMAXの10で100％貰え、ジョブレベル1では10％しか入らない。例えば【ファイター】ジョブレベル10でSTRとHPが共に10％アップするが、ジョブレベル1では1％ずつしかアップしない。

一応、取得できるスキルとジョブ特性※を妹に説明しておく。

「え～と、魔法撃《う》ちたいから先に【キャスター】やってみたいかも。魔法を使いながらでも《二刀流》ってできるんだよね？」

「普通にできるぞ。ただ魔法を撃つときに武器が邪魔《じゃま》になるかもしれないから、そこは考えて武器を使うんだな」

【キャスター】は魔法攻撃を覚える以外にも、簡単な状態異常を回復するスキルも覚える。パーティーに一人は欲しいジョブだ。スキル枠に余裕《よゆう》があるなら覚えておいて損は無い。

「じゃあ俺は【ファイター】か【シーフ】にしてみるか」

【ファイター】は近接戦闘スキルをいくつか覚えるが、最重要なのはなんといっても《スキル枠＋3》。これは無条件に習得しておきたい。

それ以外には後方に回避《かいひ》する《バックステップ》も使えるスキルだ。これは通常攻撃や一部のスキルモーション中に割《わ》り込んで発動することができ、動作をキャンセルして後ろに緊急回避《きんきゅうかいひ》するスキル。こういったスキルキャンセル系スキルは対人戦や一部の強力なモンスター戦において重宝され、上位互換《ごかん》である《スウェー》を覚えるまではスキル枠に入れる価値はあるだろう。

戦闘面でのスキルでいえば【ファイター】のほうが優秀だが、情報漏洩《ろうえい》に備えて【シーフ】の《フェイク》スキルだけは先に覚えておいたほうがいいか。

それ以外の【シーフ】のスキルでは《トラップ検知Ｉ》も役立つスキルだ。面倒《めんどう》なトラップを見つけやすくなるのでスキル枠に余裕があれば覚えておきたい。ただこれもパーティーの誰かが持っていれば十分なのだが。

「ま、先に【シーフ】になっとくか」

おもむろに水晶に手を当て、目を閉じる。すると頭の中にぬるりと数字の羅列《られつ》が投影《とうえい》された。

TIPS 基本ジョブ３種データ

【ファイター】

STRとHPに10%ボーナス
・《スラッシュ》ジョブレベル（以下JL）２で習得　片手剣、両手剣スキル
・《HP上限アップＩ》JL4
・《フルスイング》JL5　片手斧、両手斧スキル
・《バックステップ》JL7
・《スキル枠＋３》JL9
・《ソードマスタリーＩ》JL10　片手武器装備時に攻撃力、熟練度がアップ

【シーフ】

AGIのみ15%ボーナス
・《フェイク》JL2　ステータス偽装
・《隠密》JL3　モンスターに気づかれにくくなる
・《ダブルスティング》JL5　短剣スキル２回攻撃
・《パワーショット》JL7　弓スキル（弓矢は消費）
・《開錠Ｉ》レベル９　簡単な鍵を開ける
・《トラップ検知Ｉ》JL10　簡単なトラップ検知

【キャスター】

MPとINTに10%ボーナス
・《ファイアーアロー》JL2　数cm大の炎の矢　炎属性
・《回復》JL3
・《アイスランス》JL4　氷の槍　水属性
・《キュア》JL6　状態異常回復
・《ウィンドガード》遠距離攻撃から守る防御魔法　風属性
・《メディテーション》JL10　スキル使用中にMPリジェネ

第05章 ✦ はじめてのジョブチェンジ

水晶に手で触《ふ》れながら目を閉じると、頭の中に文字や数字が投影される。

意識を特定の項目に傾《かたむ》ければ投影されているものがぬるぬる動くため、苦労しながらも【シーフ】を選択《せんたく》。すると間を置かず現在ステータスが表示された。急いで端末にメモする。

〈名前〉　成海颯太（ナルミ　ソウタ）
〈レベル〉　1　→　19
〈ジョブ＆ジョブレベル〉　シーフ　レベル1
〈冒険者階級〉：―9級―
〈ステータス〉
最大HP：7　→　103
最大MP：9　→　53
STR：3　→　35
INT：9　→　51
VIT：4　→　88
AGI：5　→　31
MND：11　→　60
〈スキル　1／2〉→〈スキル　2／6〉
・《大食漢》
・《簡易鑑定《かんてい》》
・〈空〉
・〈空〉
・〈空〉
・〈空〉

これが現時点でのステータスとその変移。

マジックフィールド外での成人の能力は、各項目3～8程度が一般的な数値と言われている。俺もレベル1のときは大体がその値を取っていた。それがレベル19となったことで各能力値が大きく成長したわけだ。

ステータス的にこのくらいまでなれば百キロ超《ちょう》の物を持ち上げながらでも、オリンピック選手を超《こ》える速度で走ることが可能。レベルアップを経験していないどんな格闘家《かくとうか》に対しても負ける可能性はほぼなく、超人《ちょうじん》と呼べる領域に達している。

さて、肝心《かんじん》のステータス値だが、能力値の格差も大きくなってきているのが分かる。明らかにＨＰとＶＩＴが高く、ＳＴＲとＡＧＩが低い。これは初期スキル《大食漢》による影響《えいきょう》だろう。

確か《簡易鑑定》で見た時、《大食漢》の効果は「レベルアップ時にＨＰとＶＩＴ上昇値にプラス補正、食欲増大、ＳＴＲ－30％、ＡＧＩ－50％」だったはずだ。鑑定不能だった項目はおいておく。

補正を外して考えればレベル1から19になったことで、ステータス上昇値は大凡《おおよそ》40～50くらいを取っていて、ＨＰとＶＩＴの上昇値はその倍くらいと考えられる。

てっきりレベルアップ時のプラス補正なんて10％程度のボーナスかと思っていたので、

予想以上の補正値に正直驚いている。《大食漢》はもうしばらく消さずに残しておくべきか、いやでも空腹は厳しいものが……

「私もやる～！」

空腹かステータスかの究極の二択に思《おも》い悩《なや》んでいると、逸《はや》る妹が終わったなら場所を譲《ゆず》れと肩を揺《ゆ》すってきた。まぁ考察は後でじっくり考えればいいことなので場所を代わってやるとしよう。

そわそわしながら水晶の前に座り、目で説明しろと訴《うった》えてくる妹にジョブチェンジのやり方を丁寧《ていねい》に指導する。うむうむと唸《うな》りながらも無事【キャスター】を選べたようだ。

「これでもうお終《しま》いなんだ。特に変わった感じはしないけど」

「そんなもんだ。ジョブチェンジしたら一応ステータスを教えてくれ」

「えーとね……」

俺の端末に忘れないよう入力する。

〈名前〉　成海華乃（ナルミ　カノ）
〈レベル〉　1　→　19
〈ジョブ&ジョブレベル〉　キャスター　レベル1
〈冒険者階級〉：―未登録―
〈ステータス〉
　最大HP：70
　最大MP：59
　STR：61
　INT：54
　VIT：47
　AGI：73
　MND：46
〈スキル　2／6〉
　・《二刀流》
　・《簡易鑑定》
　・〈空〉
　・〈空〉
　・〈空〉
　・〈空〉

「こんな感じ」

「あれ？　華乃ちゃんや……だいぶ強くね？」

ステータス補正スキルがあるわけでもないのに全体的にステータスが高い。上昇値も平均50を超えている。俺に《大食漢》のブーストが無ければ大敗北していただろう。ダンエクでもキャラメイクのときにステータス上昇幅《じょうしょうはば》が少しだけ高い〝当たりキャラ〟なるものの噂《うわさ》があったが、それだろうか。


まぁ気にしすぎてもアレなので、気のせいということで話を進める。

「あとは装備だな。武器でいいのがあったら買ってやるぞ。予算は50リルまで」

「やった～♪　このダガーも使いやすかったけど、すぐ曲がりそうだし力入れるのが怖かったんだよね～」

勢いよく立ち上がり武器が置かれているコーナーへ喜び勇んで飛び入る妹。それでは俺も物色を始めるとしようか。

最初に値段をチェックしたいのは、なんといってもマジックバッグ。20階以降に出現する巨大《きょだい》ミミズの消化器――胃袋《いぶくろ》のようなもの――から作られていて、見た目の20倍くらいまで入るバッグだ。

沢山《たくさん》の物を入れられるが重量は軽くならず、破れでもすると中身をその場でぶち撒いてしまうので扱《あつか》いに注意しなくてはならない。だがこれからのダンジョンダイブでは嵩張《かさば》る物を入れる必要も出てくるので是非見ておきたいと思っていた。

「ええと、250リル……やっぱ今の所持金じゃ無理だったか」

プレイヤーが多くいたゲーム時代ではマジックバッグの素材が多く店売りされていたため、完成品のマジックバッグも値下がって50リルもあれば買うことができた。この世界ではそれよりも高いと覚悟はしていたものの、もしかしたらという淡《あわ》い期待は無残に打ち砕《くだ》かれたというわけだ。

これからは隠しストアを利用する機会も増えるだろうし、ダンジョン通貨も稼《かせ》がないといけないな。入手する機会も増えるはずなので、家に帰ったらダンジョンダイブ計画を練り直すとしよう。

ということで次は鑑定アイテム。今持っているのは《鑑定》のスキルが使えるマジックワンドだ。《簡易鑑定》では鑑定できないアイテムやスキル、またはステータス偽装した人にも鑑定できるため、必ず持っておきたい一品だ。ただしワンドには使用回数があるので、しっかりチェックしておきたい。

「10回チャージのワンドが10リルか、これはゲームと同じだな。これ1つお願いします」

「ええ、たしかに10リル」

家に帰ったらこのワンドで《大食漢》とヴォルゲムートからドロップしたアイテムを鑑定するとしよう。実験もしたいし、残金に余裕があれば後でまた買いに来たい。

次に状態異常回復ポーションを2つ買う。1個5リルだ。もしものときにこれがないと最悪死ぬ可能性があるので保険のために俺と、華乃にも1つずつは持っておきたい。それと回復ポーションの値段も確認する。

（2リルか。これは安いな）

効果は体に振りかければ【プリースト】が唱える《中回復》と同等の効果があり、簡単な骨折や指の先の欠損程度なら即座《そくざ》に治すという凄《すご》いポーション。需要《じゅよう》が恐ろしく高く、冒険者ギルドでは最低でも1つ数十万円で取引される高価なアイテムなのだが、ここではダンジョン銅貨たった2枚で買うことができる。

ゲーム時代ではすぐに売り切れ、再入荷したとしても値段が上がり、10リル以下ではなかなか買うことはできなかったが、プレイヤーがいないことでマジックバッグと逆の現象が起きている。

（しめしめ。これは転売するしかないな）

そしてもう1つの人気アイテム。

「ミスリルって鉱石で売っていますか？」

「ええ、あるわ。あっちの台に置いてあるのが鉱石よ」

2畳《じょう》ほどの台の上に様々な色の鉱石が並べられている。鉄鉱石や銀鉱石、ミスリル鉱石と鉱石ごとに名札が張られているが、同じ種類の鉱石でも大きさはかなり違《ちが》うようだ。大きいほうを買おうとしたら、中に含《ふく》まれている鉱石の量はどれもほぼ同じらしく悩む必要はないという。ならば運びやすい小さいのを買っておこう。

ミスリル鉱石を精錬《せいれん》できるなら、ミスリルインゴットを買うよりもかなり安く手に入れることができる。これらもゲーム時代では鍛冶《かじ》に手を出しているプレイヤー達に買い占《し》められ、すぐ売り切れる人気アイテムだった。

(ここで鉱石を買って外で精錬依頼し作ってもらったら、安く武器を揃《そろ》えられるな)

含まれているミスリルの量は大したことないが、少量でも外で買おうとすれば目が飛び出るほどの金額になってしまう。これも上手《うま》くすれば転売で大きな利益がでるだろう。俺の転売計画が捗《はかど》るぜ。

「おにぃ～！　片手剣を2本買いたいな～って思ってたけど……2本なら予算50リルって無理かも……」

とか言いながら2本とも手から離さないので諦める気が無いのが丸わかりだ。何とかならないかと上目遣《うわめづか》いで聞いてくる。

「じゃあ鉱石だけ買って工房《こうぼう》で一緒《いっしょ》に作ってもらうか」

「作ってもらえるの⁉　やったっ」

帰りにでも学校の工房に寄って見積もりをお願いしてみよう。

「もう帰るのかしら？」

「ええ。また買いに来ると思いますが、そのときはよろしくお願いします」

武器に必要な量の銀鉱石とミスリル鉱石を買い、残ったリルで転売目的のＨＰポーションを買う。しばらくは値段を上げ過ぎない程度に、オババの店と冒険者ギルドでＨＰポーション転売マラソンでもするとしよう。

「そう、久しぶりの客だったから寂《さび》しいわぁ……あら？　そういえばつい最近も人間が来たんだったわ」

「……え？」

それって、かなりの爆弾《ばくだん》発言では。

第06章 ✦ 人間は覚えにくい

最近も人間が来た……だと？

オババの店は通常では行けない隠しエリアにある。そして店前の広場にも冒険者の姿が一人として見えなかったから、てっきり誰《だれ》も来たことがないのだと思っていた。

「どんな人でしたか？」

「うーん、ごめんなさいね。よく覚えていないわぁ」

フルフルが首をかしげながら「人間は覚えにくいのよねぇ」と呟《つぶや》いている。魔人とはいえ人間と同じような外見をしているのに、人間の姿が覚えにくいというのもある意味面白《おもしろ》いが――

（来たというのはプレイヤーか？）

こちらの世界に飛ばされてから今日まで1ヶ月ちょっと。俺と同じようにEクラススタートなら、この期間でオババの店まで到達《とうたつ》する難易度はそれなりに高いはずだ。それでも俺以上に時間とリスクを掛《か》けて効率的なレベル上げをしたのなら来られないこともない。

もしくは、俺の知らない知識や方法でここまで来たということも考えられる。

（プレイヤーではなく、普通の冒険者の線もあるか）

図書室で調べた限りでは、この場所についての記事は見られなかった。しかし、このダンジョンが発見されてからもう何十年と経《た》っている。その間に誰か一人くらい興味本位でダンジョン通貨を窪みにはめ込《こ》んで、偶然《ぐうぜん》この場に辿《たど》り着いたとしてもおかしくはない。情報が出ていないのはこの場所を独占《どくせん》したいがために隠匿《いんとく》したとも考えられる。

プレイヤーにせよプレイヤーではない冒険者にせよ、この店を知っているのなら何かしら買い占められているはずだ。俺ならそうする。しかし、在庫を見た限りではそんな感じがしないので聞いてみることにした。

来訪者がプレイヤーなら俺と同じポーションや鉱石を買うし、冒険者ならマジックアイテムも買うだろう。何を買うかでどちらかに絞《しぼ》り込めるかもしれない。

「何も買わなかったわよ？　ただ……私の店に誰が来たか聞いてきたわね」

（……何も買わなかった？）

この店のラインナップは外と比べても非常に魅力的《みりょくてき》なものばかり。手持ちのダンジョン通貨が無かったのだろうか。それならフルフルに通貨の存在と必要性を聞いて、貯《た》めてから買いに来ればいいだけの話だ。それに買おうと思えば魔石でも買うことはできる。

にもかかわらず、何も買わなかったというのは純粋《じゅんすい》に誰が来たのか聞きにきただけなのだろう。このタイミングでこんな質問をするとなると冒険者というよりプレイヤーの可能性が高そうだ。

（クラスメイトでダンジョンにこもっていそうなプレイヤーはいただろうか）

俺はクラスメイトとの親交はほぼスルーしていた……というよりスライムに負けた悪評のせいで誰からも声を掛けられずスルーされていた。放課後は部活探しもせず、ダイエットかダンジョンダイブに全力だった。誰がどれくらい潜っているのか全く見当がつかない。

（元々学校なんて何時辞《や》めてもいいという考えだったからなぁ。情報収集のためにも少しは交流を増やしたほうが良いか？）

クラスメイトとの交流は余計な時間を取られるというデメリットはあるが、情報収集や有益なイベントを熟《こな》す上でもアドバンテージとなり得る。ダンエクのイベントが起こる場所も主要人物も、大半が冒険者学校関連だからだ。

また中には危険なシナリオやイベントもあり、それらを回避《かいひ》するためにも赤城《あかぎ》君やヒロイン達《たち》がどれくらいイベントを進めているか、交流を踏《ふ》まえて把握《はあく》しておくのも良いかもしれない。

「……なるほど。その方がまた来たときは、俺がここへ来たことを内密にお願いできませんか。知られるとちょっとまずいので」

　こんなに早くここに来れたのだってヴォルゲムートというイレギュラーがあってこそ。その俺《おれ》よりも早く到達するというのは、かなりのやり手と考えられる。敵になる可能性もあるので、こちらの情報はできれば隠しておきたい。

　生憎《あいにく》とレベルアップ競争なら負けていないはず。このままぶっちぎる予定だ。

「ええ。でもあなたのことも覚えられそうにないし、心配しなくていいのよ」

「ありがとうございます。また来ると思いますが、そのときはよろしくお願いします」

「またくるね〜お姉さんっ」

　華乃が手を振《ふ》ると、フルフルもにこやかに手を振り返す。こんな客も来ない閑散《かんさん》とした店を何でやっているのか。時間感覚すらあるのかどうか分からないが、こちらとしては色々と助かる。


　誰もいない広場に戻って一休み。ダンジョンの中とは思えないほど広大で長閑《のどか》な広場だ。鳥の鳴き声や風のせせらぎは無いが天井《てんじょう》は高く、やや明るい薄水色《うすみずいろ》なので開放感もある。こんな場所を妹と独占しているのは気分がいいものだ。

　10階入り口で買った焼きそばを取り出して食べる。予想はしていたが値段が高いくせに大した味では無い。というか何の肉だよコレ。

「んじゃ帰るか」

「うんっ」

帰りはこの広場の片隅《かたすみ》にあるゲートを使う。ここで魔力登録をしておけばダンジョン外からもすぐにオババの店に来られるようになる。

1つ十数kgほどの鉱石を4つ持っての移動ではあるが、レベルアップにより力が上がったせいか重さはそれほど苦にならない。重さよりも鉱石が大きく嵩張って運びにくいので、早い所マジックバッグが欲しい。そのためにもダンジョン通貨を沢山稼《たくさんかせ》がないといけない。

次のダイブはミノタウロス狩りにするか、さらに潜るか。その辺りは家に帰ってからゆっくり考えるとしよう。とにかく今日は色々ありすぎてオラは疲《つか》れたよ。さきほどから欠伸《あくび》が止まらない。

見たことがある壁《かべ》の紋様《もんよう》に魔力を通してゲートを開く。くぐり抜《ぬ》けると一瞬《いっしゅん》で学校地下1階の空き教室に移動完了《かんりょう》だ。ダンジョン内より数度温度が低くひんやりしてて心地《ここち》よい。

「先に帰っていいぞ。俺は工房にこの鉱石を預けに行ってくる。一人で帰れるか？」

「大丈夫《だいじょうぶ》だよ～。後はよろしくねっ」

機嫌《きげん》がいいのかスキップしながらルンルン気分で歩き去っていく。というか部外者なんだから校内では目立たないようにしろと言いたい。あの防具では目立つので偽装用の制服でも作っておくか。

鉱石を担《かつ》ぎながらでは現在のレベルがバレそうなので、工房まで台車を借りてきて運ぶことにする。ガラガラと押《お》しながら外へ出ると、闘技場《とうぎじょう》のある方角から訓練している声が聞こえてきた。高校の時を思い出して懐《なつ》かしい……というか今、俺も高校生だった。

そういえば赤城君の部活はどうなったのか。やっぱりEクラス向けの部活に入ったのだろうか。すでに闇落《やみお》ちしたのかも気になるが……その場合、面倒なドタバタが起こるので巻き込まれないよう回避に動いたほうが良いか、など思案しながら工房エリアへと足を進める。

真新しい外壁《がいへき》に、よく掃除《そうじ》された荷物置き場。白く四角い形をした工房の中からは大きな機械が動作している音や金属を叩《たた》く音が聞こえてくる。

この学校には民間企業《きぎょう》からの指導で彫金《ちょうきん》や装飾品を作って学ぶ部活動もあり、活動の場は主に学校敷地内《しきちない》の工房エリアだ。ミスリルもそうだがダンジョン産の金属は大量の魔力を通しながら加工する。レベルアップを多く経験した魔力量の多い冒険者《ぼうけんしゃ》学校の生徒は彫金師や鍛冶師《かじし》の適性も高く、目指す人も多いのだ。

（さて。先輩方《せんぱいがた》はいるかな）

広く開いた工房の入り口から中を覗《のぞ》いていると、大柄《おおがら》な生徒がこちらに気づき出てきた。

「なんだぁ？　……依頼《いらい》か？」

訝《いぶか》し気《げ》に俺を見た後、荷台にある鉱石を見て依頼だと分かった模様。ええ、その通りです。

「この鉱石の精錬と、できれば武器作成の見積もりをお願いしたいのですが、大丈夫ですか」

ジロジロと無遠慮《ぶえんりょ》に俺を見てくる。２年生だろうか。次に鉱石を見てミスリル鉱石があるのが分かって驚いている。

「おうおう、今俺達《おれたち》はミスリル合金の勉強していてよ。依頼なら安くするぜ？」

「そうですか、依頼料はどれくらいになりますか？」

急にご機嫌になる先輩。なんか調子いいなと思いながらも、安くなるなら頼《たの》んでみようかしらん。もう少しすればＨＰポーションの転売でも儲《もう》けが出るようになる予定だが、今はとにかくお財布《さいふ》事情が厳しいのだ。

「ミスリルと銀の精錬を俺に任せてくれるなら……これくらいだな。武器作るならまず、ミスリルの量がどれくらいできるかによる。精錬後に決めたほうがいいだろう」

提示された金額は思ったよりも安い。精錬さえできてしまえば作成依頼は他所でしてもいいので、今度にでも冒険者ギルドに下見しに行こうかね。

「それでお願いします、俺は1年Eクラスの成海といいます」

「1年Eクラスだぁ？　そんでミスリル合金の武器とか使うのか……まぁいい。じゃまた後で来いよ」

「書面とか書かないんですか？」

「……ちょっと待ってろ」

奥《おく》から精錬依頼契約証《けいやくしょう》の用紙を持ってきたのでサインする。精錬はすぐできるようなので、数日したら取りに来ると言っておいた。

さてと。さっさと家に帰ろう。


「ただいま～っと、……おぉっ？」

「颯太っ！　華乃の言ってることってホントなの……ってあら？　少し痩《や》せたかしら……」

家に帰るや否《いな》や、お袋《ふくろ》が小走りで玄関《げんかん》まで駆《か》けつけてきた。華乃が【キャスター】になったと聞いて真実はどうなのか問いただしに来たようだが、俺の見た目が変わっていることに、首を傾《かし》げている。そりゃそうだろう、朝送り出したときと今で、ここまで体重が違うなんて普《ふ》通《つう》はあり得ない。

とはいえ、ヴォルゲムート戦で一度激痩《げきや》せしてから携帯《けいたい》食料を食いまくってのリバウンド込みで、トータルではちょっとは痩せているはず。どれくらいか正確には分からないが、朝と比べ10kg以上は減っているんじゃないだろうか。

色々と驚《おどろ》きや聞きたいことがあるようで、腕《うで》をぶんぶん振るいながら口をもごつかせている。

「飯食いながらでいい？　腹減った」

「……ご飯はもうできてるから並べておくわね」

自分の部屋に入りほっと一息。今日一日はマジで疲れた。

すっかりボロボロになった魔狼《まろう》の防具を部屋に置く……買ったばっかりだがこれももう買い替《か》えないといけない。とはいえレベル19に見合う防具を揃えるとしたら一体いくらになるのか。

　頭を悩ませながらラフな部屋着に着替《きが》えて居間に行くと、下手糞《へたくそ》な作り笑いをしている親父《おやじ》も座《すわ》っていた。まぁ丁度いい。

「そんじゃ、何から話す……」

「【キャスター】になったことからお願いっ」

　お袋が隣《となり》に滑《すべ》り込むように座ってきて急《せ》き立てて言う。

　この世界では基本ジョブへのジョブチェンジができるなら専業でも食っていける一人前の冒険者という認識《にんしき》がある。未《いま》だ冒険者の未練を捨てきれずにいる親父も長いことレベル4の壁を超えられずにいたわけで、何をどうやったらそんなにレベルが上がるのか、興味がない振りをしながら新聞を読みつつ、こちらに耳を澄《す》ませている。

「俺がこれから話すことは家族だけの秘密にして欲しいんだけど」

「……それって凄い情報なの？」

「まぁ一部はそうかな」

　ダンジョンの新情報はモノによっては凄《すさ》まじい値段で取引されている。それこそ一生遊んで暮らせるほどの額。そんなものを知っていると分かれば、無理にでも聞き出そうとするヤバい奴《やつ》らも現れる。

事の深刻さを感じ取り、親父もお袋もごくりと固唾《かたず》を呑《の》んで話の続きを待つ。

「私が【キャスター】になってぇ、おにぃが【シーフ】になったんだよねっ」

「あぁ。ついでに俺も華乃もレベル19になった」

「「じゅっ……19⁉」」

親父が目を見開き、お袋は前のめりになりながら聞き返してくる。レベル19といえばそれなりの有名なクランからお誘《さそ》いが来るレベルらしく、「ウチの子達は天才なのかっ！」と手を取り合って喜んでいる。天才なのかは知らんけどね。

さて、どこまで説明するのがいいか。

信頼《しんらい》できることは分かっているし、無類の協力者になり得る成海家の面々。こちらの世界に来てからのことは、家族には秘密にしないようにしようと考えている。ダンジョン知識については危険性を伝えた上で遠慮《えんりょ》なく言うつもりだ。

かといって、ここはゲームの世界だったとか元の世界の出来事を言ってもオツムの心配をされるだけなので話すつもりはない。それは言っても意味がないものだろうし。

とりあえずこれまでの数日間の経緯から丁寧に説明するとしよう。

第07章 ✦ 成海家会議

茶の間の成海家会議。冬場はコタツとして使っていたローテーブルに一家四人で向き合って座る。

まずはゲーム知識云々《うんぬん》よりもこれまでの経緯《けいい》から入ったほうが良いだろう。妹である華乃のパワーレベリングから始まり10階までの道のりを説明する。

「じゃぁジョブチェンジしたのは本当なのねぇ……」

「もうっ、そう言ってるでしょっ！」

どうして信じてくれないのと種を目一杯《めいっぱいっ》詰め込んだハムスターのように頬《ほお》を膨《ふく》らませ抗《こう》議《ぎ》する妹。

「でも、どうやってそんな早く上げられたんだ？」

新聞を机に置き、驚きながらも何をやっていたのか聞いてくる親父。

お袋は冒険者ギルドで臨時の社員として働いていて、統計やデータを扱っているから分かることだが、レベル19まで上げるのに一流の冒険者でも相当な時間、少なくとも3年程度はかかるらしい。

ゲーム知識がなく、ゲートも使えない。大勢とパーティーを組む。絶対に勝てる相手としか戦わない。そんな条件なら、最短でもそれくらい時間がかかることは想像がつく。もちろんそれらを行うための時間と資金、信頼できる仲間の確保は最低必要条件だ。

ゲーム知識があるなら数ヶ月もあれば上げられるだろうが、妹はわずか数日でレベル19まで上げた。この成長速度はこの世界どころか、ゲーム世界であっても厳しいくらいだ。そういった常識外なことを含めて今までの経緯を説明する。

俺が妹にしてやったパワーレベリングの方法でレベル7にし、その後7階にてゴーレム狩《が》りでレベル9か10まで上げようとしたが、クソ共に絡《から》まれて華乃が攻撃《こうげき》されてしまったこと。凶悪《きょうあく》な敵と戦う必要に迫《せま》られたこと。そして激闘《げきとう》の結果、レベル19になって痩せてしまったと説明した。

「よくも華乃を！　パパがとっちめてやるっ！」

「それでそんなに痩せてしまったのねぇ」

親父が興奮して憤《いきどお》っているが、妹を攻撃した奴らが所属しているクランは一応攻略《こうりゃく》クランを名乗っている。レベル4では乗り込んでいっても返り討《う》ちに合うだけなので少し落ち着いて欲《ほ》しい。

そして細くなった理由――といってもまだ十分ぽっちゃりしている――が激闘の結果と言われても普通は納得《なっとく》しないだろうが、大きく体重を減らした俺が目の前にいるのだから信じざるを得ない。無事で帰ってきてくれたということでそこは納得してくれたようだ。あと無駄《むだ》に高カロリーな飯でまた太らせようとしてくるのは止《や》めて頂きたい。

「でも、ソレルね……聞いたことはあるわ」

ソレルについて。冒険者ギルドで働いているお袋が言うには、結成してからまだ1年ほどしか経っていない新しいクランで、クランリーダーが相当な野心家、かつ問題児。ソレル自体も他の攻略クランと諍《いさか》いが絶えない要注意クランとのことらしい。

クラン同士で揉《も》める理由はいくつかある。優秀《ゆうしゅう》な人員の確保。人員の移動による情報機密、保守の問題。美味《おい》しい狩場《かりば》やモンスター、希少アイテムの独占や争奪《そうだつ》、競争。どちらのクランが上なのかというプライドの問題もあるが、とにかく巨大な金が動くので利害の対立が激しいのだ。

クラン同士の抗争《こうそう》も昔はダンジョン内でドンパチやる程度で平和だったのだが、今では人為的《じんいてき》に作られたマジックフィールド――AMF《Artificial Magic Field》と呼ばれている――の使用前提であることが多く、ダンジョン外でも大規模な被害《ひがい》を引き起こすことがある。

レベルを上げていない普通の警察が攻略クランの抗争に割って入るには荷が重く、専《もっぱ》ら冒険者ギルドが仲裁《ちゅうさい》に動くのが慣例だ。その関係でギルド職員のお袋にもそういった情報が入り、ソレルの名を知っていたらしい。

「冒険者防犯課の方たちも頭を抱《かか》えていたのよ。最近はクラン同士の抗争が多くてとてもじゃないけど人が足らないって」

そこらのクランの抗争ならともかく、攻略クランの仲裁には冒険者ギルド内でも相応のレベルを要求される。冒険者ギルドとはいえそのレベルの人材の確保は難しく、抗争が多いときにはどうしても人手不足になってしまう問題を抱えているという。

（ソレルにお仕置きしたいが、問題は〝背後〟がどれくらいまで出張ってくるか……）

ソレルの背後には二次団体〝金蘭会《きんらんかい》〟が控《ひか》えていて、ひいてはトップクランの〝カラーズ〟もいる。ソレルをとっちめたいのは山々だが、一刻も早くというわけではない。じっくりレベルを上げて強くなってから安全に確実に、そして秘密裏《ひみつり》にやることが重要。カラーズと事を構えるつもりなどないからだ。

そも優先順位的にはDクラスのアホ共をどうにかするのが先だし、学校内で何かやるにしても強さはバレたくないので《フェイク》は必須《ひっす》。後数ヶ月ほどは装備やスキルを充実《じゅうじつ》させ環境《かんきょう》を整えたほうがいいだろう。レベル上げも重要だが、ここまでは急ぎ過ぎた。

「ソレルへの復讐《ふくしゅう》は親父とお袋にも危害が加えられる可能性もあるから後回しで。家族みんなのレベルをしっかり上げてからまた考えよう」

「……危険なことは極力避《さ》けたほうがいいわぁ」

頬に手を当て憂慮《ゆうりょ》するお袋は復讐に消極的のようだ。それもそうだろう。すべては家族の命あっての物種。無事でいてくれたならそれでいいという考えも間違《まちが》ってはいない。足を斬《き》られた妹もポーションを使って完治し、後遺症《こういしょう》どころか傷跡《きずあと》も残っていない。ここで無理をする意味なんてないのだ。

「それじゃ、私がパワーレベリングするよっ。アンチエイジング効果もあるっておにぃが言ってたし」

「そ、そうねぇ。それじゃお願いしようかしら」

「パ……パパも参加していいかい？」

橋落としならまかせてっ！　と無い胸を張る妹だが、対象モンスターが冒険者ギルドで注意喚起《かんき》されているオークロードと聞いてギョッとする両親達。しかし今となってはオークソルジャーを複数体引き連れたオークロード相手であっても真正面から無傷で勝てるはずなので心配はない。

ゲームならでき得る限りの深層でパワーレベリングするほうが効率はいいのだが、こちらの世界では急激なレベルアップを実際やってみたところ体への負担が予想以上にあった。

それに命もかかっているわけで、より確実で安全にレベルアップできるよう華乃のときと同様に最初はオークロードの橋落としからやったほうが無難だろう。

また10階の隠《かく》しストアを利用しHPポーションや鉱石の転売を企《たくら》んでいることも説明しておく。隠しストアの存在はこれからの金策として使いたいので家族以外には秘密にしたい事項《じこう》の上位だ。

「他所に売るにも中抜《なかぬ》きが大きいぞ。少量なら俺の店に売るのはどうだ？」

「ギルドでは売値の半値以下でしか買い取らないし、パパのお店のほうがお得ね」

親父は脱《だつ》サラして冒険者関連のアイテムやグッズを取り扱っている小さな店『雑貨ショップ　ナルミ』を開いていて、最近では全国に向けてネット通信販売《つうしんはんばい》も行っている。

その親父によると、HPポーションはギルドによる鑑定認証《かんていにんしょう》があれば個人店でもすぐに売れる人気商品らしい。だがギルドから仕入れると単価が高い上にほとんど利益が出ず、かといって冒険者から鑑定認証の無いHPポーションを仕入れるのはリスクが高くて今までは扱ってなかったそうな。

俺の利益が増えて、さらにうちの飯が豪華《ごうか》になるなら是非《ぜひ》とも親父の店を利用したいところ。HPポーションは全部そっちで売ってしまおう。

その後、猛烈な空腹感を埋めるように飯を食いまくった俺は、極度の疲労と満足感を抱えて泥のように眠ることになった。

「きたわっ！　パパ、ロープを切る準備して」

「おっ……おう。ありゃ凄い数だな……」

華乃《かの》が視界に見えるや否や、その後ろにオークロードと無数のオークソルジャーが地響《じひび》きと土煙《つちけむり》を上げて現れる。数にして優に50体は超《こ》えているだろう。吊《つ》り橋《ばし》へなだれ込もうと突進《とつしん》する姿は、まるでバッファローの大群が全速力で向かってくるような光景だ。

——ここはダンジョン5階。

昨夜の成海家会議で現在置かれている状況《じようきよう》を事細《ことこま》かに話し合った結果、家族の安全が最優先という方針に決まった。

俺と華乃の顔はソレルのメンバー二人に知られている。こちらが生きていると分かれば、ろくでもないことが起きるかもしれない。さらに《簡易鑑定《かんてい》》によりレベルが異様に上がったと分かれば、背後にいる組織も動いて暴力も辞さず聞き出してくることも考えられる。

そういった連中に対し俺と妹だけなら撃退《げきたい》できるかもしれないが、親父とお袋のレベルでは対冒険者には対抗《たいこう》できず無防備だ。ならば先手を打ってこちらから単騎《たんき》で突撃《とつげき》しソレルを壊滅《かいめつ》させるという強硬《きようこう》手段を考えたものの、相手がどこまで出てくるか分からない以上、現在のレベルでは危険も伴《ともな》う。

以上のことから安全を考えた上で喫緊《きつきん》の課題としてやるべき事は、《フェイク》取得と家族のレベル上げという結論に至ったというわけだ。まぁ考え過ぎかもしれないが、冒険者が跳梁跋扈《ちようりようばつこ》し治安も悪いこちらの常識で考えれば、それくらい慎重《しんちよう》に行ったほうがいい。

まず《フェイク》の取得。

レベルやジョブの情報を隠し偽装《ぎそう》することは、ゲーム知識が露見《ろけん》するリスクを大きく減らすことに直結する。仮に今、俺や妹に対し《簡易鑑定》を使われたら大騒《おおさわ》ぎになるだけでは済まないだろう。この状況を放っておくことは家族の危機的状況を作り出すことに等しく、一刻も早く《フェイク》取得に動くべきだ。

家族全員のレベルについても早急《さつきゆう》に上げておきたい。何かしらトラブルがあってゲーム知識が露見し情報目当てに襲《おそ》われたとしても、家族が皆《みな》レベル30とかになってしまえばそこらの冒険者程度返《かえ》り討《う》ちにすることができる。力には力理論である。当然、無理なレベル上げはしない。確実に安全により早くレベル上げができるプランニングを組むよう心がける。

そのため今日は学校を休んで、親父も午前中だけ店を閉めて《フェイク》取得とパワーレベリングをしにきている。華乃は【キャスター】だったので、オババの店で【シーフ】にジョブチェンジ済みだ。

この5階とオババの店は魔力登録《まりょくとうろく》してあるので、ゲートで簡単に階層移動が可能になっている。両親にもゲートの使い方を説明すると酷《ひど》く驚いていたが、これからダンジョンダイブを続けていけばもっと驚くことが増えていくので早めに慣れてほしい。

――おっと。今はそんなことを考えている余裕《よゆう》はなかった。

「連れてきたよおおおお！」

「二人ともっ。華乃が橋を渡《わた》りきっても、先頭にいるオークロードが橋の中央越《こ》えるまで切らないように」

「分かったわ！」「まかせとけっ」

揺《ゆ》れるはずの橋の上をカモシカのようにぴょんぴょん跳《は》ねながら駆け込んでくる我《わ》が妹。脚力《きゃくりょく》も順調に上がったことで、あのような走り方ができるようになった。ゲームではどんなにレベルが上がっても速さこそ変われど通常と同じ走り方だったが、これもゲームが現実となって変わった部分の1つと言える。

そうこうしているうちに先頭のオークロードが橋の中央を越えてきた。目が血走ってい

つもより怒気《どき》が強いが何かしたのだろうか。吊り橋のワイヤーを切るよう合図をすると、お袋と親父が左右に分かれて同時に切り落とす。落ちる時の悲鳴までブモォブモォと騒《さわ》がしいオーク達は、10秒ほど経ってようやく経験値になった。

「おぉ!? レベルアップきたぞ！ ……凄いなこれは」

「あら……胸の奥が苦しくなったけど、その後はスッキリした感じね。どう、若くなった？」

レベル一桁《けた》程度のレベルアップではそう大して若返らないと思うが、親父は綺《き》麗《れい》になったと一生懸命《いっしょうけんめい》お袋を煽《おだ》てている。

順調にパワーレベリングができそうだということで、アイテムを回収したら次のオークロードがポップする時間まで通常の狩りを行うことにする。ちなみにオークロードが随分《ずいぶん》と興奮していたのは「釣《つ》ってくる際にどれくらい攻撃が見えて躱《かわ》せるか試《ため》していたから」らしい。オークは嗜虐性《しぎゃくせい》が強いが、逆に言えば挑発《ちょうはつ》に弱い種族なのだろう。

通路を歩き見かけたモンスターを狩りながら俺の知っているダンジョン知識を親父とお袋に垂れ流す。トラップやMAP、モンスターの特徴《とくちょう》や倒《たお》し方《かた》。11階以下の攻略に挑《いど》むため魔《ま》法攻撃《ほうこうげき》手段が欲しいことや、機甲士《きこうし》になりたいことなど、これからの予定も話す。

「……その知識は……いや、そうだな。とりあえずここでレベル7までは上げたほうがいいのか」

「あぁ。それから体がどれくらい動くか試しながらゴーレム狩りまでに実戦練習をしたほうがいいよ」

急激にレベルを上げれば今までと体の使い方が変わる。ＳＴＲが上がれば今まで両手でしか扱《あつか》えなかった剣《けん》を片手で扱うことができたり、身体能力が上がったことで体の慣性をある程度無視したりもできる。そういったことに気づき、慣れるためにはやはり戦闘《せんとう》に時間をかけなければならない。

肉体強化に慣れながらレベル８まで上げれば【ニュービー】のジョブレベルも10に達し《スキル枠《わく》＋３》も覚えるはず。そうしたら10階のオババの店へ行き【シーフ】にジョブチェンジし《フェイク》の取得する、というこれからの流れも説明する。

親父は神妙《しんみょう》にうなずいているが、分かっているのかどうか。まぁ、そこは俺と妹がサポートするので少しずつ覚えて貰《もら》えばいい。

「やった〜！　《フェイク》覚えたよっ！」

丁寧《ていねい》に説明していると、そこらを走り回ってゴブリンソルジャーを倒しまくっていた妹が駆け寄って報告してくる。試しに《簡易鑑定》を使ってみると……

〈名前〉　成海華乃（ナルミ　カノ）

〈ジョブ〉　ファイター
〈強さ〉　相手にならないほど弱い
〈所持スキル数〉　0

「【ファイター】に、相手にならないほど弱い……か。スキル数が〝0〟というのは不自然だな」

「じゃ、3つくらいにしておこうかな～」

《フェイク》は《簡易鑑定》からステータス漏洩《ろうえい》を隠す、または欺《あざむ》くことができる認識阻《にんしきそ》害系《がいけい》のパッシブスキルだ。ジョブや強さなど、各項目《こうもく》のパラメータは自分で任意に設定できるが、華乃の〝所持スキル数0〟のように不自然に思われると《簡易鑑定》でも阻害が解けてバレる可能性がある。あくまで鑑定側の認識を誤魔化《ごまか》すあやふやなものに過ぎない。

他に欠点としては《簡易鑑定》より上位の鑑定系スキルを使われたら見抜《みぬ》かれてしまうというのはあるが、そのレベルの相手は学校でもほとんどいないし、いたとしても戦うことがなければ使ってくることもないと思うので、今は考えなくてもいいだろう。

ゲームのときは強さを隠すなんてスキルは使い道がなく、はっきり言って死にスキルだった。この世界のスキル評価でも工作員や諜報員《ちょうほういん》でもなければ《フェイク》を貴重なスキル枠に入れるような物好きはおらず、大抵《たいてい》の人は持っていないようだが。

「もう一度橋落としやったら俺もソロ狩りして覚えてくるよ」

「わかったー。あ、そろそろオークロードがポップする時間だねっ、行ってくる」

「華乃ちゃん。気を付けてね」

その後も何回かオークロードを狩り、親父はレベル6、お袋はレベル5まで上昇《じょうしょう》。俺も無事に《フェイク》を覚えられた。パラメータは【ニュービー】にレベル5くらいにしておこう。

明日から学校に行こうと思ったが念のためもう数日は準備期間にするのもいいか。ソレルやこの世界のことをもう少し調べておきたいし、痩せたことで制服も直さないといけない。やることは多そうだ。

第08章 ✦ 立木直人①

―― 立木《たちぎ》直人《なおと》視点 ――

先日の4番闘技場での決闘騒《けっとうさわ》ぎ。

刈谷《かりや》に酷く痛めつけられ何本か肋骨《ろっこつ》骨折をしたユウマは、幸いにも【プリースト】の先生の施術《しじゅつ》によりその日のうちに完治。今は何ともないようで元気に動くことができている。

だがあの日からEクラスは暗闇《くらやみ》の中にいるような重い空気に包まれ、そこから抜け出せないでいる。

少し前の部活動勧誘式《かんゆうしき》でもEクラスの尊厳を酷く傷つけられていたが、それでも頑張《がんば》ればいつかは認めてくれるのではないかと前向きに考えて、立ち直ろうとしたクラスメイトも多かった。しかし……今回は違《ちが》う。

このクラスでは一際《ひときわ》優秀で才能もカリスマもあり戦闘能力でもずば抜けて高かったユウマが敗北してしまったことは、そして他クラスから悪意のこもった罵詈《ばり》雑言《ぞうごん》を浴びせられたことは、ユウマの後に続こうとしていた者たちの前向きな心を圧《へ》し折るに十分だった。

共に頑張ってきたサクラコとカヲル、僕《ぼく》ですら意気消沈《いきしょうちん》している。

とはいえ負けたユウマが悪いわけではない。下卑《げび》た態度でサクラコに近づき、それを庇《かば》ったユウマに難癖《なんくせ》を付けて挑発。しかも一度もダンジョンに入ったことも無い相手に決闘《けっとう》を吹《ふ》っ掛《か》けるというのは理不尽《りふじん》すぎるではないか。実に卑劣《ひれつ》な輩《やから》だ。

その時はユウマの勇気ある行動にクラス一同称賛《しょうさん》したものだが……冷静に考えてみれば、この決闘は仕組まれたものだということに気づく。

闘技場の予約表を調べてみて分かったことがある。4番闘技場は対魔法《まほう》シールドを張れるため、第一魔術部《まじゅつぶ》が練習のためによく使用していた場所だ。第一魔術部以外にも第二、第三魔術部も予約を入れており、この先もずっと予約は一杯《いっぱい》。それなのに一時的とはいえ一年Eクラスの決闘ごときに明《あ》け渡《わた》すだろうか。

刈谷にもおかしいことがある。Dクラスでは頭一つ抜けて有能であるにもかかわらず、なぜDクラスに在籍《ざいせき》しているのか。

戦闘技術に関してユウマとの戦闘を直に見て分かったことだが、刈谷は一朝一夕《いっちょういっせき》では身に付かない高度な技術と戦術を駆使《くし》していた。冒険者学校のクラス分けはAクラスから成績順で振り分けられる。その基準で考えれば戦闘技術もレベルも高くDクラスを指揮できる刈谷は、Ｃクラス、もしかしたらＢクラスに届くほどの能力があるのではないかと睨んでいる。

それなのに内部生の中では一番の下位であるＤクラスに留《とど》まっている理由は何か。試験を受けられなくて降格したとかだろうか。それとも……。

学校の対応もおかしい。先程《さきほど》Ｄクラスの阿呆《あほう》共がイジメともとれる行動を取ったにもかかわらず担任は見て見ぬふり。それを分かっているのかＤクラスも益々《ますます》増長した態度を取ってくる。

このような上位クラスからの圧力は一年Ｅクラスだけではない、二年や三年Ｅクラスにも似たようなことが蔓延《はびこ》っている。退学に追い込《こ》まれたという話も聞くくらいだ。

（まるでこの状況を学校自体が黙認《もくにん》しているかのようだ）

江戸《えど》時代の身分制度「士農工商」の下に作為的《さくいてき》に作られた穢多非人《えたひにん》のように、Ｅクラスという外部生に対し差別的な意味合いを持たせたいという意思を感じる。

もしそうならこれはＥクラスとＤクラスだけの問題ではない。Ｄクラスだけでそのようなことができるわけがないのだから。……ではそんなことが可能な存在とは何者か。

刈谷とＤクラスを動かし、４番闘技場の使用許可を自由に決められ、担任をも黙認させられる存在。Ａクラス……生徒会……いや、もっと大きいような気がする。

（仮に、背後にいる敵というのが〝八龍《はちりゅう》〟だったなら。僕は抗《あらが》えるのか……？）

冒険者学校には派閥《はばつ》がいくつもあり、その中でも特に大きな8つの派閥がある。それが〝八龍〟だ。

現時点で判明している八龍は〝生徒会〟、〝第一剣術部《けんじゅつぶ》〟、〝第一魔術部〟、〝第一弓術部《きゅうじゅつぶ》〟、〝Aクラス同盟〟の5つ。後3つあるというが今は分からない。

これらの派閥は下位に多くの生徒や派閥を従えていたり、さらには企業や冒険者クラン、冒険者大学生や官僚《かんりょう》まで付いているという。教師どころか学校の運営上層部にも大きな影《えい》響力《きょうりょく》を与《あた》えるほど、果てしなく巨大《きょだい》な権力を持つ。

その八龍に抗うということは、この冒険者学校そのものに対し喧嘩《けんか》を売ることと同義。一介《いっかい》の高校生如《ごと》きにそれらを相手取って何ができるというのか——

再び目の前が暗くなるような錯覚《さっかく》に襲われる。今まで描《えが》いていた輝《かがや》かしい夢や希望が、大切な家族からの期待が、追い求めていたものが罅割《ひびわ》れ、零《こぼ》れ落ちそうになる。

脱力感《だつりょくかん》から頭を抱えて俯《うつむ》いていると、Eクラスに入り浸《びた》っているDクラスの生徒の話し声が聞こえてくる。大声で喧《やかま》しく騒いでいるので僕の初期スキル《聴覚強化《ちょうかくきょうか》》を使う必要もない。

「そういや俺の兄貴がカラーズの下部組織のパーティーに呼ばれてさ」

「カラーズの⁉　すっげぇ！」

「間仲《まなか》君のお兄さん、〝ソレル〟のメンバーだったよね」

「すごーい！」

（カラーズか……）

強大な不死の王リッチに立ち向かい、討伐《とうばつ》するという偉業《いぎょう》を成《な》し遂《と》げた日本が誇《ほこ》る英雄《えいゆう》達《たち》。冒険者学校の生徒でなくても先日のカラーズの偉業をテレビに噛《かじ》り付いて見ていた人は多かろう。かくいう僕も深夜遅《おそ》くまで見ていたし、録画を何度も見返したほどだ。あれぞ冒険者の頂点という戦いだった。

あの討伐によりカラーズは日本のメディアを席巻《せっけん》する話題となり続けている。先日話題となっていたのはクラン参加志望者も急激に増え、数万人が面接に応募《おうぼ》するというニュース。カラーズは5つの旗下クランを持っており、その下にも多くのクランを従えている超《ちょう》巨大《きょだい》組織。〝ソレル〟というのもそのようなクランの1つなのだろう。

僕自身は冒険者大学志望だが、カラーズの映像を見ていたときは一流の冒険者を目指すのもいいかもしれない、なんて思った。しかし蓋《ふた》を開けてみれば……このザマだ。一流冒険者、冒険者大学どころかAクラス……いやBクラスやCクラスへの昇格《しょうかく》すら不可能に思えてくる。

最後に送り出してくれた両親の姿を思い出す――

士族嫡男《ちゃくなん》として子爵《ししゃく》である一色《いっしき》様に仕える家に生まれた僕は、小さな頃《ころ》から体が弱く、少し動けば熱が出て家に閉じこもることが多かった。そんな時、子爵様の嫡女である一色乙葉《おとは》お嬢様《じょうさま》が、選ばれし者のみ入ることが許される冒険者学校中等部に入学するという知らせを耳にした。

当時の僕はその知らせに驚愕《きょうがく》し、寝付《ねつ》くことができなかったほど動揺《どうよう》した。同年代の女子と比べても明らかに背が小さく線の細い、しかも僕と同じ虚弱《きよじゃく》体質だったというのに。どうやったら全国から化け物達《たち》が集う学校に合格できたのか。入学してもそんな中でやっていけるのか。

ついていけず、すぐに帰ってくるはず。

そう思っていたが入学してから1年程《ほど》で頭角を現し、僅《わず》か13歳《さい》で魔術雑誌に特集を組まれるほどの人物となっていた。大きなオークを魔法でやっつける写真には度肝《どぎも》を抜《ぬ》かれたものだ。あれほどお淑《しと》やかなお嬢様が、こうも変われるものなのだと。

僕もこっそり冒険者学校中等部に入学願書を送ってみたが……当然の如く落ちた。やっぱり僕には才能がない。あばらが浮《う》くようなひ弱な体だし。どうせ冒険者学校なんて無理だ。そう思って自分を慰《なぐさ》める言い訳をしていたものだ。

そんな弱音を両親に言ってみたことがある。すると、お嬢様の秘密をこっそり教えてくれた。お嬢様は一人で血の滲《にじ》むような努力をしていた。食事を変えてトレーニングメニューを組み、毎日遅くまで勉強し、それをただ人に見せていなかっただけだという。

人は変わるようにしか変われない。本当に変えたいのなら変えたいと強く強く思わないとダメなのだ。

僕は本当に冒険者学校に入りたかったのか。あの時は虚弱体質を克服《こくふく》できず中等部には入学できなかったが、本当に頑張って克服しようとしていたのか。

赤く艶《あで》やかな髪《かみ》を靡《なび》かせ笑顔《えがお》で腕を組み胸張るお嬢様の写真を見てみれば、彼女《かのじょ》の変わろうとした思いの強さがどれ程のものだったのか、そこに目指すべき道が見えたような気がした。

その日から死ぬ思いで体を鍛《きた》え続けた。どうしたら体を強くできるのか。強靭《きょうじん》な体を作るための食事作りを母に手伝ってもらい、毎日走り、難関校の問題集で分からないところを父に教えてもらった。献身的《けんしんてき》に応援《おうえん》してくれた家族のためにも。お嬢様のいる冒険者学校へ必ず合格するんだ――

(だというのに。何なんだこのザマは！)

Eクラスの状況に対して悲観して嘆《なげ》いているのではない。この程度で折れそうになっている軟弱《なんじゃく》で無様な己《おのれ》の精神に対して憤慨《ふんがい》しているのだ。決死の思いで何年も頑張って入学してきたというのに何も成し得ていないどころか、まだ何もやろうとすらしていないのに。たった1ヶ月ちょっとで、もう折れるとか我ながら呆《あき》れ返る。お嬢様が聞いたら失笑《しっしょう》されてしまうではないか。

(どうやってここまで来たのか。何のためにここへ来たのかを思い出せ)

冒険者《ぼうけんしゃ》学校に合格したときだって目に涙《なみだ》を浮かべ、あれだけ喜んでくれた母。家を出るときにそっと背中を押《お》してくれた父。両親の期待に応《こた》え、あの背中に追いつくために僕はここに来たというのに。こんな所で負けてしまいそうだった。

(まだ終わっていない。ダメならしょうがない。だがやってみてから諦《あきら》めろ)

相手が八龍だろうと何だろうと。やる前から諦めてどうする、立木直人！　情報を1つでも多く集めて状況を見極《みきわ》め、勝つための算段を立てるんだ。たとえ勝算が低くても勝率を1％でも上げるために。

気づかないうちに強く目を閉じていたのだろうか。真っ暗だった視界が開けるような気がした。先程と変わらない教室なのに、諦めないと決めた後は少しだけ眩《まぶ》しく見えた。

Dクラスの生徒はまだ残って話している。カラーズの傘下《さんか》のクランに関する話題は盛り上がっているようで、Eクラスの生徒も耳を澄まして聞いている。

そう、クラスメイトの彼《かれ》らだって夢や希望を抱《いだ》いていたからこそカラーズ傘下クランの話に耳を傾《かたむ》けているのだ。だがこのままの状況が続けば彼らの心も完全に折れてしまい、上位クラスや大きな派閥に従属する以外の道は無くなる。そうさせないためにもEクラスでも十分に追いつけるのだと、まだ戦えるのだと、希望を見せて気づかせなければならない。

劣《おと》っているのは学力ではない。この学校に受かった時点で相応の学力は持っているはずだ。日頃《ひごろ》の勉強をしっかりして少しのサポートがあれば学力面ではこれからも他クラスに差は広げられないだろう。

問題はダンジョンダイブ経験だ。

ダンジョンに入れるようになったのも高校入学後から。たった1ヶ月少しの期間でしかない。今の時点では内部生に劣っていて当たり前で、差を意識するときではない。敵はこの段階を狙《ねら》ってEクラスを圧し折るために圧力を掛けてきたわけだから、作為的な悪意とそれを作り出した存在をもっと早く疑うべきだった。

現時点では劣っているEクラスのダンジョンダイブ能力も、1年後、2年後ならやり方次第《しだい》で十分逆転可能。僕たちもAクラスに行けるということを敵にもクラスメイトにも見せつけてやりたい。

この先ますます上位クラスや上級生からの妨害《ぼうがい》も激しくなるだろう。Eクラスを完全に従属させるためにあの手この手で嫌《いや》がらせをしてくるはず。それら全《すべ》てに対抗するのは厳しいし、Aクラスに行くにも僕の努力だけでは無理だろう。

悪意と対しても折れず立ち向かえる仲間が欲しいのだが……見ればカヲルとサクラコも心が折れかけているのが分かる。以前のような明るく前向きな雰囲気《ふんいき》は無く、目にも光が灯《とも》っていない。そんな彼女達《かのじょたち》だが能力は素晴《すば》らしく、強さを求める姿勢も驚《おどろ》くほどストイックだ。この逆境もめげずに乗り越えられたとしたら必ず糧《かて》となる。協力者としてまず彼女らを説得すべきだろう。

もちろんユウマも欠かせない。今は負けてから間も空いてなく肩身《かたみ》が狭《せま》いかもしれないがクラスを引っ張る上で彼のカリスマは無くてはならないモノ。しかし妨害を仕掛《しか》けるなら恐《おそ》らく彼に対してなので、僕が目を光らせてサポートとケアをしなければならない。

そして6月にクラス対抗戦《たいこうせん》がある。試験内容は1週間かけてダンジョン内部を探索《たんさく》し、指定されたことをクリアしていくというもの。成績はクラスごとに付与《ふよ》されるためクラス全員の総合力が試される。先頭を走っている僕達《ぼくたち》が頑張ることはもちろん、足を引っ張りそうな者達の救済も急務だ。

できれば早いうちにレベルアップで苦戦しているクラスメイトを集めて補習のようなものをしたいところ。ダンジョン攻略情報や戦闘技術を共有し手助けできれば、皆のレベルも上げやすくなるだろう。

Ｅクラスの能力面で問題になりそうといえば数人思い当たるが、その中でも最下位で入学してきたあの太ってる彼が一番の問題か。付きっ切りで指導したほうがいいのだろうがそんな時間も余裕もない。僕らのパーティーに入れてダイブを経験させてみるのもいいかもしれないな。他の生徒に対してもどうサポートするかカヲルに相談して決めよう。

剣術ならカヲルとユウマが、魔術なら僕とサクラコが教えられるだろう。参加希望者を集めて立ち回りなどの勉強会などもやってもいい。

何をするにもまずはサクラコとカヲルを立ち直らせる。そしてＥクラスのために何ができるか、今のうちからしっかり考えておきたい。

僕は立ち止まる訳にはいかない。あの背中に追いつくまでは。

第09章 ✦ 早瀬カヲル①

――早瀬《はやせ》カヲル視点――

ユウマをも上回る刈谷のハイレベルな戦闘技術に狼狽《ろうばい》し、Dクラスからの悪意あるヤジが私の心を痛めつける。

そしてついに大剣の一撃《いちげき》がユウマの脇腹《わきばら》に決まり、思わず目を塞《ふさ》いだ。

信じていたものが徐々《じょじょ》に罅割れ砕《くだ》け散る。必死にかき集めて再構築しようとしても端《はし》から次々に零れ落ちていくような感覚。私達が自信をもって送り出した友が、無惨《むざん》にも敗れてしまった。

やはり私達Eクラスは彼らの言うように劣等生《れっとうせい》なのか。あれ程、血の滲むような努力をしても尚《なお》、勝てないというのはそういうことだったのか。この学校で得られる夢なんてものは最初から無く、全て幻《まぼろし》だったのか――

あの日から授業も上の空だ。昨夜もよく寝付けなかった。日課となっていたダンジョンダイブも朝の訓練も今は休止している。

今日の授業も終わり、重い息を吐《は》きながらゆっくりと帰りの支度《したく》をしているとナオトが静かに話しかけてきた。

「……少し、話がある」

いつもの柔和《にゅうわ》な雰囲気ではないことから何か重要な話なのだろう。ここではDクラスの輩がいるので廊下《ろうか》に出ることにする。窓から見える空は私の心を反映したのか鉛色《なまりいろ》で今にも泣きだしそうだ。

「カヲル。僕達が諦めてどうする」

諦めるとは何をだろうか……などと分かっているのに無意識に逃《に》げの考えが思い浮かぶ。けれど優《やさ》しくも力強いナオトの視線が私の目の奥《おく》を捉《とら》えて逃げることを許さない。

「僕達は歩みを止めてはならない。このクラスのためにも。何よりも僕達自身のために」

私達自身のため。そうはいっても3年間というアドバンテージを覆《くつがえ》すことなんてできるのだろうか。思い浮かぶのはあのハイレベルな戦闘。ユウマなら追いつけるかもしれない。でも私はいつあのレベルに辿《たど》り着けるのか。そんな自信などもう……

「そう思わせることが奴《やつ》らの狙いなんだ」

悪意を向けられていることは知っている。部活動勧誘式でも肌《はだ》で感じた。外部生なんて勧誘も歓迎《かんげい》もするわけがないということも。

「僕達が入学した初日に、ピンポイントでユウマを攻撃《こうげき》してきたことに疑問を持つべきだったんだ」

その悪意の攻撃は周到《しゅうとう》に計画されたものだという。

ユウマは外部生として最優秀成績で入学したEクラスの顔とも呼べる生徒。同時にクラスそのものを引っ張っていくカリスマ的存在でもある。その彼に対し訳の分からぬ言い掛《が》かりを付けてきた刈谷とDクラス一派。

Dクラスの彼らも中学時代の3年間遊んでいたわけではない。国が認めるほどの能力を持ち、必死でレベルを上げてきたはず。そんな彼らがダンジョン経験皆無《かいむ》のユウマにピンポイントで攻撃してきた……か。確かに最初から仕組まれていたと考えるのが妥当《だとう》だ。

「敵は予想以上に大きいかもしれない。だからといって悪意に負けてはいけない。僕らが前に進むために歩みを止めてはいけないんだ」

これを企んだ敵とその背後は想像以上に巨大かもしれない。だけど無条件に夢を諦めるなど真《ま》っ平御免《ぴらごめん》だと身振《みぶ》り手振《てぶ》りで力説する。

私も入学前からずっと竹刀《しない》を振《ふ》り、走り、寝《ね》る前に学業に勤《いそ》しみ、入学後は毎日ダンジョンに潜《もぐ》っていた。その歩みを数日間とはいえ止めてしまっていた。やる気がでなかった、というよりも逃げていたというべきか。

「カヲル。君の夢は何だい？　追いかけているものはないのか？」

夢……そう、幼少の時に母から聞いた御伽噺《おとぎばなし》に出てくる伝説の冒険者に憧《あこが》れていた。常識を超えた剣術を使いこなし、深淵《しんえん》なる魔術を極《きわ》め、凶悪《きょうあく》なモンスターを相手に縦横無尽《じゅうおうむじん》に戦い、誰《だれ》も辿り着いたことのない未知の階層を攻略《こうりゃく》する勇敢《ゆうかん》なる――勇者の物語。

寝る前には何度もその話をしてくれと強請《ねだ》ったものだ。

そういえば勇者については昔、颯太《そうた》とも話し合ったことがあった。確か「いつか未知の世界にお前を連れていってやる」って言ってたっけ。あのときはそれを信じて心をときめかせていたものだ。

でも今ならそんな存在は御伽噺の中にしかいないと分かる。剣術も魔術もできる冒険者なんていないし、未知なる階層を一人で攻略していくなんて絶対に不可能なのだから。

それでも、今も夢を叶《かな》えようとダンジョンの最前線で頑張っている攻略クランはある。命懸《か》けて未知に挑みに強大なフロアボスに挑む冒険者もいる。私もそんな彼らに背中を預け、共に最前線を攻略したいと夢見て竹刀を振るってきた。そして希望を胸に抱き冒険者学校に入学したのだけど……

「入学してたかが1ヶ月と少し。不条理で悪意のある攻撃をされたからといって、そんなことで夢を諦め、折れていいのかい？　僕は嫌だね。絶対に諦めない」

私だって嫌だ。でも。

「だから……力を貸してくれないか。前へ進むために」

ナオトが頭を下げて力を貸してくれと頼《たの》みこんでくる。

私はユウマの役に立てなかった。友をあんな目に遭《あ》わせて逃げるような女だ。もう横に並び立つ資格はないのかもしれない。それでも——

「……私でも……こんな非力な私でも力になれるのだろうか……？」

鉛色の空から雨が零れはじめた。

「なるほど。クラス対抗戦ね」

「時間はそれほどない。あと1ヶ月で僕たちがどこまでできるかが勝負だ」

六月にあるというクラス対抗戦。1年生の全クラスが参加し、クラスの順位ごとに成績が加算される最初の試金石ともいうべき試験だ。

「去年の対抗戦の詳細《しょうさい》は調べてきた」

プリントアウトしてきた紙を渡される。すでに情報をある程度集め、纏《まと》め上げているとはナオトの手際《てぎわ》の良さには舌を巻く。

「ふむ、これは……グループ作りも重要になってくるのか」

クラス対抗戦は1週間かけてダンジョン内で行う。去年に今の2年生がやった種目は「指定ポイント到達《とうたつ》」「指定モンスター討伐」「到達深度」「指定クエスト」「トータル魔石量《ませきりょう》」の5つ。これらは恐らく今年も同じだろう。

一見したところ、やはり高レベルが有利になりそうな種目ばかり。無駄《むだ》な戦闘を避《さ》けられる隠密系《おんみつけい》スキル持ちも活躍《かつやく》することだろう。そしてレベルが低く、ジョブチェンジ済みも少ないEクラスはやはり厳しい戦いになりそうだ。

これら5つの種目にクラスメイトをどう振り分けるのか。Eクラスのダンジョンダイブにおいて先頭を走っている私達は集めたほうがいいのか、分けたほうがいいのか。

「どう振り分けるにしても、Eクラスの戦力底上げは必ずしておきたい」

一人足手まといがいればそのグループ全体の動きが鈍《にぶ》くなるというのもあるが、レベルが低いほどレベルも上げやすく練習の効果も出やすい。ここは積極的に戦力の底上げを狙うべきだと端末《たんまつ》のデータベースを見ながらナオトが言う。

私もクラスメイトの現在レベルを見てみる……この1ヶ月でEクラスのほとんどがレベル3に到達。レベル4が10人程度、レベル5以上は私とナオト、ユウマ、サクラコ。そして磨島《まじま》君の合わせて5人、つまりジョブチェンジ済みも未《いま》だ5人しかいないことになる。レベル5になれば【ニュービー】のジョブレベルも7となり《簡易鑑定》を覚えるので気兼《きが》ねなく基本ジョブに移行できる。つまりレベル5になったかどうかはジョブチェンジしているかどうかのラインになるのだ。

なんとか試験までにジョブチェンジ済みを増やしたいところではあるけど……

「一番レベルの低いのは……レベル2の久我《くが》さんね」

登録されているクラス全員のレベル一覧を表示する。一人だけレベル2の生徒がいたので詳細項目《しようさいこうもく》をタップする。久我琴音《ことね》、短剣《たんけん》と弓使いで【アーチャー】志望と表示されている。

クラスの後ろの方に座《すわ》っているショートボブの女生徒を思い出す。いつも一人でいて誰かと話しているところをほとんど見たことがない。口数も少なく影《かげ》の薄《うす》い生徒だ。未だレベル2ということは、もしかしたら誰とも組めていないのかもしれない。

一応、颯太も見てみたけどレベル3になっているのでダイブ自体はそれなりに頑張っている模様。いや……もしかしたら大宮《おおみや》さん達に手伝ってもらったのかもしれない。

（久我さんと颯太は要注意ね）

この二人はクラスの足を引っ張る可能性がある。どう手を打つべきだろうか。

「戦力底上げの手段としてダイブ能力の低いクラスメイトを集めてパワーレベリングをするのもいいが、それに依存《いそん》してしまうのも怖《こわ》い。最初は練習会を開いてクラスメイトの長所を伸《の》ばす方向で考えている」

パワーレベリング。キャリーされる側は楽にレベルアップできるが、それに依存すればその先が伸びない。きちんと工夫《くふう》して攻略できるよう手助け程度に留めるのがベストだろう。私達が知っているダンジョン情報を共有しつつ、剣術、魔術、戦術を教え合って、各自パーティーが攻略しやすいようにすることを目指して行くようだ。

けれど、魔術や剣術などは本来私達が指導するより知識が豊富で施設《しせつ》もある部活に入って伸ばすほうが良いに決まっている。それなのにDクラスとの悶着《もんちゃく》により現在は入れないままとなっている。ナオトは何か考えがあるのだろうか。

「部活についてはどうするの？」

「それも難しい問題だ」

ナオトは眉間《みけん》を揉《も》みながら次から次に湧《わ》いて出てくる難題に頭を悩《なや》ませる。

「現状のまま打開策が無いならEクラスの先輩方《せんぱいがた》のいる部活に入るのがいいと思っている」

「でもＤクラスからの嫌がらせは激しさを増すわ……」

刈谷が例の決闘騒ぎ以降、Ｅクラスの先輩方が作った部活には入るなと強い圧力をかけている。それでも入るとすればＤクラスが乗り込んでくる可能性がある。

「そうだ。それについては大宮が生徒会に立会いを求めている。駄目《だめ》かもしれないが結果を待ってから彼女たちの意見を加え、再考してみよう」

ひょこひょこと動く小柄《こがら》で元気な大宮さん。彼女も何か動いているらしいが、Ｅクラスの現状を放置しておくような生徒会が果たして話を聞いてくれるのか……とはいえ、打つ手もそれほどない状況《じょうきょう》では僅かな可能性だとしても待ってみる価値はあるかもしれない。

「あとクラス対抗戦で考えることは……」

「妨害対策とか……魔石を恐喝《きょうかつ》してきたり」

対抗戦の間は魔石で食事や生活・生理用品と交換《こうかん》するルールを採用している。ダンジョン内では文字通り生命線となるだろう。実際の魔石交換レートがどれくらいなのかは分からないが、魔石を奪《うば》われれば棄権《きけん》に追い込まれる可能性が出てくる。

一応ルールとしてそういった強奪《ごうだつ》は禁止されているものの、ダンジョン内にいる全ての生徒を監視《かんし》することは不可能。所持している魔石は分散したり隠《かく》したりするなど対策を講じておいたほうがいいだろう。

「ふむ。しかし対策するにも去年の情報をもう少し精査してからのほうがいいかもしれん。勉強会のほうは参加して欲《ほ》しい人は僕の方でリストアップしておこう」

「サクラコとユウマにはもう？」

あの決闘以降、ユウマとサクラコも精神的に参っているはず。これからも彼らとは背中を預け合える仲でありたいのだけれど……

「いや、まだだ。一緒《いっしょ》に説得して欲しい」

「……ええ、もちろん」

私が、私達が前に進むため何ができるのか。それはゆっくり考えていくとして。とにかく彼らを救いに行こう。自信を折られ、冷たい沼《ぬま》に沈《しず》み込んでいた私を救ってくれたように。

気づけば雨は止み、分厚い雲の合間からキラキラと光が射《さ》してきている。止まない雨はないのだと教えてくれているようだ。

そう思うと数日ぶりに、笑えたような気がした。

「そちらの資料閲覧《えつらん》は〝冒険者階級〟が7級以上からとなっております」

(冒険者階級制限があったか……)

ここは冒険者ギルド18Fにある図書室の、さらに奥にある資料室。

資料室といっても本や本棚《ほんだな》は無く、インターネットカフェのように壁《かべ》で仕切られた半個室の場所にPCが置かれているだけ。このPCから冒険者ギルドのデータベースサーバーにアクセスできるのだが、その際には端末で認証《にんしょう》する必要がある。

調べようとしたのは冒険者ギルドに登録されているクラン情報、主にカラーズの二次団体〝金蘭会《きんらんかい》〟とその傘下のクランについて。ソレルの背後に金蘭会がいるのは知っているけど、実際の構成員や傘下である三次団体がどれだけいるのかなど分からない。それを知るためにここに来て調べようとしたのだが、どうにもアクセスできない。資料室にいる司書さんに聞いてみたところ、冒険者階級が足らないとのこと。クラン名すら閲覧不可とは思ってもみなかった。

冒険者ギルド情報には重要度やリスク評価があり、冒険者階級による閲覧制限が掛けられているようだ。

今の俺《おれ》の冒険者階級は9級。冒険者学校の生徒なら自動的に9級からのスタートとなる。階級は上げるメリットを特に感じていなかったので冒険者登録をして以来、一切《いっさい》上げてこなかった。しかし今後はクエストや冒険者ギルド情報も収集していきたいので、この際に上げておこうと思う。このPCでアクセスした感じでは7級もあれば今欲しい情報の大半は閲覧できるようなので、まずは7級を目指すことにしよう。

昇級試験の日程を見てみると「毎週水曜日の午前9時と午後3時に8級昇格試験」とある。現在、水曜の午前8時。急いで受付に駆《か》けつけ聞いてみたところまだ間に合うとのことで、受験費9800円を払《はら》って指定された試験会場にやってきた——わけだが。

（見事にガラの悪いメンツばかりだな）

来ている受験者はざっと100人くらい。そのほとんどが若い……目つきも態度も悪いゴロツキって感じの冒険者ばかりだった。刺《さ》さりそうなほどツンツン頭に、某世紀末漫画《ぼうせいきまつまんが》にでてきそうな人相の三下悪党モドキ、他にも人相の悪い輩が沢山《たくさん》いる。髪型《かみがた》に個性を付けすぎだろ。

もしかしてコスプレ会場に来てしまったのかと思い、入り口をもう一度確認《かくにん》しに行くが

〝8級昇格試験会場〟という看板が立て掛けられたのでここで間違《まちが》いはないようだ。

午前の部だからなのか偶々《たまたま》なのか。ゲームでも赤城《あかぎ》君達はよく絡《から》まれていたけど、いくら何でも治安が悪すぎる。こういった威圧的《いあつてき》な格好をするのが流行《はや》っているのだろうか。

一部まともそうな人もいるが、隅《すみ》っこで存在感を消すように縮こまっている。

気にしても仕方がないので空いてる席に向かえば「へっへっへ」とか薄《うす》ら笑《わら》いをしながら俺に足を引っかけようとしてきたり、高価そうな武器を見せつけ、いかに自分が強いかを誇示《こじ》したり、レベルや攻略階層を自慢《じまん》したり、中には俺に絡もうとガンを飛ばしてくる輩までいる。

《簡易鑑定《かんてい》》を仕掛けられた様子はない。

先日にようやく超肥満《ちょうひまん》を脱《だつ》し、ぽっちゃり男子になれたとはいえ、まだそれほど強そうには見えないだろう。だが冒険者を見た目だけで判断して喧嘩を売るとか、とても正気とは思えない。

この場所がマジックフィールド内かどうかは分からないが、そんなものはどうとでもなる。うちの妹なんて見た目はロリ少女だが今や数百kgの重さを持ち上げられる怪力《かいりき》少女と化しているし、うちの学校の猛者《もさ》も皆《みな》が刈谷みたいな厳《いか》つい野郎《やろう》というわけではなく、華奢《きゃしゃ》な女の子が派閥を仕切っていたりする。見た目なんぞで強さを測っていてはいつか死ぬことになるだけだ。

まぁ勝手に死んでくれればいいだけなので、そんなことを指摘《してき》するつもりはない。何人かのガラの悪い受験者に睨《にら》まれつつも華麗《かれい》にスルーして10分ほど待っていると、ようやく試験官が到着《とうちゃく》する。ビシッとスーツを着こなしており真面目《まじめ》そうな試験官で少しほっとした。

「それでは時間になりましたので説明を始めます」

腕時計《うでどけい》を見ながら大きな封筒《ふうとう》から用紙を取り出し、全員に配り始める。用紙には試験内容と注意事項《じこう》が書かれていた。

「試験内容はそこに書かれている通り簡単です。ダンジョン内に各自指定されたポイントへ行き、そこに置かれているモノを取ってきてください」

試験内容は要約するとこうだ。

・指定場所はダンジョン3階のどこか。
・時間制限がある。ダンジョンに入ってから12時間以内まで。
・モンスターは別に倒《たお》さなくてよいが、場所的に戦闘《せんとう》となる可能性は高い。
・他の受験者の何人とでも組んでも良い。ただし指定アイテムがある場所は受験者それぞれ違うため、人数分のアイテムを取りに行く必要が出てくる。
・取ってきたアイテムは受験票と共に時間内に冒険者ギルドクエスト係に提出すること。

特定の場所で指定アイテムやドロップアイテムを取ってこいなんていうクエストは多く、それほど珍《めずら》しい試験内容ではない。ただ試験予定のダンジョン3階を往復するとなると相当な時間がかかることになる。12時間という時間制限には気を配らねばならない。

試験会場を見渡《みわた》せば、2～3人のパーティーか、ソロで潜る人が多い模様。大勢で組んでいくと全員のアイテム収集に時間を消費しすぎるので少人数というのは妥当だろう。まぁ俺は最初からソロだが。

「ダンジョン内に入ったら端末のタイマーが自動で動作するので各自準備ができ次第、開始してください」

端末画面の受注クエストという欄《らん》で確認したところ、俺の指定アイテムは何かが書かれた〝文書〟で、場所は3階のかなり奥に置かれている。

早速《さっそく》荷物を取りまとめて部屋を出ようとすると――

「キミさぁ、俺らの荷物持ってよ～」

「おい、待てよっ」

俺に絡む気満々だった輩がいることを前もって察知していたため、ダッシュでダンジョンに向かうことにする。アイツ等も流石《さすが》に人が多いダンジョン前まで来て絡むようなことはしないだろう。

全く面倒《めんどう》なことだ。

いつもならダンジョンには学校地下1階にあるゲートから入るが今日は1階入り口から普《ふ》通《つう》に並んで入る。早めに行きたいというのに相変わらず冒険者でごった返していて追い抜くわけにもいかず、3階に辿り着くまでに2時間もかかってしまった。

3階からはメインストリートを外れて目的地までダッシュだ。レベルも19まで上がったことで時速50㎞くらいは苦もなく出せるようになった。ただし狩《か》りをしているパーティーもちらほらといるので、見通しの良い開けた場所以外はゆっくり走る様心掛《こころが》ける。

「道中のモンスターも結構多いな……」

モンスターは無視して走り去っているので倒していないが、3階付近が適正レベルならずっと逃げ回ることは不可能だろう。倒して行くにもそれなりに時間が取られるはず。複数人なら間に合わない受験者もでてきそうだ。それに目的地までに多くの分岐《ぶんき》があり、どのルートで行けば一番近いのかを考えながら進まないと時間が足りなくなってしまう。思ったより難易度は高いのかもしれない。

端末で現在地を確認しながら10分ほど走り続け、ようやく指定のポイントへ着く。

そこは普段《ふだん》なら数体のモンスターが動かず陣取《じんど》っている〝モンスター部屋〟のはずで、戦闘は避けられないと思っていたのだが……中を覗《のぞ》くと眼鏡を掛《か》けた中肉中背の男がポツンと立っていた。胸にギルドマークが入った制服を着ている。試験官だろうか。

てっきり、指定された場所にいるモンスターをどうにかして指定アイテムを持ってくるというのを試《ため》しているのかと思っていたのに、いいのだろうか。

「おや、もう来ましたか。待っていましたよ、冒険者学校高等部、一年Eクラスの成海颯太君」

はて……知り合いだったろうか。ブタオの記憶《きおく》を探《さぐ》ってみても思い当たらない。お袋《ふくろ》が冒険者ギルドで働いているのでその関係者なのか、もしくは単に試験官だから俺のことを知っていただけか。

「ども。えっとどこかで会いましたっけ？」

「いえ、初めましてですね」

それにしては……嫌な目付きをしているな。何かこう、恨《うら》まれているというか復讐者《ふくしゅうしゃ》のそれだ。オラ嫌な予感がしてきたぞ。ここは早めに離《はな》れたほうがいいと俺の勘《かん》が囁《ささや》いている。

「え～と、そこの書類を持っていけばいいんですよね」

「試験内容は変更《へんこう》します。今から私と戦闘して勝ったら合格にして差し上げましょう」

そう言うと試験官は部屋の中央に置いてあった昇級試験の書類を拾い、勝手にビリビリと引き裂《さ》く。念入りに細かく千切ってやがる。

ちょっと待てよと言おうとした矢先に《簡易鑑定》が飛んできた。一応《フェイク》により、レベルは5、【ニュービー】、所持スキルは1に見えるように偽装《ぎそう》してある。俺もお返しに《簡易鑑定》したいところだが、今使ってしまうと不自然に思われるのでやめておこう。

「たしか……昇級試験申《もう》し込《こ》み時《じ》の君のレベルは5だったかな」

こちらを無遠慮《ぶえんりょ》にジロジロと見てくるクソ試験官。俺はジャージにバットだから強さの指標になるものは何も無いと思うけどね。

「それでもこんなに早くここに辿り着くとは。さすがは冒険者学校の生徒さんということかな？」

言ってることから判断すると俺のレベルは上手《うま》く誤魔化《ごまか》せているようだ。しかしコイツは一体何者なのだろう。目の前の青年をよく観察してみる。

装備品はしっかりとしたものを揃《そろ》えているのが分かる。ミスリル合金の軽鎧《けいがい》に、牛魔の皮製とみられる小手とブーツ。武器はミスリル合金製の細剣《さいけん》だが付与魔法《ふよまほう》などは掛かっていない。見た目だけで判断すればレベルは10から15くらいだろうか。

というかコイツは俺がレベル5だと分かった上で戦おうとしてるのか。

「いきなり試験変更《へんこう》って、そんな権限あなたに無いでしょ」

「権限？　あぁ、そんなことはどうでもいい。君が冒険者《ぼうけんしゃ》学校の生徒なのが悪い」

冒険者学校の生徒だから悪い？　冒険者学校の生徒だと特別試験が課せられるルールでもあるのか。

「どういう意味ですか」

「まず罪その1、入学志願者を見る目が全くない事。罪その2、それにより優秀《ゆうしゅう》なこの私を入学試験で落としたこと。罪その3、君らは大した実力が無いのに冒険者界隈《かいわい》で持て囃《はや》されてウザいこと。罪その4、君らはいつも一般《いっぱん》冒険者を見下していること。罪その5、君らは……」

憎悪《ぞうお》の表情を見せながら吐き出すように一気にしゃべり始める。罪とやらを言い終えると両手を広げて急に微笑《ほほえ》みながら――

「――だからこうやって悪の芽は適度に叩《たた》いて掃除《そうじ》しないとね」

ごちゃごちゃ言ってるが、要するに〝冒険者学校に落ちた〟から逆恨《さかうら》みをしてるのか。それで昇格試験《しょうかく》を利用して冒険者学校の生徒が受験していたら先回りし、待ち構えていたというわけね。

「でも俺、防具というかジャージ姿だし、武器もバットしか持ってきてないんだけど」

「君が何の装備をしていたとしても結果は変わりません」

ヴォルゲムートとの戦いによりレンタル武器も魔狼《まろう》防具も大破したので、今はジャージにバットという、初めてダンジョンに入ったときと同じ格好をしている。レベル19ならこんな格好でも3階くらいなら余裕《よゆう》なのだ。

それにしても酷《ひど》く楽しげで嗜虐的《しぎゃくてき》な顔をしていらっしゃる。

冒険者学校の受験倍率は100倍を超《こ》えるというし難易度が高いのは分かるが……落ちたからといってどうしてそんな性格が捻《ひね》くれる。冒険者というのはエリート意識を刺激《しげき》する職業なのか、どうにもプライドが高い奴が多くなりがちな気がする。

「それでは、じっくりたっぷり甚振《いたぶ》って差し上げましょう」

一歩前に踏《ふ》み出すと同時に《オーラ》を全開で叩きつけてくる。この感じからしてもレベル10~15くらいというのが妥当だろう。俺よりもレベルがいくつか低いので逃げ切れるとは思うが、こちらも今朝から色々あってストレスが溜《た》まっている。誰も見てないなら……ヤッチマウカ。

「どうしました？　私のこの強大な《オーラ》の前に竦《すく》んでしまいましたか？　逃げてもいいですよ？　無駄ですが。ここには誰も来ません」

憎《にく》しみで歪《ゆが》みながらも笑いが止まらないといった何とも言えない表情。人間こうも屈折《くっせつ》してしまってはお終《しま》いだね。

目の前の男がレベル15、基本ジョブは全てマスターしていると仮定すると、このバットで攻撃してもダメージは期待するほど出せないだろう。ならば拳《こぶし》で直接殴《なぐ》ってギルド関係者にコイツを叩きつけるとしよう。そうすれば昇級試験を合格にしてくれないかな。

首の骨を鳴らしながらどう料理するか考えていると、後方から何者かがとてつもない速度で向かってくる気配を感じる……これは俺よりも速いか？　レベル20を超えているかもしれん。

逃げようか隠れようか判断している間も無く、到着してしまったようだ。

「こらこら、おいたしちゃダメでしょ～？」

振り返って見てみれば、セクシーかつダイナマイトボディーの〝くノ一〟が仁王《におう》立ちしていた。

第11章 ✦ 昇級試験②

「だっ誰だ、お前はっ」

仁王立ちで腰《こし》に手を当て、静かに微笑むくノ一の格好をした女性。

サイドスリット入りのミニスカートにピチピチの黒い網《あみ》タイツ。胸元《むなもと》が開いていて大きなお胸とその谷間を強調する赤い着物。さらには花模様入りの半幅帯《はんはばおび》で縛《しば》られくびれた腰は実にセクシー。顔はマスクをして分かりづらいが、それでも声や雰囲気、目元などの印象だけでも、相当な美人だろうと察せられる。

それにしてもかなりの速度で走ってきたというのに息一つ切らしていない。もしかしたらレベル20よりもう少しレベルが高いのかもしれない。

そんな闖入者《ちんにゅうしゃ》とは対照的に激しく狼狽しているクソ試験官。この様子からこのくノ一さんが試験官の共犯ではないということが推測できる。仮に共犯なら〝奥の手〟を解禁しなければならないところだった。

「貴方《あなた》、ここ何年かの間に冒険者《ぼうけんしゃ》学校の生徒を狙って強盗《ごうとう》、傷害、強姦《ごうかん》等、冒険者公務員

法違反《いはん》を繰《く》り返しているわね？　それで調査依頼《いらい》のクエストが出ていたのだけれど」

ターゲットは冒険者学校のＥクラスばかり。昇級試験の受験時を狙《ねら》って犯罪行為《こうい》を行っているると分かれば、あとは受験者の名簿《めいぼ》を見ながら待っていれば現れると判断したようだ。

というか、コイツは強姦までしてるのか。俺、男だからそんなことはしないよね？

「良かったわねぇ、この男は大の男好きみたいだから……貴方みたいな可愛《かわい》い顔してる坊《ぼう》やは危ないところだったわ」

……とんでもない奴だ。こんな凶悪犯《きょうあくはん》はさっさと牢屋《ろうや》にぶち込み、永遠に閉《と》じ込めておかねばならない。

「ふぅん、【ファイター】なのにぃ、【ニュービー】の弱い子を狙ってイジメてたわけね」

「なぁんだ、君も【ニュービー】か。焦《じ》らせやがって」

互《たが》いに《簡易鑑定》を使った模様。しかしあのムチムチしたくノ一さんが【ニュービー】のわけがない。恐らく俺と同じで《フェイク》による偽装を施《ほどこ》しているはず。

レベル20を超えているとスキル枠《わく》に余裕がなくなってくるので、プレイヤーでもなければ《簡易鑑定》や《フェイク》なんて消してしまうのが普通だと思っていたが……もしかして彼女《かのじょ》も対人を想定したキャラビルドなのだろうか。それとも見たまんまで諜報《ちょうほう》活動のためか。

「冒険者学校という諸悪の根源。そこに属するクズ共は全《すべ》てこの手で浄化《じょうか》します。それを妨害《ぼうがい》するというのなら……君にも容赦《ようしゃ》はしない」

「それで強姦までやるんだぁ。とんだヘンタイ野郎じゃない。ふふっ」

面白《おもしろ》おかしくコロコロと笑うくノ一さんに、胸糞《むなくそ》悪い顔をしたクソ試験官が勝ち誇《ほこ》ったように《オーラ》を放つ。だがレベルが10近く上の相手に効くわけがなく、くノ一さんは微風《びふう》を受けているかのように微笑みを絶やさない。

自分のオーラが効かない時点で相手が格上か、痩《や》せ我慢《がまん》しているかを見極《みきわ》める必要が出てくるわけだが、クソ試験官は案の定、後者だと判断したようだ。

互いに笑《え》みを浮《う》かべながら向き合い、今まさに戦闘が始まろうとしている。

……が、ちょっと待って欲しい。

コイツが倒され連行されてしまったら俺の昇級試験の失敗が確定し、受験料が無駄となってしまう。その前にどうにかならないか交渉《こうしょう》してみよう。

「あの～ちょっとすみません、俺の試験のことなんですが……」

このクソ試験官が昇級試験で指定された書類をビリビリに引き裂き、試験内容を勝手にPvPに切り替《か》えたことを伝える。俺としては強制でもないのにタイマンなんぞやりたくもない。

なのでコイツを倒したら身柄《みがら》をちょっと貸してくれないかと頼んでみたのだが――

「いやよ～面倒くさい。一応、貴方が先に見つけた獲物《えもの》だし優先権はあげるわよ？」

「えっ、俺が倒すんですか」

「それができないならそこで指を咥《くわ》えて大人しく眺《なが》めてなさい」

はぁ……面倒なことになったな。くノ一さんは得体が知れないのであまり戦っていると
ころを見せたくはないのだがどうしたものか。ここは一人でやったほうがいいのかね。

「……分かりました。それじゃ俺の方で処理しておくので、もう行ってもらって結構ですよ」

「えぇ？　何かヒミツでもあるのかなぁ～？　お姉さん興味出てきちゃったかも♪」

くノ一さんには出て行ってもらおうとしたものの却《かえ》って興味を持ってしまわれた模様。

くねくねしながらも目を光らせている。どうしたら良かったんだ。

「もしかして君はこの私に勝てるとでも思っているのかい？　二人まとめて掛かってきな
よ」

クソ試験官も無駄に《オーラ》をぶつけてくるのでイライラゲージが鰻登《うなぎのぼ》りだ。昇級試
験を受けに来ただけなのにどうしてこうなった。オラ爆発《ばくはつ》しちゃいそうだゾ。

マニュアル発動をやらなければ大丈夫《だいじょうぶ》かな。今の俺はくノ一さんよりはレベル低いし、
口止めすれば問題なかろう。

「それじゃそういうことなので……」

「君一人でいいのかい？　どちらかというと君はメインディッシュにしたいと思っていたのだけどね。まぁ先に半殺しで済ませておきますか」

犯罪者っぽく唇《くちびる》をペロリと舐《な》め上げ、ゆっくりと歩み寄り、５ｍほどの距離《きょり》で俺と向き合う。全てはコイツが元凶《げんきょう》なんだし遠慮《えんりょ》はいらないよな。

まずは《簡易鑑定》で調べる。

ジョブは【ファイター】で、強さ表記が「相手にならないほど弱い」……ならば俺よりレベルが５つ下。レベル14以下か。所持スキル数は「３」で、そのうち一つが《簡易鑑定》となれば大したスキルは持っていなそうだ。

ただこれらの情報も絶対ではない。俺やくノ一さんのように《フェイク》でステータスを偽装していればこれらのデータも全てフェイク表示となり真実を見抜《みぬ》くことも難しい。対人戦を考えている冒険者は自分のステータスを隠したほうが油断を誘《さそ》えるので偽装は常識なのだ。そういう意味では《簡易鑑定》など当てにならないと思っておいたほうがいい。

そのため偽装を突破《とっぱ》する鑑定ワンドをリュックの中に携帯《けいたい》してあるわけだが……コイツは単純そうだし偽装というパターンは考えなくて大丈夫だろう。

「特別にハンデをあげることにしようか。10秒間、僕《ぼく》は攻撃しない。君はレベルが低いから分からないだろうが、今の君と僕にはそれくらいの実力差があるということを教えてあげよう」

しかし先程《さきほど》からコイツは《簡易鑑定》の結果を妄信《もうしん》しすぎなのではないか？　《フェイク》なんて【シーフ】で最初に習得できる何の変哲《へんてつ》もないスキルだ。その【シーフ】だってレアジョブでもなく、広く周知されている。ステータス偽装を全く考慮《こうりょ》に入れていないのもおかしな話だ。

ゆっくりと〝手ぶらで〟俺の２ｍ手前まで来てふんぞり返る。いつでも余裕で避けられると言わんばかりだ。にやけた面が気に障《さわ》る。

「大丈夫なの～？　もしかしてステータス偽装しているのかしら」

確かにレベル5だとしたら目の前の男にパンチを当てるのも難しいだろう。くノ一さんも頬《ほお》に手を当て心配そうに見ている。だが今の俺はレベル19。この距離で俺の攻撃を躱《かわ》すのは容易《たやす》いことではないはず。油断して無防備な状態なら尚更《なおさら》だ。

「フンッ」

クソ試験官はミスリル合金製の軽鎧を着ているものの、薄革《うすがわ》でつないだ腹の接合部は衝《しょう》撃《げき》を通すので一点打撃《だげき》には弱い。２ｍという距離を一瞬《いっしゅん》で詰《つ》めてその接合部を抉《えぐ》るように拳をお見舞《みま》いしてやると、鳩尾《みぞおち》に深くめり込み明確な手ごたえを感じた。

「かっ……はっ……」

力いっぱいの踏み込みと俺の肉体強化が加わったパンチをもろに喰《く》らえば、深刻なダメージは免《まぬが》れまい。

クソ試験官は数mほど後ろに吹《ふ》っ飛び、何が起こったのか分からないような顔で腹部を押《お》さえて蹲《うずくま》る。呼吸が上手くいっていないみたいだが大量の余罪を抱《かか》えた犯罪者に慈悲《じひ》なんてかけるわけもなく。当然追撃《ついげき》を行わせていただく。

焦点《しょうてん》が合わず苦悶《くもん》の表情を浮かべた顔面を蹴《け》り上げ、仰向《あおむ》けにしてから勢いよく右足首を踏みつけて折る。これで俺から逃《に》げることはまず不可能となった。念には念のためスキルを撃《う》たせないよう右肩《みぎかた》も折り、首根っこを捕《つか》まえる。

「ひぁ……あぁ……」

「今から言うことを聞け。抵抗《ていこう》したら後何箇所か骨を折る」

「ひっ……」

これから冒険者ギルド員を呼ぶ。あそこに散らばっている指定アイテムをビリビリに引き裂いた犯人だと証言しろ。その時に余罪も全て報告しろ。

そう言ったものの汚《きたな》い悲鳴を上げながら呻《うめ》くだけで返事がない。なので追撃するぞと脅すと聞き分けが良くなった。

「返事は？」

「はひっ……わ、わかった！　これ以上殴らないでくれぇ！」

その後もギャーギャーと泣き叫《さけ》んでうるさいので殴って気絶させておくことにする。

「まったく……性犯罪者ごときがこんな良い防具を着やがって」

「なら、詫《わ》び料《りょう》ぐらいは取っておきなさいよ。バチは当たらないわよ？」

レベル15前後の冒険者が着る一般的《いっぱんてき》な防具だが、買うとなれば数百万円くらいする。性犯罪者が良い防具を持っていたところで犯罪行為が捗《はかど》るだけだし、それなら俺が貰《もら》って有効活用しようかね。牛魔の小手とブーツはクリーニングに出しておくとして、この細剣も使えるな。

「ふふっ、容赦ないのねぇ。でもあなたも《フェイク》を覚えていたなんて……」

ごそごそと防具を外し着こんでいると後ろからくノ一さんが何か考え込むように話しかけてくる。《フェイク》はそちらも使っているというのに、俺が《フェイク》を覚えていたとして何かあるのかな。

「ギルド員に報告して言質《げんち》を取った後はコイツの身柄を預けますので好きに使ってくださ い」

「でも私が倒したわけじゃないし……そうね、クエストの半額をあなたに上げるわ」

端末の連絡先《れんらくさき》を教えてくれればクエスト完了《かんりょう》時の報酬《ほうしゅう》を半額くれるという。金額を聞くと優に100万を超えてきた。こりゃ貰うしかねぇ！　しかしレベル14以下の雑魚《ざこ》を倒しても それ程《ほど》の額なのか。冒険者階級を上げる動機が増えたぜ。

冒険者ギルド員が来るまで暇《ひま》なのでそこらに座って世間話をしてみた。くノ一さんは冒険者ギルドや公表できない事件の捜査《そうさ》に協力する国家寄りのクランに所属しているらしく、クラン名も名前も公表できないとのこと。よって名前も教えてもらえなかった。

そういった組織があるのだろうとは予想していたものの、こんなお色気くノ一だとは思わなかった。一応、冒険者階級は4級で、【シーフ】のみで構成されたクランに所属しているというのは教えてもらえた。4級か。

冒険者階級については、1級と2級は称号《しょうごう》のようなものなので事実上の最上位は3級となる。4級はそれに次ぐ上位の冒険者階級となり、冒険者ギルド内にも相応の影響力《えいきょうりょく》を持っているとかなんとか。くノ一さんのレベルも25前後のようだし、そんな人が所属しているクランも普通ではなさそうだ。

その後も他愛《たあい》のない話をしていると、連絡《れんらく》した冒険者ギルド員がようやく到着する。気絶しているクソ試験官を運んでもらいつつ事情聴取《ちょうしゅ》の流れとなり、くノ一さんが証言してくれたので事はスムーズに運んだ。

そして、別《わか》れ際《ぎわ》にウインクをしながら気になる事を言ってきた。

「そういえば……冒険者学校の生徒にうちのクランの新人研修員がいたわ。会ったらよろしくね♪」

新人研修員か。可愛い子だというが、くノ一さんのクランに入ろうとするくらいだからEクラスではないのだろう。俺とは縁《えん》がなさそうかな。


クソ試験官には指定アイテムである書類を勝手に引き裂いたという証言を吐《は》かせ録音してあるので、その音声を渡《わた》しに冒険者ギルドにも行くことにする。面倒だが昇級がかかっているので仕方がない。

——が昇級試験の結果は保留となってしまった。

なんと合格判定はクソ試験官の裁判の結果次第《しだい》となり、最低でも1年かかるとのこと。そんなに待ってられないので今回は諦《あきら》めるしかないか……俺の９８００円。まぁこっちも装備をいただいたので、あまりとやかく言えないかもしれない。ここは従っておくか。時間があるときにでもまた受けに来ればいいしな。

気を取り直して明日は数日ぶりの学校に行くとしようかね。

第12章 ✦ ラブレター

「颯太《そうた》～カヲルちゃんが迎《むか》えに来たわよ～」

数日ぶりの登校。カヲルには今日から復帰すると伝えてあり律義《りちぎ》に迎えに来てくれたようだ。少し痩せたので今の体型に合うようにサイズ調整した新しい制服を着こなし、軋《きし》む階段を降りる。玄関《げんかん》にはいつものようにカヲルが待っていた。が、何か様子が変だ。

「そ、颯太なのか？」

「あぁ。ちょっとだけダイエットが成功したんだけど……大丈夫か？」

何やら胸を押さえ苦しんでいるように見えるけど風邪《かぜ》でも引いているのだろうか。一応大丈夫とのことだが……あ、もしかしてシェイプアップしイケメンになった颯太君に惚《ほ》れちゃったかな？　いやぁモテる男はつらいぜ。

などと妄想《もうそう》しながら、いつものように無言でカヲルの後ろに付いて歩いて通学する。痩せたとはいえ、十分にぽっちゃりしてるからイケメンになるまではもう少し時間が必要なのだ。もう少しだけ。

初夏でよく晴れているということもあり、朝のこの時間でも20度を超えるほど暖かく、時折吹く南風が気持ちいい。入学式のときは肌寒《はださむ》い温度にもかかわらず歩くだけで汗《あせ》が噴《ふ》き出し、分厚い脂肪《しぼう》のせいでずっしりとした重力を感じていた。それと比べればだが、今はかなり動きやすくなっている。

現在、身長は170cmそこそこで、体重は昨日量ったところ80kgほどあった。リバウンドしていなければ、今頃《いまごろ》さらにスリムだったのでは……と惜《お》しむ気持ちはあるものの、あのときはどうしても食欲を抑えられず我慢できなかったのだ。

だがここまで大きく痩せることができたわけだし、筋肉量は増して体のバランスも大きく改善しているのも事実。一方で《大食漢》の効果も相変わらず凄《すさ》まじく食欲旺盛《おうせい》。隙《すき》あらば太らせようとしてくるお袋もいる。誘惑《ゆうわく》には負けず鋼の意志でダイエットに挑戦《ちょうせん》し続けていきたい。

また《大食漢》の鑑定結果も食欲や金策と並んで大きな悩《なや》み事《ごと》になっている。急を要するというわけでもないのでこのスキルを今後どうするか追々考えていこうかね。

いくつもの施設《しせつ》が乱立している広い校内をカヲルの後ろに付いて歩き、1年Eクラスの教室へ。ゆっくりと自分の席に着くが……クラスメイト達《たち》がまるで珍獣《ちんじゅう》を観察するかのように俺を遠目からジロジロと見てくる。

「あれ？　ブタオ、ちょっぴり痩せたか？」

「ブタから子ブタになった感じかも〜」

「それ若返ってるじゃん、アハハ」

「……ちょっと風邪を拗《こじ》らせてね」

いつもはスルーされていたのだが、急にクラスメイトからの生暖かい声に戸惑《とまど》い、非常に居心地《いごこち》が悪い。オラ小心者なんだからもうちょっと優《やさ》しい視線で眺めて欲《ほ》しいのっ！

確かに短期間で20kgも体重を落としたのはやりすぎだと思ってたけどさ。

そんな感じで自分の席で縮こまって教科書を読んでいるフリをしていると、スイートなハニィ達が目の前に降臨し、元気のいい声を掛けてくれる。

「な〜る〜み〜君っ！」

「もう体調は大丈夫なの〜？　なんか随分《ずいぶん》と細くなってるけど、壮絶《そうぜつ》な風邪だったのかな〜」

頭の両サイドからおさげを垂らした大宮《おおみや》さんと、落ち着いた雰囲気《ふんいき》でゆるふわ眼鏡っ子新田《にった》さんの仲良しペアだ。今日も二人ともお美しくていらっしゃる。体調を心配してくれるのは有難《ありがた》いが、痩せた原因が「壮絶な風邪」ではなく「壮絶な死闘《しとう》」だなんて言えるわけがないので「もう大丈夫だよ」と誤魔化しておく。

軽く挨拶《あいさつ》をして話しかけてくれた理由を聞いてみると、何やら午後の授業では闘技場《とうぎじょう》で剣戟《けんげき》を学ぶ授業があるらしい。

「それでねっ、二人で組んで練習するんだって。成海君は休んで来てなかったから、まだパートナーいないでしょ？」

二人組を作れだと……ボッチはこのワードを聞くだけでダメージを受けてしまうというのに。

しかし剣戟の授業で二人組とは、いきなり地稽古《じげいこ》でもするのだろうか。この学校の体育とは部活と同じでダンジョンダイブに関するものが多く、剣戟以外にも様々な武術を学ぶカリキュラムが組まれている。色んな武術からある程度の型を学んでダンジョンダイブに繋《つな》げるのは確かに良いかもしれない。

「あの子の相方が今日学校休みでねっ。それで私があの子と組んで〜」

「そうそう、私が成海君と組めば上手くペアができるでしょ〜？　どうかな〜って」

大宮さんの視線の先には存在感を消して陰《かげ》に潜《ひそ》むように久我さんが席に座《すわ》っていた。日《ひ》頃《ごろ》から無口で何を考えているのか分かりづらいタイプの女の子だけど、ルームメイトの相方とはそれなりに喋《しゃべ》っているという。

余り者の俺《おれ》と相方のいない久我さんが組めば二人組というのは簡単に解決する話なのだが、彼女は鑑定スキル持ちで工作・諜報員《ちょうほういん》という背景があるので余り近づきたくはない。大宮さんと新田さんが上手くバラけてフォローしてくれるというのなら渡りに船だ。

とはいえ、野郎が女の子の中に混じるのには少々気が引ける。俺の答えは……

「ヨロシクオナシャース！」

地にひれ伏《ふ》さんばかりのイエスである。もしかしたら「可哀想《かわいそう》なボッチに一応声を掛けてあげただけ」という憐《あわ》れみと社交辞令を足して2で割ったものに過ぎなかったかもしれないが、いや恐《おそ》らくそうだが、図々《ずうずう》しくもここは参加希望表明していく所存だ。

ダンジョンに潜《もぐ》ってばかりでクラスメイトと積極的に関《かか》わる機会がなかった。それ以前にスライムに負けた最弱という悪評もあるため相手にされずボッチ状態が続いていた。そんな俺に、わざわざ声を掛けて誘ってくれる大宮さんと新田さんには是非《ぜひ》お近づきになりたいのだ。やましい意味ではないよ。

「武器は授業で配るみたいだから大丈夫だけど、体に合うプロテクターのサイズだけ申告《しんこく》してねっ。それにしても……凄《すご》く雰囲気が変わった気がする」

「痩せたのは勿論《もちろん》だけど〜。頼《たの》もしい感じがするね〜」

「そ、そう？」

今の見た目は入学当初のでっぷりとした超肥満体《ちょうひまんたい》ではなくなり、全体的に脂肪が減って動けるぽっちゃり少年へと変貌《へんぼう》している。頑張《がんば》って筋トレしてダンジョンでも走りまくっているので服の下は結構ムキムキだ。まぁ、痩せた一番の原因はアイツと戦ったことなのだが……いずれにしても雰囲気が大きく変わったことは間違《まちが》いない。

「それじゃまた後でね成海君っ」

「剣戟ではお手柔《てやわ》らかにね～」

軽くこちらに手を振《ふ》り、二人は他の女子グループに入っていく。

大宮さんは部活勧誘式《かんゆうしき》におけるEクラスの扱《あつか》い方《かた》に一時期落ち込んでいたのだが、どうやら持ち直し、持ち前の明るさを取り戻《もど》しつつあるようだ。一方の新田さんは学校生活を楽しんでいるのか相変わらずニコニコとして周りの雰囲気を和《なご》ませてくれる。復帰早々、そんな彼女らと話せたことで晴れやかな気分になれたのは有難い。

さぁて、今日も一日頑張るゾイ！

昼食の時間。

クラスメイトの大部分は学食へ移動していて、教室に残っているのは10人もいない。俺はと言えばいつも学食ばかりだったので今日は気分転換《てんかん》のため購買《こうばい》でジャムパンと牛乳を購入《こうにゅう》し、教室でゆっくりと食べている。ここ数日休んでいたので授業の遅《おく》れを少しでも取り戻そうと、大宮さんから借りた数学のノートを斜《なな》め読みしているところだ。

まだ高校生活が始まったばかりだというのに授業内容も入試問題レベルを解かされる始末。俺の通っていた高校と同じと考えていては学力でも一瞬で落ちこぼれになり得る。一応、元居た世界で2流といえ理系の大学を卒業した身として、理科系で高校1年生如《ごと》きに負けるつもりはない。問題を書き写しながらあんぐりと口を開け、パンに齧《かじ》り付いていると……遠くで少しの騒めきと俺の名を呼ぶ声が聞こえた。

「ちょっとそこの貴方。成海颯太というものはいるかしら」

やや小柄《こがら》ながらもピンと伸《の》ばした背筋に、ウェーブのかかった碧色《へきしょく》の長い髪《かみ》。凛《りん》として気が強そうな目と小ぶりな鼻。口元を黒い羽扇子《はねせんす》で隠《かく》しても良く通るはっきりとした口調。次期生徒会長とは別方向の〝THEお嬢様《じょうさま》〟な女生徒がそこにいた。

制服のスカーフの色が青なので2年生。特に服装などは弄《いじ》ってはいないが、その佇《たたず》まいから上品な雰囲気を醸《かも》し出し、上流階級、またはその関係者だと分かる。

（あの人は確か……）

上位クラスであろう人からの呼び出しに、クラスメイト達があれが成海だとまるで犯人かのようにこちらを指差し息をひそめた。俺とてあまり関わりたくないが、教室の空気が冷たくなってきたので仕方がなく名乗り出ることにする。

「俺が成海ですが何か御用《ごよう》で？」

「貴方が。ふぅん」

頭のてっぺんから爪先《つまさき》まで何往復もギロギロと睨《にら》みつけて見分してくる。なんというか実にいたたまれない気持ちになる。

「ここでは何なので。ついてらっしゃい」

有無《うむ》を言わさず何処《どこ》かへ歩き出すお嬢様。飯を食っている最中なので後にしてください、なんて言えるわけもなく、トボトボと彼女の後ろをついていくことにする。

何度か廊下《ろうか》を曲がり階段を上がって誰《だれ》もいない空き教室に入ると、ハガキサイズの白い封筒《ふうとう》を差し出してきた。こんな誰もいないところで二人っきり。もしかしてラブレター的なものですか？

見た感じは普通の封筒に見えるが、封は何かの植物のマークが入った蜜蝋《みつろう》で閉じられている。表には「成海颯太殿へ」と書かれているだけで裏を見ても送り主の名前はどこにも見当たらない。

目の前のお嬢様はミジンコを観察するような目で見てくるし、ラブレターのような好意からこの手紙を渡したのではないとは気づいていた。むしろ俺に対し負の感情が垣間見《かいまみ》える。彼女が苛立《いらだ》って見えるのはこの手紙の主と何か関係があるのか。封を開けようとすると——

「その手紙を開ける前に質問に答えなさい」

今までの声と違《ちが》って低く警告するような声色《こわいろ》で言ってくる。状況《じょうきょう》が掴《つか》めていない今は大人しく聞いておくほうがいいだろう。

「なんでしょうか」

「先日。わたくしの所属するクランメンバーとお会いしたでしょう……」

クランメンバー？　どこのクランだろう。ソレルじゃないよな。

「その際に、クランネームと名前は言っていまして？」

その質問が来るということは、あのくノ一さんのことを指しているのか。機密行動をすることが多いクランだそうで、結局名前もクランネームも機密だとか言って教えてもらえなかった。そういえば、くノ一さんは別れ際に「冒険者学校にクランの新人研修員がいる」

とも言っていたけど、この人のことか。早速《さっそく》会いに来てくれて嬉《うれ》しいやら困惑《こんわく》するやら。

「クランネームどころか名前も教えて貰えませんでしたね」

「そう。それなら次の質問。あなたのレベルはおいくつ？」

レベルを聞かれると同時に《簡易鑑定《かんてい》》が俺に向けられる。

今現在は学校のデータベースと同じ【ニュービー】でレベル3に見えるようにしている。だがそれは嘘《うそ》であると確信している模様。くノ一さんからクソ試験官を倒《たお》した時のことを聞かされているのかもしれない。

目の前の女生徒と事を荒立《あらだ》てたくはないが、教えるつもりも全くない。できるだけやんわりと答えることに努める。

「レベル等は秘密にしています。これは俺なりのプランニングなので、どうかご理解ください」

「……そう。では最後の質問。あなたは……何者？」

これまたえらく抽象的《ちゆうしようてき》な質問だな。《フェイク》で偽装しているからってそこまで警戒《けいかい》されるものかね。赤城《あかぎ》君やカヲルもジョブチェンジしたというし、1年Eクラスの生徒とはいえ【シーフ】に就《つ》いていることが、そこまで珍《めずら》しいものではないだろうに。

もしかして《フェイク》というスキルは一般的なものではないのだろうか。それなら先日の《簡易鑑定》を妄信していたクソ試験官や、《フェイク》に対して妙《みょう》な反応してきたくノ一さんの態度に頷《うなず》けるものがでてくる。とはいえ現時点では断定できないので惚《とぼ》けておくしかない。

「何者と言われましても。1年Eクラスの成海としか言いようがないですね」

「……」

そう答えると目の前の女生徒から一瞬、殺気と《オーラ》が溢《あふ》れ出る……が直《す》ぐに引っ込《こ》める。俺と明確に敵対しようとしないのも、この手紙の主が関係してくるのだろうか。そも、くノ一さんとは友好的に別れたし、その関係者と敵対的になる要素なんてないはずだ。

ちなみにこの女生徒は楠《くすのき》雲母《きらら》というゲームでもそれなりに人気があるサブヒロインだ。キララちゃん、もしくは身近な人からはキィちゃんと呼ばれていた。子爵位《ししゃくい》を持つ家の嫡女で、この学校でもそれなりの立場を築いている。

BLモードのピンクちゃん使用時以外ではほとんど登場しないので、赤城君かカスタムキャラでしかプレイしたことのない俺には残念ながら詳細《しょうさい》は分からない。それでも「冒険者学校の実力者」「ピンクちゃんのライバルで保護者」「大の男嫌《おとこぎら》い」「背後に大物が多数」というくらいの情報は知っている。

彼女は校内に多くの生徒を従えていて色々な意味で非常に目立つ。下手に関われば面倒《めんどう》くさいイベントがわんさか降りかかってくるので、できれば距離を空けておきたい人物の一人だった。そう考えればこの封筒も面倒事でしかないように思えてきたゾ。

「……それでは、今からその中の手紙をお読みなさい」

「はぁ。それじゃ開けますよ」

気は進まないが読まざるを得ないので丁寧《ていねい》に封を開けることにする。中から出てきたのは綺麗《きれい》な模様で縁取《ふちど》られたクランパーティーの招待状。細い筆のようなもので丁寧に書かれている。送り主は……おいおい。

「〝くノ一レッド〟のクランリーダー、御神遥《みかみはるか》さんからですか」

「ええ。ちなみに先日、貴方と会ったのは副リーダーです」

再び羽扇子を取り出し上品に口元を隠すキララちゃん。

くノ一レッドと言えば女性の【シーフ】だけで構成されているクランとか以前聞いたことがある。そのクランリーダーである御神はメディアにもよく登場し、グラマラス美人としても有名人だ。ということは先日会ったくノ一さんも、目の前のキララちゃんもくノ一レッドの一員ということか。

それにしても。くノ一さんとちょっと会っただけの俺なんかをどうしてクランパーティーに誘うのか。理由を聞いてみたいがキララちゃんの先程の質問から推測するに、何も教えられてはいないのだろう。

「クランパーティーといっても身内でのお茶会のようなものですわ。ただそちらに書かれている通り、御神様直々のご招待。くれぐれも失礼のないように」

ふむ。身内の女性だけのクランパーティーに、正体が良く分からない野郎《やろう》が来るかもしれないと聞いて警戒していた。だがクランリーダー自らが招待した客なので無下にはできない。そんなところか。

「では、その日にお待ちしていますわ」

そう言い終えると、足音を立てずにそそくさとこの場を去って行ってしまわれた。本当は断りたかったのだけど後が怖《こわ》いので出席するしかなさそうだ。

（日時はクラス対抗戦《たいこうせん》が終わった頃《ころ》くらいか）

重いため息を吐きながらどうしたものかと思案していると、午後の授業開始5分前の鐘《かね》の音が聞こえてくる。そういえば飯も食いかけだった。急いで戻らねば。

第13章 ✦ 俺と彼女の仲

食べかけだったパンを牛乳で急いで流し込み、体操着に着替《きが》え、剣戟の授業の集合場所である闘技場3番へ早歩きで向かう。

まったく。これから体を使う授業があるというのに、突然《とつぜん》の呼び出しのせいでどっと疲《つか》れてしまったではないか。

……しかしながら、今日の剣戟の授業は初回ということもありそれほど激しい内容ではないだろうし、ゆるふわな新田さんとペアを組むというなら間違っても疲れ果てるなんてこともないはず。むしろキャッキャウフフしながらの練習になることは間違いなく、待ち遠しいまである。

無意識にスキップになっていた足を諫《いさ》めながら、分厚い外壁《がいへき》で作られた闘技場3番に到着《とうちゃく》。中は強烈《きょうれつ》な照明がたかれており眩《まぶ》しいほど白い。

ここは4つある闘技場の中では3番目の大きさだというけれど、天井《てんじょう》は高く、俺が元の世界で通っていた高校の体育館くらいの広さはある。当然全域がマジックフィールド内。床《ゆか》や壁《かべ》も衝撃に強いタイルが貼《は》られており肉体強化前提の訓練をすることが可能だ。

「まだペアを組んでいない生徒はいないか？」

担任の村井《むらい》先生が入ってくるなり名簿を見ながら確認《かくにん》してくる。ペアの相手がいなければ村井先生自らが組んでくれるそうだ。それは罰《ばつ》ゲームにしか思えない。

そして何故《なぜ》クラスの担任が体育の授業を主導しているのかというと、この人は冒険者《ぼうけんしゃ》大学卒。つまりこの冒険者学校高等部のAクラス卒なのだ。そこらの冒険者以上にレベルが高く経験も積んでおり指導も可能とのこと。それがどの程度の強さなのか《簡易鑑定》してみたい気はするが今は止めておこう。

先生の背後には幾人《いくにん》かのインストラクターと【プリースト】のイケメン先生も控《ひか》えている。応急処置だけでなく再生魔法《まほう》という手段を無料で受けられるので、もしものときも安心だ。

クラスメイトには全身に装着する黒いプロテクターと硬《かた》いゴム製の剣《けん》が手渡《てわた》され、各自装着しながら担任の説明を聞いている。これから行うのは剣で打ち合う剣戟の地稽古だ。

剣戟というのはその名の通り剣を使った武術だが、剣道《けんどう》と違うのは対人というより対モンスターを重視している点だという。モンスターは弱点や体の大きさ、攻撃《こうげき》手段がバラバラなので、どう立ち回っていくかが対人とは大きく異なる。

剣戟で使う武器も本来は片手剣、大剣、刀、短刀など様々な武器がごちゃ混ぜで統一性なんてない。間合いの取り方も武器や相手によって変わるため、基本的にはヒット＆アウェーのスタイルが好まれる。

しかし今日の剣戟の授業ではヒット＆アウェーなんてせず、武器も軽いゴムでできた剣のみ。ペアを組んで正面から相手と打ち合う地稽古がメインなので、やることは剣道に近い。お互《たが》いが打ち合って改善すべき点があれば、インストラクターの指導が入るといった感じで進めていくらしい。

ペアの相手はレベルが同じくらいの相手で組むのが一般的であるものの、このEクラスはダンジョン歴が2ヶ月もないためレベル差も然程《さほど》なく、誰と組んでも問題にならない……と思われている。

今回、俺とペアを組むことになった新田さんは【アーチャー】志望で、メインウエポンは弓。近接武器はほとんど使ったことがなさそうなので、気づかれないように手を抜《ぬ》いて戦った方がいいだろうか。視線を向ければ小声で「よろしくね♪」と言って小さく手を振ってくれた。いやいやこちらこそ♪

一方、大宮さんは久我さんとペア。小柄で【ウィザード】志望の大宮さんと、スラッとした体形の久我さん。志望ジョブや体格の違いも経験の差も勉強になるのでそこは頑張ってもらいたいが、肝心《かんじん》の久我さんはやる気があまりなさそう。気だるい目をしていらっしゃる。

「それでは始め」

探《さぐ》り探り打ち合うクラスメイト達。冒険者志望とあってほとんどのクラスメイトが真面目《まじめ》に取り組もうとしている。中にはカヲルのように剣道経験者もいて、見事な構えをしている人もちらほら。

俺はといえば。新田さんとのレベル差は鑑定して調べていないが大きいはずだ。それにほわほわな女の子相手にどこまでやっていいのか分からない。最初は受けてみようかしらん。

「私、剣術《けんじゅつ》ちょっと自信あるんだよね～」

腰《こし》に軽く手を当て自信を誇示《こじ》するかのように大きめの胸を張る新田さん。剣術に自信があるというからには以前に剣道でもやっていたのだろうか。しかし、どんなに剣の腕《うで》があろうとマジックフィールド内ではレベル差がモノをいう。俺に通用する事はない。

（自信があるようだが、その自信を折らないように気を付けないとな）

可愛《かわい》らしく髪をかきあげ、ゆっくりと腰から剣を引き抜く姿が微笑《ほほえ》ましく映る。そう警戒せず新田さんの構えをよく見てみると――

重心を下げ、右手に持った剣を前に、左手は魔法《まほう》を使うかのような引いた位置。魔法剣《けん》士《し》がよくやる構えだ。ダンジョン経験が浅いEクラスの生徒がやるような構えではない。

（――いや、そこではない）

それよりも頭の中で警鐘音《けいしょうおん》を鳴り響《ひび》かせるものがある。

呼吸に合わせてゆらゆらと剣先《けんさき》を揺《ゆ》らし、細かにフェイントを掛《か》けて初動を見切らせない、この剣術スタイルは確か。

突如《とつじょ》、強烈な既視感《きしかん》を感じ、ゲーム時代に俺を殺すべく追いかけまわしに来た〝アイツ〟の姿が稲妻《いなずま》のように脳裏《のうり》を過《よぎ》った。


「ねぇ。成海颯太君って――」

正面から俺の目の奥《おく》を覗《のぞ》くように反応を窺《うかが》う新田さん。さっきまでと全く同じはずの柔《やわ》らかい微笑みが、まるで悪魔《あくま》の形相に見えてきた。

「――もしかして。災悪クン……だよね？」

（マ……マジですか……）

目の前の少女の周りが大きく揺らぎ、得体のしれない空気が流れ出てくる錯覚《さっかく》に陥《おちい》る。

いつの間にか俺の鼓動《こどう》も大きくなり、緊張《きんちょう》により思わず生唾《なまつば》を飲《の》み込む。

「その反応はやっぱり！　そうだと思ったのよね～」

剣戟の最中だというのに可愛く飛び跳《は》ねて喜びを表す新田さん。俺はといえば、げんなりして鬱《うつ》でどうにかなりそうだ。何人かのプレイヤーがこちらに来ているかもしれないと想定はしていたが、よりにもよってコレなのか。

「最後に向かい合ったのは悪魔城の時ぶりかな～。あのときはウチの団員いっぱいやられちゃったけど」

「そう……だったな。そのときは俺もやられたけど」

こちらの世界に来るまで俺と新田さんは〝競《きそ》い戦い合ったライバル同士〟だった。正確には――

俺はＰＫ※、新田さんはＰＫＫ※というロールプレイをしていたのだ。

「ダンエク」ではプレイヤーを攻撃して殺すことができるＰＫシステムというのを採用しており、スリルを求めてゲームを始めた俺はＰＫになることを決意。色んなプレイヤーに

TIPS　PK：Player Killerの略。所持金やアイテムを奪うなどの目的で、一般的なプレイヤーを意図的に攻撃するプレイヤーのこと。通常は悪とされており、プレイヤーからは恐れられ忌み嫌われている。

喧嘩《けんか》を吹っ掛けては殺し、または返り討《う》ちにされていたものだ。

ＰＫになれば倒したプレイヤーから手っ取り早く武具やアイテムを強奪《ごうだつ》できるという美《お》味《い》しい特典があるわけだが、プレイヤーを殺害してしまうと指名手配され、10階にあるオババの店のようなプレイヤー達が使う拠点《きょてん》に一定期間入れなくなるデメリットもある。

指名手配された状態でさらにＰＫをし続けると冒険者ギルドから高額な賞金が懸《か》けられ、〝永続的なＰＫ〟という判定になってしまう。そうなるといくら善行を積んだところで元には戻れず、賞金目当てにＰＫを狩《か》るＰＫＫが動き出し、延々と戦いを強《し》いられ続けることになる。

またＰＫの状態で死んだ際、もしくは殺された際には大幅《おおはば》なレベルダウンと所持装備、アイテムの全ロスト、さらには不名誉《ふめいよ》な称号を付けられてしまうデメリットもある。俺の場合は【災厄《さいやく》の悪党】、略して〝災悪〟と呼ばれていた。

このようにＰＫは、活動の制限や殺されたときのリスクが余りに大きいためメリット、デメリットを考えてなる者はいない。ＰＫをやり続けていられるものは総じて俺のようにスリルを味わいたい快楽者か奇人《きじん》だらけとなる。

かくして、俺というＰＫと、そんなＰＫを追って倒そうとクランを作ったＰＫＫクランリーダーの新田さんに接点ができ上がるのは必然。何度も追いかけ追いかけられ、奪《うば》い合

TIPS **PKK**：Player Killer Killerの略。PKを専門に攻撃し倒すプレイヤー、または組織。プレイヤーを倒す行為そのものはPKと何ら変わらないが、忌み嫌われているPKを倒すPKKは歓迎されている場合が多い。

い、襲《おそ》い襲われ、殺し合った。

　俺と彼女《かのじょ》がこちらの世界に来るまでの直近のゲーム状況とは、そんな感じだったわけだが――


　目の前の少女を観察する。

　漆黒《しっこく》のフルプレートと膨大《ぼうだい》なオーラを纏《まと》い、自在の剣術で魔剣《まけん》を振り回し、狂気《きょうき》じみた行動力で俺を追いかけまわした【暗黒騎士《きし》】のイメージからはかけ離《はな》れた……可愛らしいスポーツ眼鏡を掛けたお姉さん系女子がいる。

「え～と、カスタムキャラなの？」

「うん、リアルの私だよ～。でも成海君はそうじゃないよね」

　そう。俺は「おまかせキャラ」を選んだらゲームでも出てくるブタオに転生してしまったのだ。あの時の選択《せんたく》を何度後悔《こうかい》したことか。今となってはダイエットも成功できそうだし、家族との仲も良好なので何の問題もないが。

　一方の新田さんは「カスタムキャラ」を選んだらキャラメイクするどころか問答無用でリアルの自分になってしまったそうだ。新田さんのリアルはてっきり凶悪《きょうあく》な顔をした巨体《きょたい》プロレスラー系女子かと思っていたけど、こんなに可愛かったのか。

「……で。なんで俺の正体が分かったの？」

今は《フェイク》を所持しているが、それは最近手に入れたもの。もしかして俺に気づかれないよう《簡易鑑定》をしたのだろうか。そんな方法は知らないが。

「なんとなくね～。決め手は〝ペンデュラム〟を見たときの反応だけど」

向かい合ったときに剣先を細やかに動かし攻撃タイミングを取りながらフェイントも掛けるペンデュラムとかいう剣術スタイル。新田さんのＰＫＫクランは、ゲームなのに本格的な剣術を導入し、軍隊のような規律と戦術で対人戦を仕掛《しか》ける、まさに悪魔のような対人特化の剣使い集団だった。

噂《うわさ》によれば自らが団員に剣術を指南し、クランメンバー全員の戦力を底上げしていたというが本当だろうか。

今の新田さんにはゲームの時のように膨大なオーラや数多《あまた》の剣術スキルがあるわけではない。しかしＰＫだったときに至る所で数えきれないほど剣を交え、何度も殺されている身としては警戒感を抱《いだ》かざるを得ない。

軽く微笑み、怪《あや》しげな火を灯《とも》したかのような目で再び俺の顔を覗き込んでくる新田さん。暗黒騎士だったときの仕草を思い出してしまう。

おい、まさか俺を殺す気じゃないだろうな……

第14章 ✦ 三人目のプレイヤー

僅《わず》か2mほどの距離《きょり》で剣を向け合う俺と新田さん。ゲームの時ならば密着といっていいい程《ほど》の距離。刹那《せつな》の間に無数の斬撃とウェポンスキルが飛び交《か》っていたことだろう。

そのような緊張感は欠片《かけら》もなく、風になびくような声でえげつない質問をしてくる。

「こちらではPKをやるつもりはないの?」

「……やるわけないだろう。現実となった世界でそんなことできると思うのか?」

「じゃあ~私がこちらの世界の〝災悪〟になろうかしら……」

目の前の少女は何を言っているんだ。つい呆然《ぼうぜん》としてしまうが今は授業中。話してばかりいるのもまずいので適当に剣を合わせながら小声で会話することにする。向かい合っている新田さんが本気で打ち込んでこないのは分かっているが、どうしても身構えてしまう。

「もう冗談《じょうだん》だってば~。こちらの世界ってダンエクと色々違うでしょ? 常識だとか、人の命の重みだとか。だから成海君と意見交換《こうかん》したいなって」

確かに普通《ふつう》にこの学校に通い生活していると元の世界のような感覚に陥ってしまうこと

がある。しかし、この世界では利権を巡《めぐ》り攻略《こうりゃく》クラン同士で刃傷沙汰《にんじょうざた》が平然と起きたり、爵位《しゃくい》持ちが平民に酷《ひど》い仕打ちをしても法で裁かれないことなど珍しくもない。特にダンジョン内では、治安レベルが現実世界のマフィアやギャングが跳梁跋扈《ちょうりょうばっこ》するスラム街とそれほど変わらない。

そんな理不尽《りふじん》を見て「平等にしろ、差別を無くせ！」「人権を、秩序《ちつじょ》を守らない奴《やつ》を懲《こ》らしめろ！」なんて思ってしまうのは仕方のないことではある。こちらの世界に来たからといって元の世界の倫理感《りんりかん》や常識を脱《ぬ》ぎ捨てるのは簡単ではないのだから。

それでも俺達《おれたち》がトラブルを避《さ》けて生き抜いていくにはこちらの情報を集めて上手《うま》く適応していかなくてはならない。命の価値だとか法や秩序の差異に注意を払《はら》うことを忘れてはならないのだ。

新田さんはそれを相談したいと言っているのだろうが――

「と、言われてもな。そもそも俺とお前はダンエクでもほとんど話したことがない。それどころか敵同士だった。意見交換するにも信頼《しんらい》関係の構築が先じゃないのか」

「えっ。もしかして口説いてるの？」

「……」

両頬《りょうほお》に手を当てて恥《は》ずかしそうな〝フリ〟をしているけど、ゲームでは目が合ったら即《そく》殺し合いになっていただけに違和感《いわかん》が凄まじい。

新田さんは外を歩いていたら目を引くほどの美人だし、正体を知らなければ柔和《にゅうわ》な笑顔《えがお》にコロッといっていた可能性は……残念ながら非常に高い。だが正体が分かってしまった今、特にときめくものはない。むしろ引くまでである。

とはいえ俺も確認したい事は多々ある。そも、数えきれないほどのPK活動により殺戮《さつりく》と略奪《りゃくだつ》を繰《く》り返し悪行を積み重ねてきた俺が、正義の執行者《しっこうしゃ》である新田さんの人格をどうこう言うのもおかしな話かもしれない。忌避《きひ》されるとするなら俺の方なのだから。

「今分かっているプレイヤーは俺とお前だけか」

「〝お前〟なんて言うのやめてよ～。リ・サって呼んで♪」

妙にくねくねしながら違和感をまき散らす。どうしてそんな親し気に俺に話しかけられるのか気になるがまぁいい。

「とりあえず《簡易鑑定》するがいいか？」

「いいけど～。無視しないでほしいかな～」

〈名前〉　新田利沙（ニッタリサ）

〈ジョブ〉　ニュービー

〈強さ〉　相手にならないほど弱い
〈所持スキル数〉　2

　これが《簡易鑑定》の結果なのだけれど《フェイク》により改変されているのか判別がつかない。そこらの冒険者ならともかく、偽装《ぎそう》を行っている可能性が高いプレイヤーや諜報員に使うには信頼性《しんらいせい》が著《いちじる》しく低くなってしまう。

「ちなみに《フェイク》は使ってる？」

「ソロでこっそり潜っているんだけどね〜。まだレベル5よ」

「……レベル5？」

　ならばオババの店には未到達《みとうたつ》か。レベル5でも行くことは可能だろうが、命を懸けてまで行くほどでもない。一応10階まで行ったかどうか聞いてみても、やはり一度も行ってないとのこと。自らプレイヤーだとバラしているのに嘘をつく理由もなく、信用してもいいだろう。

　だが、レベル5というのはゲーム知識があるプレイヤーとして些《いささ》かスローペースな気がする。他にプレイヤーがいる可能性が高い状況下というのにだ。何か理由があるのだろうか……例えば俺のようなデバフ付き初期スキルを持っていたり――

そんなことを考えていると、中段の構えから急にフェイントを交えて居合いを放ってきた。彼女が使っているのは刀を想定した剣道由来の剣術ではなく、ロングソードを想定した西洋剣術。間合いが広い癖《くせ》に打ち合いから体術も使ってくるため、格闘《かくとう》戦に持ち込まれないよう距離を離しておく。

「おっと。急に仕掛けてくるなよ」

「ふふっ。やっぱりこれくらいは躱《かわ》してくるのね。でも真面目にやっていないと思われると指導が飛んでくるわ」

周りを見てみれば、やる気がないと判断されたペアがインストラクターに怒《おこ》られていた。

少し打ち合いの真似事《まねごと》でもしておくか。

数発打ち合いながら、俺の方からも情報を流しておく。オババの店はこの世界では知られていないこと。それなのに最近訪《おとず》れた人物がいて「誰が来たか」と店主のフルフルに聞いてきたことなど。

「フルフルがそう言ってたの〜？　でも私ではないわよ」

10階にいた人物が新田さんでないならば、そいつは三人目のプレイヤーということになる。そしてプレイヤーならばEクラスに所属し、今もこの剣戟の授業を受けていると思うが……

クラスメイトが戦っている姿を横目でこっそり見渡《みわた》し、プレイヤーに該当《がいとう》する者がいるかどうか探してみる。こんな剣戟の授業ごときで本気は出さないだろうけども。

見たことがあるような人物がいないか打ち合いながらちらちらと見ていると、闘技場の端《はし》っこの方ではダンエクの主人公、赤城君がパートナーの剣を吹《ふ》き飛ばしていた。無事、闇落《やみお》ちしたようだ……目が据《す》わっている。

ゲームでの赤城君はAクラスばかりの第一剣術部に入部しようとし、Eクラスだからと門前払《もんぜんばら》いを喰《く》らう。何度も入部を希望するが殴《なぐ》り飛ばされその後に闇落ち。サブヒロインでもあるギュー先輩《せんぱい》、もとい松坂柚奈《まつざかゆな》先輩の作った第四剣術部に拾われ入部することになるというイベントがあったのだが、この世界の赤城君も順調にそれをなぞっているようだ。

威圧《いあつ》にも似た気迫《きはく》を放つ赤城君に、打ち込まれた男子生徒が震《ふる》え怖がっている。ああなってしまっては暫《しばら》く放っておく他ないだろう。名前も知らん君、すまんな。

同じく端っこ付近にいるカヲルはピンクちゃんとペアを組んでいる。見た感じレベル5くらいの速度で動いているが、まだまだ二人とも余裕《よゆう》がありそうだ。三条《さんじょう》さんもBLモードの主人公なだけあって潜在《せんざい》能力は凄《すさ》まじく、これからが面白《おもしろ》く……そしてゲーム通りに進むなら面倒事が起きるだろう。彼女にも厄介《やっかい》なイベントが多数用意されているからだ。国や組織に目を付けられ、周りを巻き込んだ戦闘《せんとう》イベントなんて起こされては堪《たま》らないので、赤城君か他のプレイヤーがその辺りの情報・イベントをコントロールしてくれることを願いたい。最悪、俺か新田さんが何とかしなければならなくなるだろうが。

その他に気になると言えば、アメリカの情報収集部隊の諜報員としてこの学校に入り込んでいる久我さん。既《すで》にレベル20を超《こ》えていて、いくつもの隠密《おんみつ》・諜報《ちょうほう》スキルを持っている。基本的に彼女の正体を暴《あば》かなければ無害だが、《フェイク》による偽装も彼女の持つ鑑定スキルに突破《とっぱ》されてしまうため、できるだけ距離を置いたほうが良いだろう。

そんな久我さんにせっせと打ち込みをしている大宮さん。おさげが可愛く揺れ動いている。久我さんの本来のパートナーは髪の長い大人しそうな女子らしいが。

「久我さんは元々、相部屋の子とペアを組んでいたんだけどね。まだレベル3だったかな～。私もちょっと探り入れてみたけどプレイヤーではなさそうよ」

戦っているところを見て、ダンエクをやり込んでいる動きには思えなかったとのこと。剣にせよ棍にせよ、膨大なSTR《膂力》を頼《たよ》りに武器を長時間扱っているプレイヤーは武器捌《さば》きに特徴《とくちょう》が出てくる、というのが新田さんの持論。俺には見分けがつかないが、そういうものなのだろう。

その他のクラスメイトは学校のデータベースに記載《きさい》されている通り、ほとんどがレベル3、わずかにレベル4が混じっている程度か。この中からプレイヤーを探すとするなら俺《おれ》よりも新田さんのほうが見つけられそうだ。

……それにしても、こちらの世界に来る切っ掛けとなったゲームイベントを一体何人のプレイヤーがクリアできたのだろうか。

広範囲《こうはんい》即死《そくし》攻撃《こうげき》の絨毯爆撃《じゅうたんばくげき》。逃《に》げる先にも即死《そくし》トラップてんこ盛りという、ぶっ壊《こわ》れバランスのイベントを何十人ものプレイヤーがクリアできたとは到底《とうてい》思えない。どんなに多く見積もっても数人。それくらいの鬼畜《きちく》難易度だった。

現在判明しているプレイヤーは俺《おれ》と新田さん。オババの店に到達《とうたつ》したプレイヤーを含《ふく》め三人。最初は俺だけがクリアできたのだと思っていたので、二人もクリアしていて正直驚《おどろ》いている。

「しかしよくあの糞《くそ》イベントをクリアできたな。俺はほぼ運だったたが」

偶々《たまたま》俺のいるところに即死攻撃が来なかった。偶々俺が進む道に即死トラップが無かった、もしくは前の人がトラップを踏《ふ》んだおかげで生き残れた等々。イベントクリアできたのはそんな偶然《ぐうぜん》の連続が起きただけで、実力どうこうの問題ではない。

とはいえ、全《すべ》てが運だったわけではない。防げる攻撃は防がなければならなかったし、ダンエクを長くやっていたからこその〝勘《かん》〟で生き残れた場面もあった。それらを鑑《かんが》みて、実力が不足していては運があろうとクリアもまず不可能。

「団員に協力してもらってね～。いい人たちだったわ……」

遠い目をしながら胸に手を当て自らの団員に弔辞《ちょうじ》を捧《ささ》げている。何のことか聞いてみれば、団員が命を賭《と》して即死攻撃や即死トラップから新田さんの身を守ったらしい。確かに多くの団員が命を顧《かえり》みず協力すればクリアできるかもしれない。もしかして他にクリアした奴も集団でクリアしたのだろうか。

「大手攻略クランもいくつか参加してたかな～？　でも誰かをクリアさせようと協力して動いているようには見えなかったわ」

新田さんのクランは新田さんを中心に狂信的《きょうしんてき》な組織を作り上げていたので、身を挺《てい》して守るように動くのは何となく理解ができる。一方で、最前線の攻略をしたりボス狩りで名を馳《は》せた攻略クランは高い実力があることは間違《まちが》いないが、我も欲も強いメンバーだらけ。誰かをクリアさせようと献身的《けんしんてき》に動くことはないだろう。

……まぁクリア基準に新田さんを参考にはしないほうがいいか。

「話したいことは色々あるけど、授業中では多くを語ることができないな」

「また後にでも話そっか～」

剣戟《けんげき》の授業は新田さんと示し合わせてレベル3程度に見えるよう無難にやることにした。

でも、ちょいちょいフェイントをかましてくるのは止めてくれませんかね。

第15章 ✦ 生徒会

新田さんと剣戟のやりとりが終わって放課後の教室。俺の目の前で、端末《たんまつ》画面を見ながら大宮さんが怒《いか》りの声を上げる。

「どうして認められないのっ⁉」

事の発端《ほったん》は、赤城君がDクラスとの決闘《けっとう》で負け、Eクラスの先輩方《せんぱいがた》の作った部活に入るなと半ば脅《おど》されたことが始まりだ。ならばと大宮さんがクラスメイト皆《みな》で参加できる部活を作ろうと生徒会へ申請《しんせい》したのだが――

画面には『却下《きゃっか》する』の一言が書かれた通知のみ。

部活を作るには10人以上の構成員と、責任者となる専任の教職員が必要。構成員となる人数は入りたいというEクラスの生徒が10人以上いることは確認済みだし、教職員は担任の村井先生に頼《たの》んで許可も貰《もら》っており、最低限の条件は満たしている。

あとは生徒会の承認《しょうにん》さえあればすぐに部活設立と運営に移れると考えていたところに、生徒会から無慈悲《むじひ》な却下の通知。そのせいで大宮さんは何が理由でダメだったのかと憤慨《ふんがい》しておられるのだ。

「生徒会に文句いってくるっ！」

「サツキ、ちょっと待って」

勢いよく教室から飛び出そうとした大宮さんの腕を捕《つか》まえて、なんとか落ち着かせようとする新田さん。少々熱くなっているので時間を置いて冷ましたほうがいいのは賛成だ。生徒会は伏魔殿《ふくまでん》そのもの。Eクラスの生徒が不用意に近づくのは止めておいたほうが賢明《けんめい》だろう。

ここは実力主義の冒険者学校。個人でも注目されている生徒はいるものの、実質的にこの学校を支配し発言力を有しているのは派閥《はばつ》だ。発言力や立場を求めるなら力のある派閥に属する必要がある。

力のある派閥は3年Aクラスの生徒を中心に、いくつか存在している。

剣術部主将や魔術《まじゅつ》部主将を筆頭とした部活系列の派閥が幅《はば》を利《き》かしているのは当然として、最大派閥は何と言っても生徒会だ。各学年の首席と次席、高位の爵位持ちが生徒会メンバーに揃《そろ》い踏《ぶ》み、普通の学校では考えられないほどの莫大《ばくだい》な予算を管理する権限を持ち、全ての部活動や学校イベント、教職員やＯＢにまで大きな発言力を有する。

生徒会とはいわば冒険者学校の中枢《ちゅうすう》。勉強もダンジョンダイブもできるエリートの、さらに上澄みのみが在籍できる名誉ある組織なのだ。それ故に爵位と金をちらつかせて不正に入ろうとする不届き者も後を絶たない。

では生徒会に在籍している生徒は〝まとも〟かというとそうでもない。当然のように頭でっかちで自己顕示欲《けんじよく》が高く、プライドの塊《かたまり》のような生徒が多く占《し》める。そんなところにEクラスの生徒が陳情《ちんじょう》に行ったところで相手にしてもらえるとは思えない。ゲームでも主人公である赤城君やピンクちゃんと度々衝突《たびたびしょうとつ》し、決闘へ発展していたほどだ。

「理由くらい聞かないと納得《なっとく》できないよっ」

「生徒会室に行くにしてもサツキ一人だけじゃ心配だよ～。私も行くね」

感情的になっている状態で突撃《とつげき》するのは良い結果には繋《つな》がらない。ここは冷静な新田さんを連れていったほうが賢明だ。そんなことを思っていると「成海君も一緒《いっしょ》に来てくれると心強いな～♪」と、にっこりウインクしてきた。

言われなくても二人にはボッチから救ってもらった大きな借りがある。行ってやろうじゃないの。ここは漢《おとこ》を見せる時だゼ！

「一緒に行ってくれるんだ……何かあったら私の後ろに隠《かく》れてね」

「えっ？　……あ、うん……」

俺が最弱というイメージが大宮さんの中で定着してしまっている模様。スライムに負けたことを知られたのはまずかったか。思わず項垂《うなだ》れそうになる。

でもめげないゾっ！


隅々《すみずみ》まで丁寧に磨《みが》かれている廊下《ろうか》を女子二人の後ろからソロリソロリとついていき、6階にある生徒会会議室の前までやって来た。

入り口の扉《とびら》は大きく重厚《じゅうこう》な木製の両開き。何やら鳥獣《ちょうじゅう》の彫刻《ちょうこく》が細やかに入っている。この扉だけでサラリーマンの月給数ヶ月分が飛ぶだろうな……

そんな扉の前で大宮さんは緊張を振《ふ》り払うかのように一呼吸し、コンコンとノックする。数秒ほど後に中から「入れ」との声が響く。

重いかと思われた扉は予想以上にスムーズに動き、中に入るとクラシックなデザインの部屋が広がっていた。

テーブルや棚《たな》は材質を一目見ただけで高そうだと分かる一級品。全て輸入品だろう。床もピカピカに磨かれた大理石でできており、その上に臙脂色《えんじいろ》の絨毯《じゅうたん》が敷かれている。壁には大きな風景画が一枚飾《かざ》られていて、アンティーク調のシャンデリアで上品に照らされている。

それらに負けず劣《おと》らずの高そうな革張《かわば》りの肘掛《ひじか》け椅子《いす》の上に、眼鏡を掛けた男子生徒が一人で座《すわ》っていた。高校生のくせにこんな部屋でそんな物を使ってやがるのかと、イッパンピーポーの俺はついつい憤慨してしまいそうになる。

その男子生徒の胸には金色の何かがキラリと光っていた。これは公家《くげ》に列する伯爵位《はくしやくい》持ちの家系を示すバッジだ。それがなくても雰囲気《ふんいき》や佇《たたず》まいから上流階級だと分かる。品格というものは立場がそうさせるものなのだろうか。

「何用だ」

眉《まゆ》をひそめこちらの素性《すじよう》を窺《うかが》っている。アポなしで突然来た訳だし訝《いぶか》るのも仕方がないとも言えるが。

「大宮と申します。部活創設に関して話を聞きに来ました」

「……お前たちは1年の……Eクラスか」

男子生徒は胸の記章、女子生徒はスカーフに色が付いているので、学年がすぐに分かるようになっている。俺達は赤の記章とスカーフなので1年生、目の前の生徒会員は色が緑の記章を付けているので3年生。ちなみに今日の昼間に俺を呼び出したキララちゃんは青のスカーフをしていたので2年生だ。

そして俺達がEクラスかどうかすぐに分かったのは胸に冒険者階級バッジを付けていないからだ。

何年もダンジョンダイブをしていれば、冒険者ギルドが発注するクエストを何度も遂行《すいこう》したり昇級《しょうきゅう》試験を受けて冒険者ランクを上げる機会がある。7級以上に上げれば対応する色のバッジが貰えるわけだが、Eクラスはダンジョンに潜《もぐ》れるようになってからまだ間もないため、一部を除き9級のまま。それに対し、Dクラス以上の生徒はほとんどが7級になっているため、胸元《むなもと》に冒険者階級バッジを付けている。

冒険者階級バッジを付けろなんて校則はないので付けなくてもいいのだが、校内のヒエラルキーにも関《かか》わってくるため生徒は全員付けるようにしている。なのでこの時期なら一年Eクラスの生徒はバッジの有無《うむ》を見ればすぐに分かるのだ。

俺はといえば昇級試験を受けたが合格ならず現在も9級のまま。あのクソ試験官許すまじ。

「帰れ」

「帰りませんっ。どうして申請を却下されたのか理由を聞かせてくださいっ」

「立場を弁《わきま》えないゴミ共が毎年毎年現れるものだな……」

何か薄汚《うすよご》れたモノを見るような目つきで俺達に吐《は》き捨てる。こちらとて文句の1つくらい言いたいところではあるものの、相手は爵位持ちなので何が起こるか分からない。物言いにも注意を払っておくべきだろう。

「お前たち。ここがどこか分かっているのか？」

入り口にデカデカと「生徒会」と書かれたルームプレートが掲《かか》げられていたので間違うわけがない。そんなことを聞いているのではないことは分かっているが、見下された目つきをされちゃうとついつい反骨精神が湧《わ》き出てしまうじゃないか。

「私は忙《いそが》しい。もう来るな」

大宮さんが何か言いかけるも取り付く島がなく、こちらに興味を失ったかのように男子生徒は目の前の書類に目を落とし作業に没頭《ぼっとう》してしまった。こちらを振り向かせたとして今の時点では会話が成立するとは思えないので、ひとまず外に出て状況《じょうきょう》確認《かくにん》をしておこう。

「もうっ、どうして生徒会なのに話を聞いてくれないのっ」

「出直したほうがいいのかしら～」

「今はあの3年の先輩に何を言っても無駄《むだ》っぽいね……」

生徒会に話を通すにしても誰《だれ》かの紹介《しょうかい》が必要だろう。だが出来損《できそこ》ないのレッテルを張られたEクラスが生徒会に伝手《つて》のありそうな人物と接触《せっしょく》し、橋渡《はしわた》しを頼むことは困難を極《きわ》める。前途多難《ぜんとたなん》だ。

途方《とほう》に暮れながら言葉少なにとぼとぼと教室へ引き返す。

窓の外から部活をやっている生徒達《たち》の掛け声が聞こえてくる。訓練に励《はげ》んでいるのは主にDクラス以上の内部生ばかり。たとえEクラスの生徒があの場にいたとしても裏仕事や雑用に駆《か》り出され、まともに練習に参加させてもらっていないだろう。

Eクラスの先輩方が作った部活も今頃《いまごろ》どこかで練習しているとは思うが、マジックフィールド内の立地の良い場所は使わせて貰えないはず。冒険者大学を目指し希望に満ち溢《あふ》れて入学してきたEクラスの生徒は厳しい現実と向き合わなくてはならない。

1年Eクラスの教室へ戻《もど》って腹減ったなとか考えながら帰る準備をしていると、二人はダンジョンダイブの話をしているようだ。

「私達ね、明日ダンジョンに潜ろうと思うんだけど……成海君もどうかなっ」

「ふふっ。女の子から誘《さそ》ってるんだから断らないよね～？」

こういう時は憂《う》さ晴《ば》らしにダンジョンで暴れようと言ってくる大宮さん。多少の事でへこたれてはいられないと元気に笑う。新田さんも一緒に行こうと微笑みかけてくれる。

明日はオババの店を物色して金策しようかと考えていたのだけど、彼女達《かのじょたち》と交流を深めるのも悪くない。ダンジョンでなら大宮さんの力になれるかもしれないし、新田さんとも色々と話をしてみたいしね。

参加の意思を示すと今から工房《こうぼう》にレンタル武器を見に行こうと誘われる。そういえば工房に預けていた鉱石がどうなったか見に行かなくては。そう伝えると、大宮さんは興味があるようで一緒に行っていいかと訊《たず》ねてきた。

預けてあるのはミスリル鉱石なのでできれば見せたくはなかったが……まぁ言い訳はつくし、いいか。

楽し気に揺れるおさげ髪《がみ》とその隣《となり》でコロコロと笑う笑顔を見ながら俺も荷物をまとめ、後ろからついていくことにした。

第16章 ✦ ニューウェポン

校内の桜の花はすでに全部散り終えており、青々とした葉桜の並木道を三人で歩く。午後4時を過ぎてもまだ日は高く、日陰《ひかげ》となっている歩道に木漏《こも》れ日《び》がキラキラと降り注いでいる。

もうこの辺りは工房エリアだ。先ほどからひっきりなしに運搬《うんぱん》業者や民間業者が出入りして、其処彼処《そこかしこ》から金属を加工する音や話し声が聞こえてくる。今が一番活気に溢れている時間帯なのだろう。

さらに100mほど歩くとミスリル鉱石の精錬《せいれん》を依頼《いらい》した工房にたどり着く。早速《さっそく》、入り口から声を掛けてみたものの反応はなく、中を覗いても誰もいない。仕方がないので近くに誰かいないかと周辺を探してみることにした。

向こうのほうから声が聞こえたと大宮さんが教えてくれたので、工房の横にある荷物などが積まれた資材置き場に行ってみると、見覚えのある大柄《おおがら》な男子生徒が満面の笑《え》みを浮《う》かべながら話をしていた。

「どうよ、俺のニューウェポンはよぉ」

「それ凄《すご》いっすね」「いくらしました？」

何やら後輩《こうはい》の1年生に武器を振り回し自慢《じまん》しているではないか……あの光り具合からしてミスリル合金製のようだが。

「すみませーん、先日頼んだミスリル合金の精錬、どうなりました？」

「あぁん？」

ようやく俺に気づき、自慢を中断されたことから急激に不機嫌《ふきげん》になる。まぁお金を取る仕事なんだからそこは切り替《か》えてほしい。カバンから精錬依頼契約証《せいれんいらいけいやくしょう》を取り出して渡《わた》すと、受け取った先輩はその契約証を中指で弾《はじ》き鼻で笑い始めた。

「おい、これは偽物《にせもの》だな。生徒会に突《つ》き出すぞコラァ」

嫌《いや》な予感はしていたが、やはり先ほどコイツが自慢してた武器は俺の鉱石から作ったものらしいな。だが落ち着け……最終手段に訴《うった》えるにもまだ早い。「つい出来心でやってしまい反省しています」とかいう態度を取って土下座をしてくれるなら許してやらんでもないので一応、念のために指摘《してき》してみる。

「え～と、昨日ここで書いたものですよ。筆跡《ひっせき》に見覚えありますよね」

「工房の印が押《お》してねぇ。第一、お前1年のEクラスだろぉ？　どうやってそんな雑魚《ざこ》がミスリル鉱石なんて持ってこれるんだ。どうせ盗《ぬす》んだんだろうが、あぁ？」

反論は許さないと言うように捲《まく》し立てて威圧してくる盗人野郎《ぬすっとやろう》。その剣幕《けんまく》に、後ろにいる新人らしき1年生と大宮さん新田さんも何事かと驚いている。

ミスリル鉱石は高額とはいえ、買えないわけではない。それに学校の工房ではミスリル鉱石を持ち込《こ》んだ作成依頼なんて普通に行われているし珍《めずら》しい鉱石というわけでもない。

しかしコイツにそんな理屈《りくつ》を言ったところで聞く耳を持たず盗品《とうひん》設定をゴリ押ししてくるのは明らかだ。

「(ど、どうなってるのっ？　もしかして鉱石取られちゃったとかっ？)」

心配そうに小声で聞いてくる大宮さん。せっかく付いてきてくれたのに申し訳ないね。

俺も依頼手続きの手順をしっかりと知っておけば良かったのだろうが、あの時は疲《つか》れてたし気が抜《ぬ》けていた。この世界にはこういった糞野郎《くそやろう》が多いってことをすっかり忘れていた。

いやぁ参った参った。

さて、どうするか。この場で暴れてやるのは簡単だが……

というかコイツは俺を生徒会に突き出すとか言っているが、何にも知らない生徒会がどうやって判断するのか。まさかEクラスだからという理由でこちらを非難してくるつもりだろうか。

しかし、このまま指をくわえていても俺のミスリル鉱石は取られたままだ。暴れるというのは最後の手段にして、この盗人《ぬすびと》よりは話が通じるであろう生徒会に託《たく》してみるのもいいかもしれない。

「それでは生徒会でも呼んでもらいましょうか」

「Eクラスのガキが……身《み》の程を分かってねぇようだな」

ミスリル合金の曲剣《きょくけん》——本当は妹も使える刀にして欲《ほ》しかったんだが——で試《ため》し切りをするぞと凄んでくる。そんなものを使って脅してくるとかどんな育ちをしてきたんだ。この国には銃刀法違反《じゅうとうほういはん》なんて無いのだろうが、明らかに度を超えている。

暴力沙汰《ざた》が避けられないのなら仕方がない。目の前の盗人を《簡易鑑定《かんてい》》してみるとしよう。

〈名前〉　熊澤譲《くまさわゆずる》
〈ジョブ〉　ファイター
〈強さ〉　相手にならないほど弱い
〈所持スキル数〉　3

《フェイク》は持ってなさそうだし素手《すで》でも十分勝てるだろうが、やるにしても外野が邪《じゃ》魔《ま》だな。1年生の……Eクラスでないからクラスや名前は知らないが、俺を非難するような目つきで熊澤の背後から睨《にら》みつけてくる。

「テメェ！　俺に向けて鑑定しやがったなぁ！」

「ちょっ、ちょっとっ！　暴力はダメでしょ！　さっきの契約証をもう一度……」

「うるせぇ！」

前に出た大宮さんの顔を叩《たた》こうと拳《こぶし》を振り上げるが、振り下ろす前に腕《うで》を掴《つか》んで制止させる。このまま握《にぎ》りつぶしてやろうか。

「どうした、揉《も》め事《ごと》か？　……またお前らか」

誰かと思ったら生徒会室で話した3年生の生徒会員が割《わ》り込んできた。戸《と》締《じま》りを終えて丁度帰るところ、大声が聞こえたので様子を見に来たらしい。熊澤はあれだけ威《い》勢《せい》の良かった態度だったのに、生徒会員が現れるや否《いな》や遜《へりくだ》った態度で都合のいい理由を並べはじめる。ケツを蹴《け》り飛ばしてやりたくなる。

言われるばかりでは不利になるのでこちらも契約書《けいやくしょ》を出し「俺の鉱石を勝手に私物化している」と主張すると、鉱石自体盗品だろうと理由を変えてきた。

「で、此《こ》奴《いつ》が鉱石をどこかから盗んできたかもしれない、と」

気難しい目で俺を見ながら盗人野郎の言い分を聞く生徒会員。

「そうなんですよ。だからオレァちょいと痛い目に合わせてやろうとですね」

「……ふむ。それでお前――」

ミスリル鉱石をどこから買ってきたのか、または採ってきたのか。証拠《しょうこ》があるなら出せと手に入れた経緯《けいい》を聞いてきたが「10階のオババの店で買ってきた」なんて言っても通用するとは思えないし、それ以前に店の存在そのものを機密にしているので言うつもりもない。

「どうした、言ってみろ……まさか、本当に盗品じゃないだろうな」

答えないなら実力行使してでも聞き出すぞ、と《オーラ》を発動し威圧してくる生徒会員。

……まったく。この世界の住人はどいつもこいつも何かにつけて威圧すれば手っ取り早く解決できるとか思っていそうだな。目の前の男に至っては爵位持ちだろうに、素性の知れない相手を威圧して何かあったらどうするんだ。

薄々《うすうす》こうなると分かっていたので大宮さんを後ろに下げて、俺が前に出て壁《かべ》となる。

（レベル20くらいか、学校の生徒の中では高い方なのか？）

《簡易鑑定》はしていないが、《オーラ》量から俺と同等のレベルなのが分かる。腰《こし》には紫紺《しこん》の宝石がはめ込まれた短杖《たんじょう》をぶら下げていて、今のところ抜く様子はない。正面を向き重心が偏《かたよ》っていないことから杖術使いの魔法闘士《まほうとうし》タイプではなく、純粋《じゅんすい》な魔法職か。【キャスター】……いや、レベル的に【ウィザード】かもしれない。

もちろん見た目だけで断定できるわけも無く。《簡易鑑定》の出番だ。

〈名前〉　相良明実《さがらあきざね》
〈ジョブ〉　ウィザード
〈強さ〉　やや強い
〈所持スキル数〉　4

——レベル21、スキル数は4、中級ジョブの【ウィザード】で《フェイク》は無所持。スキル数から戦士、シーフ系のスキルも持っていない純粋な魔法特化タイプか。

対人戦闘経験が極度に少ないのが丸分かりだ。自分の強さに絶対的な自信があるのだろうが……コイツは俺を舐《な》めている以前に、目の前の戦う相手がどれほどの強さなのかを何も推察できていない。故に俺が僅かに重心を動かしても、注意を払わず至近距離《しきんきょり》でメンチを切っていられる。

ＰｖＰ※において魔術士はフットワークと魔法の短打を駆使《くし》した戦い方が必須《ひっす》となるのだが、相良はそういったＰｖＰを十分に経験していないことが窺《うかが》える。今まで圧倒的《あっとうてき》弱者としか向き合ったことがないのだろうか。もしくは強者と向き合ったことがあったとしても、味方の壁の後ろから大出力遠距離魔法攻撃《こうげき》を撃《う》ちまくる戦術がメインなのだろう。

密着とも言えるこの至近距離で格闘経験のない【ウィザード】が俺にメンチを切るというのがどれほど愚《おろ》かな行為《こうい》なのか教えてやりたい気もする……が、相手は爵位持ち。自衛は良くても手を出すのはまずい。

相良からも俺に《簡易鑑定》が入ったのが分かる。中距離から猛禽類《もうきんるい》にじっと見つめられているような不快感に襲《おそ》われるが、俺は《フェイク》で偽装してあるため《簡易鑑定》では本当のステータスを覗《のぞ》くことは不可能。鑑定結果には【ニュービー】、「相手にならないほど弱い」と見えていることだろう。

「……妙《みょう》な奴だな」

「んで、実力行使するんですか？」

さらに威圧を強め、持っているだけの《オーラ》をこちらに叩きつけてくる相良。元々《オーラ》はダンジョンのレベルの低い雑魚モンスターに当てて、戦闘を回避《かいひ》する手段として使われたもの。ほぼ同レベル相手に《オーラ》による威圧は通用しない。

TIPS **PvP**：「Player vs Player」の略。NPCではなくプレイヤー同士の、１対１、または、多対多の対人戦のこと。PKも対人戦であるが、双方合意ある戦いがPvP、合意が無く一方的に攻撃を仕掛けるのがＰＫと区別される。

しかし、この場には同レベルではないものがほとんどだ。

俺が壁となっているとはいえ相良から発せられる《オーラ》を全て防ぐことなんてできるわけがなく、大宮さんは高レベルの《オーラ》に当てられ委縮してしまっている。新田さんはレベル5のくせに涼《すず》しい顔をしているのがちょっと面白い。

いずれにせよこの状況《じようきよう》が続けば体の毒になってしまうので、さっさと決着をつけてしまわないとまずい——と思った矢先、急に威圧を止めてきた。

「ふん……そういうことか。成海颯太《そうた》、覚えておくぞ」

何か分からないが勝手に納得し《オーラ》を引っ込めてくれたのは助かる。しかし《簡易鑑定》で名前を憶《おぼ》えられたのは……面倒《めんどう》なことにならないよう祈《いの》る他ない。

「おい。此奴なら自分でミスリル鉱石を採ってくることは可能だろう。あったものは全て返す、もしくは補償《ほしよう》するよう命ずる。いいな」

「えっ、でももう鉱石は……」

今度は熊澤が相良の《オーラ》による威圧を受け、ひっくり返っている。プライドが高く鼻持ちならない生徒会員だが、こうやって解決してくれるなら今日のところは歓迎《かんげい》しておこう。

第17章 ✦ 早瀬カヲル②

── 早瀬《はやせ》カヲル視点 ──

「来たぞッ！」

「回復準備OK！　行けます！」

私が前に出て、その後ろにナオトとサクラコが杖を構える。

ここはダンジョン6階。ワーグという名の魔狼《まろう》を狩《か》るためのキャンプ地だ。

遠くから魔狼を連れたユウマが全速力でこちらに向かって走り込んでくる。魔狼の走る速度は予想以上に速く、遠くから弓で遠隔攻撃《えんかくこうげき》して釣《つ》る※ようにしないとすぐに追いつかれてしまう。

魔狼は《ハウリング》で近くにいる魔狼を呼び寄せるスキルを持っているため、連れてくる最中も周りに他の魔狼がいないか細心の注意を払《はら》う必要がある。今の私達では2匹《ひき》の魔狼と戦うのはリスクがあるからだ。

TIPS **釣る**：モンスターに対し、遠隔攻撃またはスキルを使ってヘイトを与え、おびき寄せること。パーティーでの狩りは基本的に他のモンスターに割り込まれない安全地帯で戦うので、遠くからモンスターを“釣る”という行為は必須となってくる。

そんな危険が伴《ともな》う魔狼の釣りもユウマだから安心して任せられる。現時点での彼《かれ》は背中に弓を背負って片手剣、盾《たて》を持ち、釣りにタンク、アタッカーまで幅広《はばひろ》いロールをしてもらっている。それら全てをハイレベルで熟《こな》せていることから、ユウマの才能が如何《いか》に凄まじいかを物語っている。

「グルルゥゥ！　グァウッ！」

本能のまま牙《きば》をむき出しにして追いかけてくる魔狼。体長2m、体重も優に100kgを超えるほどの巨体《きょたい》にもかかわらず、足音をほとんど立てずに飛びかかってくるのが恐《おそ》ろしい。

安全なキャンプ地に到達したユウマは、背後から迫《せま》ってくる魔狼の攻撃《こうげき》を一度盾で受けて時間を稼《かせ》ぐ。時速50㎞は超えているであろう巨体を受け流すだけでも相当な技術と膂力が必要となるが、ユウマならば問題ない。それと同時に私が挟《はさ》み込むように魔狼の背後を、少し離《はな》れたところでナオトが魔法を撃つようなフォーメーションを取る。サクラコは基本的には戦闘に介入《かいにゅう》せずサポートがメイン。彼女《かのじょ》には回復という一番重要なロールがあるため、万が一を考えてやや距離を取っている。

あれだけ興奮して周りが見えていなかった魔狼だが、狩場《かりば》に誘い込まれたと分かると私達全員の動きを横目で見ながら低く唸《うな》り、隙《すき》を見せないようにしている。そんな膠着《こうちゃく》しがちな状況にナオトが《ファイアーアロー》を撃ち込み、均衡《きんこう》を崩《くず》す。

「陽動を頼む、私も〝スキル〟を発動する」

基本ジョブである【ファイター】に就《つ》いたことで基礎《きそ》能力も大きく向上し、私もやっとウェポンスキルを放つことができるようになったのだ。

後衛にターゲットが行かないようユウマが盾で身を守りながら細かい攻撃で上手《うま》く魔狼のヘイトを稼ぐ。そして私への注意が減った瞬間《しゅんかん》を狙《ねら》って《スラッシュ》を発動させる。

全身の筋肉にスイッチが入り、体が自動的にスキルモーションへ移行。常人の動きを超えて達人の域まで達するその斬撃には恐るべき力が秘《ひ》められている。魔狼の分厚い毛皮もこのスキルならば易々《やすやす》と斬《き》り裂《さ》くことが可能だ。

背後から、しかも隙を突いて《スラッシュ》を放ったにもかかわらず、既《すんで》の所で身を捻《ひね》って致命傷《ちめいしょう》を回避する魔狼。これだから6階のモンスターは侮《あなど》れない。それでも脇腹《わきばら》から後ろ足にかけて一閃《いっせん》が決まった。傷を負った魔狼は上手く動けず距離を離そうと後ろへ引こうとするが、すぐに距離を詰《つ》めたユウマが剣を、ナオトが後方から短剣《たんけん》を突き刺《さ》し、これがトドメとなったのか魔狼は一度甲高《かんだか》い声で鳴くと魔石《ませき》と化した。

「これで10匹目。いいペースだけど、ここらで休憩《きゅうけい》したほうがいいだろう」

「〝オレ〟はまだいけるよ」

「いやここは一度休んだほうがいい。この階からは万全《ばんぜん》を尽《つ》くして臨《のぞ》むべきだ」

今日は土曜日なので朝早くから四人でダンジョンに入り、既に10匹もの魔狼を狩っている。私が休憩を提案すると、ギラついた目をしたユウマがまだいけると続行を申し出る。しかしそれは気負い過ぎだ、さすがに休んだほうがいいとナオトが止めに入る。

先程《さきほど》の魔狼戦も戦闘《せんとう》時間は1分少々でしかないが、そんな短い時間と言えど命を賭《か》けた死闘《しとう》というのは大きく精神力を削《けず》るもの。それに1つの戦闘に1回しかスキルを発動していないとはいえ、再使用のためのクールタイムや減ったMPの回復を考えれば余裕《よゆう》を持たせた方がいいだろう。

「少し早いですがお昼ごはんにしませんか？　今日は美味《おい》しいお肉とお野菜をたっぷり挟んだサンドイッチを作ってきました」

「私もお腹《なか》が減った。サクラコのお弁当は本当に美味しいからな。楽しみだ」

「では僕《ぼく》とユウマがセッティングしよう。ユウマ、皿を並べてくれ」

「こちらの魔法容器に入ったスープもありますので。取り分けて頂けますか」

四人で座ってランチタイム。このキャンプ地はモンスターがポップしない安全な場所なので、誰かがモンスターを連れ込まない限りゆっくりと腰を落ち着けていられる。他の冒《ぼう》険者《けんしゃ》もくることはあるが、1つのパーティーが狩るだけの広さしかないので基本的に先に陣取《じんど》ったほうに優先権が得られる。つまりは私達がここを独占《どくせん》しているのだ。

サクラコが持ってきた大きなバスケットの中には色とりどりの具材が挟まったサンドイッチが所狭《ところせま》しと並んでいた。またもう1つのバッグには保温魔法が掛《か》かった容器があり、中に入っていたのは野菜スープのようだ。ずっと煮込《にこ》まれている状態になるので、さぞ柔《やわ》らかく味が染《し》みていることだろう。いい香《かお》りもしてくる。

「ふぅ。この味は落ち着く」

「沢山《たくさん》あるので遠慮《えんりょ》しないでおかわりしてくださいね」

素朴《そぼく》だけど多くの野菜が混ざり合い、味わい深いものになっている。サンドイッチの塩梅《あんばい》も疲れた体には心地良《ここちよ》い。ついパクパクと食べてしまいそうになるが、できるだけゆっくりと食べることに注意を払わねばなるまい。私とて年頃《としごろ》の乙女《おとめ》なのだから。

ふと周りの視線が気になり隣を見てみれば、何やら難しい顔をしたユウマがいた。刈谷《かりや》に負けた後は空元気で取り繕《つくろ》っていたが、今はそれすらできないほど精神状態が悪化している。先日、第一剣術部《けんじゅつぶ》へ行ったことが原因だろうか。

昨日の剣戟の授業でも、ペアの男子生徒を怖《こわ》がらせてしまっていた。あれではまともに練習にならなくなるというのに。

ナオトもユウマの表情を見て思うことがあったようだ。

「僕達《ぼくたち》は共に苦難を乗り越《こ》える仲間だ。だからユウマ、この場ではそんなに気負うことはない」

「……」

何があったのか。悩《なや》んでいることがあるなら相談してくれ。このEクラスの窮境《きゅうきょう》を打開したいというのは僕やカヲル、サクラコも同じ。一人で抱《かか》えることはないのだとナオトが優《やさ》しく語り掛ける。もちろん私だって力になりたいし、サクラコも大きく頷《うなず》いて賛同している。

観念したのか一度大きく息を吐き、とつとつと伏《ふ》し目《め》がちで今までのことを話し始める。刈谷に負けてからの心境。そして第一剣術部で起こったことだ。

話を聞くと刈谷に負けたこと自体はそこまでダメージはなかったそうだ。派手にやられたとはいえ上には上がいることは知っていたし、自分が未熟であることも分かっていた。ただEクラスの皆を窮地《きゅうち》に陥《おとしい》れてしまったのは心苦しかったという。

第一剣術部の出来事については……ショッキングなことだった。

どうしても入りたいというなら一番弱い部員と1：1で戦って勝ってみろと見世物にさせられ、一方的に負けて叩き出されたそうな。しかも相手は一歩も動かず右腕《みぎうで》しか使わないという屈辱的《くつじょくてき》なハンデを背負ってもらった上で。

その際に部員全員から自分を、そしてEクラスについても罵倒《ばとう》されたという。最強になるという彼のプライドは踏《ふ》みにじられ、それ以降すっかり余裕が無くなってしまったと目《め》尻《じり》に涙《なみだ》を浮かべて落ち込むユウマ。

項垂れながら帰る途中《とちゅう》、第四剣術部の人達に声を掛けられ勧誘《かんゆう》を受けた。答えは保留している。そこに入るにも負けた気分になってしまっていて、どうしたらいいか分からないとのことだ。

悲痛な報告に私達は何も言えなくなる。

同情したい気持ちはあるものの、それは私にも起こりえたこと。同じ立場の者が憐《あわ》れむ資格などないし、そんな状況でもない。私達ができることは共に立ち向かっていくことだけなのだから。

「第四剣術部……部活動勧誘式の壇上《だんじょう》で話していた袴姿《はかますがた》の方が部長だったか」

「あぁ。声を掛けてくれたときは副部長もいた」

Eクラスにとって忌《い》まわしき部活動勧誘式。その壇上にいた袴の先輩《せんぱい》も上位クラスと戦っている一人だ。彼女の言葉には覚悟《かくご》というか気迫《きはく》のようなものを感じた。

「第四剣術部の人達ともう一度会ってみないか？」

「お話を聞いてみるのもいいかもしれませんね」

「ふむ。その部に入るかはともかく、第四剣術部には参考になるものがあるかもしれないな」

第四剣術部がどういった活動をして鍛錬《たんれん》を行っているのか、私が会ってみたいと提案すると、サクラコもすぐに同意してくれた。ナオトはEクラスの今後の活動方針を決める上で参考になるかもと考え込む。確かに私達と同じように、いや、それ以上に苦労し足掻《あが》いてきた先人達の経験が参考にならないはずがない。

「今年は恐らく上位クラスに行くことは無理だろう。だがやれることは全《すべ》てやっていく。着実に地力をつけて強くなるための何に対しても努力は惜《お》しまないつもりだ」

「はい。まずはクラス対抗戦《たいこうせん》ですよねっ」

「来月にある試験か……」

クラス対抗戦。Eクラスが初めて他のクラスと競《きそ》う試験だ。さりとて冒険者学校に入ってすぐの私達が上位クラスとまともに戦うことができるのかといえば、無理だと言える。

本格的なダンジョンダイブをやった今だからこそ分かることだが、5階以降は一筋縄《ひとすじなわ》ではいかないモンスターばかりで、戦闘毎《せんとうごと》が綱渡《つなわた》りをしているかのように命がけ。怪我《けが》も増えてくる上に次のレベルまでの必要経験値量も相まって、ここから先の成長は牛歩のようになることが予測できる。

それにもかかわらず、上位クラス――Dクラスですら、全員がこの6階よりも下の階層で狩りができている。私達Eクラスがそのレベルに達するにはとにかく時間が必要だ。

果たして後1年でDクラス、またその上のCクラスと互角《ごかく》に渡り合っていけるのか。自信はないけどもやるしかない。

「Eクラスの戦力を上げる方法として部活を作ることも考えたが、大宮と生徒会の話を聞いてから考えようと思う。……まぁ仮にその話し合いが上手くいって設立許可を貰《もら》えたとしても、手続きで1ヶ月くらいはかかるだろうが」

大宮さんは今、生徒会と掛け合って部活設立の交渉《こうしょう》をしているらしい。貴族様が多く在《ざい》籍《せき》する生徒会が私達Eクラスの話を聞いてくれるのかどうか、正直なところ望みは薄《うす》い。

それに許可が貰えたとしても予算や顧問《こもん》の予定の関係上、1ヶ月ほどかかるという。クラス対抗戦はもう半月後に迫っている。部活の活用は間に合わない。

「そこでだ……独自にレベル上げに苦しんでいるクラスメイト達を集めて、剣術、魔術《まじゅつ》の手助けをする練習会を開くつもりだ」

レベルを思うように上げられていないレベル3以下のクラスメイトに、休日や放課後を使って練習をやろうと昨晩に誘いのメールを投げたそうだ。今後、参加希望者が増えたらその都度拡大していくとのこと。そしてもしよければ手伝ってくれないかとナオトは頭を下げてきた。

「剣道《けんどう》経験はあるので剣術は私が指導できるだろう。魔術は逆に教えて貰いたいが」

「弓術《きゅうじゅつ》ならオレも少しは勉強した。まぁ教えられるほどではないかもだけど」

「回復魔法ならっ、あの、お手伝いできると思います」

ナオトのクラスメイトを思う気持ちについ嬉《うれ》しくなってしまう。私も、そしてユウマとサクラコも力になりたいと即答《そくとう》する。

クラス昇格《しょうかく》は個別の生徒ごとに判定されるが、クラス対抗戦のように集団で成績を付与《ふよ》される試験も多数ある。少しでも上位クラスに食《く》らいつくためには共に協力していくことは当然のことだし、クラスメイトの戦力の底上げにも力を入れたいところだ。

「戦力の底上げといえば、磨島《まじま》君も独自に動いていましたね。何人かのクラスメイトと一緒《いっしょ》にダンジョンダイブの指導をやっているみたいでした」

「磨島大翔《ひろと》か。彼の剣術も相当にハイレベルだったな。カヲルと同じく剣道経験者なのかもしれない」

自己紹介《じこしょうかい》のときに士族の家系で【侍《さむらい》】になると豪語《ごうご》していた男子生徒だったのを覚えている。サクラコも磨島君に誘われたけど、私達と行くことになっていたので断ったそうだ。

彼も部活動勧誘式で相当堪《こた》えたと思うが、早々に立ち直り頑張《がんば》ろうとしている姿には好感が持てる。

「そういえば……あの噂《うわさ》は聞きましたか」

「どんなのだ？」

「あの成海君が2年の楠《くすのき》さんから呼び出しを受けたとか」

「楠？　……まさか八龍《はちりゅう》の楠雲母《きらら》か？」

八龍とは、この学校を実質的に動かしている8つの大きな派閥《はばつ》のことを指す。先ほど話題に上がった第一剣術部や、生徒会もその八龍の1つ。楠という人物は八龍の1つである〝シーフ研究部〟の次期部長に内定している冒険者学校の超大物《ちょうおおもの》だとか。

いつもは多くの取り巻きを連れ立って歩いているような人物だというのに、一人でEクラスまで来て颯太を呼び出したらしい。

「ちなみに成海と楠雲母は以前から付き合いが？」

「いや知らない。私も颯太も普通《ふつう》の平民だ。その先輩は貴族様なのだろう？　この学校に入る以前に接点があったとは思えない」

平民と貴族様は生きる世界がまるで違《ちが》う。にもかかわらず接点があるこの冒険者学校は非常に特異な場所とも言える。

「何かあるなら取り巻きを使って呼び出せばいいのに、直接本人が来たというのが気になる。もしよければ……成海から聞き出せないか？　これは使えるかもしれない」

「それはいいけど期待しないで待っていてくれ」

颯太と楠雲母に繋《つな》がりがあるのなら部活創設や生徒会とのやり取りに使えるかもしれないとのことだが、あの颯太がそんな大物と関係があるとは考えにくい。Eクラスまで来たのは偶々《たまたま》で、用事とやらも些事《さじ》に過ぎないだろう。

――ところで颯太と言えば。

昨日初めてみたときは驚《おどろ》いた。ちょっと前まで節操なく食べ続けブクブクと太っていたというのに、昔の面影《おもかげ》を思い出すほど減量に成功していた。颯太に〝初恋した〟という封《ふう》印《いん》されし記《き》憶《おく》を思い出し、心臓が締め付けられるような思いをしてしまった。

だが今はそんな感情は全くない……はずだ。余りのことで驚いてしまっただけ。

それでもあれほどのダイエットは尋常《じんじょう》ではない。颯太を横目で観察してみたが単に痩《や》せただけではなく、上半身にも驚くくらい筋肉が付いていた。外から見える前腕《ぜんわん》や首回りが盛り上がっていたほどに。何か特別な訓練をしているのだろうか。

ここのところ私に対する厭《いや》らしい目つきは鳴りを潜《ひそ》め、所かまわず寄ってくることもなくなった。この短期間に颯太は大きく変わっていることは間違《まちが》いない。しかし端末《たんまつ》のデータベースを見てもレベル３のままだ。

楠雲母との関係を含《ふく》め、それとなく通学の時に聞いてみるとしよう。

第18章 ✦ 雑貨ショップ ナルミ

今日は大宮さん達と一緒にダンジョンダイブの約束をしている。3階を周回してオーク狩りをしようと計画しているが、余裕があれば4階の入り口周辺まで行こうとのことだ。《簡易鑑定》の評価で〝相手にならないほど弱い〟の表示が出るモンスターを倒《たお》しても俺《おれ》には一切《いっさい》経験値は入らないけれど、大宮さん達には今まで何度も助けられてきた。ここで少しでも力となり、恩を返していきたい。

もちろん狙いはそれだけではない。

ボッチの俺は学校やクラスメイトの動向に疎《うと》く、リアルタイムで何が起きているのか掴みにくいという欠点がある。その一方で大宮さんと新田さんは何事もクラスの中心にいることが多く、彼女らの近くにいればクラス情報が入手しやすくなるのではないかという打算もある。

それに。何だかんだ言っても大宮さんも、あと中身はアレだけど新田さんもそこらを歩いていれば目を引くほどにカワイイ女の子。その二人に「頼《たよ》りにしてるね♪」と笑顔《えがお》で言われれば健全な男子たるもの奮起する他ない。

　おかげで朝早くからハイテンション。家の前で念入りにストレッチをしてほぐしながら気持ちを静めているところだ。

　待ち合わせの時刻まで30分ほど余裕があるので気晴らしに我《わ》が家《や》の生命線『雑貨ショップ　ナルミ』の商品ラインナップを見てみよう。

『雑貨ショップ　ナルミ』は初心者から中級冒険者向けにグッズを販売《はんばい》している小売店だ。多くの売り物は冒険者組合の卸業者《おろしぎょうしゃ》から仕入れるのだが、親父《おやじ》がいつも一緒に潜《もぐ》っている冒険者仲間や知り合いからも商品を回してもらっている。我が家の飯のグレードがどうなるかはこのラインナップの出入りにかかっているといっても過言ではない。

　まず目につくのは革《かわ》防具のリサイクル品。魔狼製ではなく普通の牛や豚《ぶた》の革製だ。防具だけではなくバッグや衣類まである。親父が他所から安く買い取った中古品を暇《ひま》なとき手入れ、修復して売っている。あまり売れ行きは良くはないがそこそこ利益率が良いので置いているそうだ。

　防具といえば。俺の魔狼の防具はヴォルゲムートとの戦闘により使い物にならないほど大破しゴミと化したわけだが、今はクソ試験官から頂戴《強奪》したミスリル合金製の軽鎧《けいがい》を着ている。ミスリル合金製武具はレベル19が着る防具としては少々頼りなく、より強い防具に乗り換《か》えてもいい頃合《ころあ》い。しかしそんな金は無いのでしばらくはこの防具を使おうかと思っている。ちなみにクソ試験官は今頃臭《いまごろくさ》い飯を食っているはずだ。

次にリサイクルコーナーの隣に目を移せば〝ナルミおススメ！特価品！〟と書かれた棚《たな》がある。そこには赤や緑色などどちょっと毒々しい色をしたポーションが置かれていた。

これらは俺が10階で買ったような即時性《そくじせい》の回復ポーションではなく、溶媒《ようばい》で希釈《きしゃく》された劣化《れっか》回復ポーションとでもいうべきもの。それでも擦《す》り傷《きず》やちょっとした疲労《ひろう》の回復効果が望めるので10階未満で狩りをしている冒険者には人気の商品らしい。ギルド認証《にんしょう》がいらず中抜《なかぬ》きも少ない代わりに利益率も低い。とにかく多く売って稼ぐタイプの商品だ。

そして以前にオババの店で転売用に買った3本の回復ポーションだが、既《すで》に全部完売済み。指1本程度の欠損ならたちまち回復してしまう即時性回復ポーションは、冒険者だけでなく医療《いりょう》目的でも高額で取引されているため詐欺《さぎ》商品も横行している。売るには本物と認定《にんてい》されたギルド認証《にんしょう》を必要とし、その鑑定《かんてい》認証代も1本あたり10万円近くとかなりの高額。それでも70万円という値で即売《そくばい》したのは強い需要《じゅよう》があると推察できる。そのおかげで昨夜の我が家の夕食がブランド牛のしゃぶしゃぶとなったわけだ。

回復ポーションはアンデッドに使えばかなりのダメージを与《あた》えられるのでゲームの時は投げまくっていたけれど、70万円で売れる商品を投げる馬鹿《ばか》はいない。すでに追加で6本仕入れてあるので、親父に冒険者《ぼうけんしゃ》ギルドでギルド認証マークをもらいに鑑定してもらっているところだ。これからもオババの店のポーションを転売しまくって日本中のブランド牛を制覇《せいは》するゾ！　……いや違った。武具を揃《そろ》える予定だ。ということで今のところ金策は順調と言っていいだろう。

レジの近くには携帯食《けいたいしょく》やキャンプ用品も置いてある。これらはスーパーやホームセンターが強力なライバルとなるのでそれほど数は置いていない。気が向いたら他の商品とセットで買っていってくれる程度だ。

これからは俺がダンジョンから持ってきたアイテムもここに並べようと考えている。それなりに上手く商品を捌《さば》けるようになったら、よりセキュリティの高い冒険者ギルドビルで場所を借りて店を開くのもいいかもしれない。親父には頑張ってもらいたいね。

さて。少し早いが店内探索《たんさく》はこれくらいにして行く準備をするとしよう。

待ち合わせ場所である冒険者ギルド前広場に到着《とうちゃく》。少々早かったせいかまだ二人は来ていないようだ。何して暇を潰《つぶ》そうか考えていると妹から電話が掛かってきた。

『おにぃ～やっぱりもう1本剣貸して～。二刀流じゃないとしっくりこないっぽい』

妹もこれからお袋《ふくろ》のパワーレベリングをしにダンジョンに行くとのこと。今日は試しに1本で戦うと言っていたがダイブ直前で不安になったのだろう、手ごろな武器がないかと聞いてきた。

「今は冒険者広場にいるんだけど、どこにいる？」

『ママとそっちに行くから待っててて～』

俺の腰には2本のミスリル合金製の曲剣があるので、その内の1本を渡すことにした。これらは昨日のミスリル鉱石横領事件で生徒会員である相良の差配により、タダで貰うことになった物だ。本当は刀が欲しかったのだけど工賃無しで貰えるなら悪くない。涙目になった熊澤が震《ふる》えながら曲剣を差し出すのを見て溜飲《りゅういん》は下がったから良しとしよう。


電話を切り広場にある街路灯に背を預けながら、ぼーっと周りを眺《なが》めてみる。土曜日ということもあり、いつも以上に多くの冒険者で混み合っている。

ほとんどが専業冒険者や親父のように趣味《しゅみ》で潜る兼業《けんぎょう》冒険者だが、学校名が書かれた防具を着た学生らしき男女もチラホラと目につく。

このダンジョン周辺には冒険者学校以外にも冒険者の育成を目的とした特別クラスや、

ダンジョンダイブのための部活を開設している学校があり、うちの学校ほどではないにせよ有名冒険者を何人も輩出《はいしゅつ》していて全国から志望者が来るほど人気が高いとか。和気藹々《わきあいあい》と頑張っている姿は微笑《ほほえ》ましいものだ。

対して我が冒険者学校の連中はというと――第一剣術部と第一魔術部の合同パーティーだろうか――ミスリル合金や魔結晶《まけつしょう》がはめ込まれた高価な武具を装備した集団が声を荒《あら》げて悪目立ちしているではないか。ゲームでもこの学校はトラブルメーカーだらけだったが、それらを忠実に再現しないでもらいたい。

げんなりしながらも遠目から観察してみる。

白熱した作戦会議を行っているようで剣士《けんし》集団と魔術士集団がバチバチとにらみ合い、周囲に険悪な雰囲気《ふんいき》を振《ふ》りまいている。かなりの大声なので話している内容も丸聞こえ。互《たが》いの主張はこうだ。

剣士集団としては、フレンドリーファイア※が怖いため、魔法を撃つタイミングや布陣《ふじん》を含め剣士側が判断しダンジョンダイブを主導したいとのこと。魔術士集団としては剣士には壁さえやってもらえばいい。魔術士の最大火力を有効活用するには魔法というものをよく理解した魔術士側が決めたほうがいい。当然、戦術指示も魔術士側がやるとのこと。

(一緒に潜るならまとめ役くらい用意しておけよ……)

TIPS **フレンドリーファイア**:いわゆる誤爆。戦場などで後方に位置する味方の攻撃を食らうこと。過失か故意かは問わない。

合同で潜ろうとした時点でそういった作戦は予《あらかじ》め決めておくべきじゃないのか、と呆《あき》れてしまう。怒鳴《どな》り合いに近いほど大声でいがみ合っていて、何名かは《オーラ》を開放。周辺はちょっとした騒動《そうどう》となってしまっている。脳筋だらけじゃないか。迷惑極《めいわくきわ》まりない。

まずいかなと思っていると、一際豪奢《ひときわごうしゃ》な花柄《はながら》のローブを着た女生徒が颯爽《さっそう》と現れ、到着するなり全体に指示をし始める。あれほど騒《さわ》いでいた一団が一斉《いっせい》に沈黙《ちんもく》。剣士集団も魔術士集団もあの女生徒に頭が上がらないようで、素直《すなお》に話を聞いている。

ローブを深くかぶっているので顔は分からないが、長く赤い髪《かみ》が見えている。小柄《こがら》で細身の割に大きな杖を背負っていて、そのアンバランスさがちょっと面白《おもしろ》い。

（魔術士派閥のリーダーは赤髪の女生徒だと聞いていたが、彼女のことだろうか）

ゲームでも何度か登場するキャラなのだが、メインストーリーなんてゲーム開始時に一度流してやっただけなので序盤《じょばん》だけしか登場せず、主要キャラでもないなら詳細《しょうさい》は覚えていない。

やがて補給要員も到着。荷車の引っ張る部分に魔石動力エンジンと操縦席を取り付けたような運搬車《うんぱんしゃ》が3台、それぞれに山ほど荷物を載《の》せてやってきた。あの人数でも10日ほどなら楽に潜れる量だ。

冒険者学校はダンジョンダイブのための期間を設けていて、その期間に学業を休止することも許可している。代わりにダンジョン内でやる課題を出され、それらをクリアしていけば成績にも反映される仕組みだ。

またボーナスも用意されていて、課題が難しいほど、深い階層を潜るほど成績に加算される。高得点を目指すには優秀《ゆうしゅう》なメンバーを確保し、より強いモンスターと戦える強力なパーティーを組む必要ある。そのため仲が悪くても実力を優先して第一剣術部と第一魔術部が組んで潜るのだろう。今回は魔術士側のリーダーが指揮するようだが。

どれほどの強さなのか鑑定《かんてい》したい気持ちを抑《おさ》えつつ集団の様子を見ていると。

「いたーっ。ママーこっち！」

俺を見つけた妹が大声でお袋を呼ぶ。妹にはヴォルゲムートからドロップしたファルシオンタイプの剣《けん》、「ソードオブヴォルゲムート」と、宝箱に入っていた「祝福されしペンダント」を渡《わた》してあったが、ちゃんと装備していたようだ。

家に帰ってワンドで鑑定した結果、「ソードオブヴォルゲムート」にはHP吸収、片手剣攻撃力上昇《けんこうげきりょくじょうしょう》、耐久大幅上昇《たいきゅうおおはばじょうしょう》、軽量化と効果が4つも付与されており、期待以上の性能だった。11階からは被弾《ひだん》することも出てくると予想しているので、アンデッド相手にもHP吸収が使える武器は嬉しいところ。鞘《さや》の装飾《そうしょく》がゴテゴテして目立つので今は布で覆《おお》って隠《かく》している。

また［祝福されしペンダント］も同様に7階の拡張エリアの宝箱でしか入手できないであろうユニークアイテムだ。効果はＭＰリジェネ、ＭＰ最大値上昇、ＩＮＴ＋20と、こちらもかなりの性能。ＭＰリジェネはどれくらいの回復量なのかは分からないが、長期戦をやる場合には重宝することになるだろう。水色の宝石は少々派手な見た目だが胸元《むなもと》に隠している分には目立つことはない。

どちらも序盤で手に入るアイテムとしては破格の性能ではあるものの、落とした敵の強さも序盤とは思えないほど強かった。そう考えれば相応の性能と言えるかもしれない。

「このミスリル合金製の曲剣は［ソードオブヴォルゲムート］と違って重心がちょっと変わっているのと、何の付与もされていないから扱《あつか》いに気を付けろよ」

ミスリル合金製の曲剣を壊《こわ》してしまったら、ただの鋼製のレンタル品に戻《もど》るしかないので大事に扱えと忠告しておく。現在のレベルなら武器もミスリル合金製よりもう1つグレードの高い武器に変えてもいい頃合いだが、そんなのを買うとしたらとんでもない額になってしまうので地道にダンジョンに潜って素材を集めるしかない。

あれこれと妹にアドバイスをしていると――

「おまたせ～って、あれ？」

時刻通りに大宮さん達《たち》も到着。ダンジョン内では長めの髪が邪魔《じゃま》になるのか、いつもはサイドに垂らしているツインテールを結《ゆ》いあげ、ポニーテールになっている。新田さんはいつもしているメガネをかけていない。コンタクトだろうか。だがどちらも新鮮《しんせん》で可愛《かわい》らしい。

また二人ともお揃いの真新しい魔狼の軽鎧を着ている。この先を見据《みす》えればちょっと背《せ》伸《の》びするくらいの防具を買っておいたほうが却《かえ》ってコスパは良くなるので、そのチョイスは正解だろう。

「成海君のお母さまと……妹さんかなっ？」

「あぁ、ちょっとね。渡し物があって話をしていたんだ」

妹は中学生なのでダンジョンに行くとは言えず、この場は誤魔化《ごまか》しておくのがいいだろう……って、おい。

「あら～、可愛いお嬢《じょう》さん達じゃない。颯太も隅《すみ》に置けないわね」

「こんにちは～妹でーっす！　おにぃがお世話になってまーっす」

なにやらハイテンションになっている妹とお袋。気恥《きは》ずかしいので早く行ってくれと催《さい》促《そく》するも、大宮さん達と話したそうに図々《ずうずう》しく粘《ねば》り留《とど》まろうとする。なので背中を押《お》して無理やり退場してもらった。

「その、ごめん。気が利《き》かなくてさ……」

「え、でもいいの？」

気を使ってくれたようだが何の問題もない。あのまま放置していたらある事ない事話されそうだったし。

それでは気を取り直して。両手に花の楽しいダンジョンダイブへ行こうではないか。

第19章 ✦ 悲劇のヒロイン

今日は土曜日とあって、ダンジョン入口の改札の前にはいつも以上に多くの冒険者で長い行列ができていた。某遊園地《ぼうゆうえんち》のアトラクションかと普通なら毒づきたくもなる――しかし。

一人ならうんざりする待ち時間だけど今の俺は二人のカワイイ女の子と一緒なので何の苦にもならない。3階でオークをどう狩ろうかなどの作戦会議から、クラスメイトや授業の話題など、普段《ふだん》学校で話すような他愛《たあい》もない世間話をしていればあっという間に時間が過ぎていき、気づけばダンジョン突入《とつにゅう》となっていた。

ダンジョン内部に入っても沢山の冒険者が往来しており、下の階へ行くためのメインストリートはすし詰《づ》め状態。三人で横に並んで歩けないほどだ。そこで大宮さんがやや前に出て先導するように歩き、俺と新田さんはその後ろを逸《そ》れないよう付いていく形となった。

「(それで。成海君は～どれくらいまでレベル上がったの～?)」

こっそりと耳打ちして聞いてくる新田さん。そういえば彼女のレベルは教えてもらっていたけど、こちらは教えていなかった。これから協力関係を築いていくなら俺の情報も開示したほうがいいだろう。

「(ええ!?　もうレベル19なのっ?)」

「(こちらにも色々と事情があったんだよ)」

口に手を当て上品に驚いている。ゲームではトレードマークだった漆黒《しっこく》のフルプレートアーマーから【黒の執行者《しっこうしゃ》】という異名を持ち、彼女の姿を見ればPK共が震えあがったものだけれど……中身がこんな女の子と分かりどうにも戸惑《とまど》ってしまう。まぁそれはさておき。

この短期間でレベル19というのはゲームでも結構なペースなのだから驚くのも無理はない。ゲームが現実化したことにより難易度も大きく跳《は》ね上がっているし、新田さんも自身で潜ってそのことに気づいているなら尚更《なおさら》だろう。

本来、計画通りにいっていれば今頃《いまごろ》レベル8～9で、オババの店に行くための計画を練って準備しているはずだった。それがユニークボスとの強制戦闘により大幅《おおはば》なレベルアップとなったわけだが——疑問に思うこともある。

俺のゲーム知識にない〝ヴォルゲムート〟というモンスターだ。

倒した後のレベルの上がり方からしてモンスターレベル25前後。そんなモンスターが最序盤に配置されるなどおかしすぎる。

5階にポップするオークロードのように、通常モンスターより明らかに強いフロアボスもいるが、それもその階にポップするモンスターより5レベル高い程度。その階の適正レベル冒険者が10～20人もいれば、工夫次第《くふうしだい》で倒すことは可能だった。

しかしヴォルゲムートに至っては7階の適正レベル冒険者が束になったところで攻撃《こうげき》なんてまともに通らず、一撃《いちげき》の下で叩《たた》き切られてしまうだろう。倒すことは……まぁ普通なら無理だ。初見殺しというなら一度逃《に》げて再度挑《いど》めばいいいが、あれからは逃げるのも不可能。ゲームバランス的にぶっ壊れすぎている。まぁこの世界はゲームではないのだろうが。

そのことを含めて伝えてみると。

「(7階の拡張エリアにそんなのいたかしら……記憶に無いわ)」

新田さんはゲームのときの7階拡張エリアに一度行ったことがあるという。たった一度とはいえ城主の間という目立つ場所にそれほどの存在がいるとしたら気づかないわけがない、とのこと。確かにあのエリアにいけば城塞《じょうさい》には行くだろうし、その中に入るなら最奥《さいおう》の城主の間にも行くだろう。

やはりあのモンスターはこの世界特有の仕様なのだろうか。拡張エリアの城塞以外にゲームの仕様と乖離《かいり》している場所は今のところ発見できていないが、あんな規格外のモンスターがこの先も待ち構えていたら命がいくらあっても持たないぞ。

「(それにしても、いきなりレベル19まで上がるような強敵によく勝てたわね～)」

「(軽く死にかけたけどな)」

十分な肉体強化の恩恵《おんけい》を受けていない体にオーバースペックなスキルを多用したことで、腕《うで》や足、体中がめちゃくちゃになったし神経も部分的に焼き切れていた。大量の経験値とユニークアイテムを手に入れることができたとはいえ、リスクとリターンが全く釣《つ》り合っていない。あんな無茶《むちゃ》はもう懲《こ》り懲《ご》りだ。

ゲーム時代のスキルを使ったのかと聞いてきたので正直に「使った」と答えた。彼女《かのじょ》もゲーム時のキャラが覚えていたスキルが使えることに気づいていた模様。

新田さんのゲーム時代のジョブといえば、攻撃と同時に様々なデバフ効果を与えるウェポンスキルが特徴《とくちょう》の【暗黒騎士《きし》】だ。高いSTRがないと使い物にならないスキルばかりの【ウェポンマスター】と違って【暗黒騎士】はステータスに依存《いそん》しないデバフスキルがいくつもある。低レベルでも防御力《ぼうぎょりょく》の高い相手に驚異的《きょういてき》なダメージを叩き出すことが可能なのだ。敵対しないことを祈《いの》っておこう。

そんな話をしながらえっちらおっちらと2階入り口広場に到着。帰りの時間も考えなくてはならないのでトイレ休憩《きゅうけい》を済ませ、すぐに出発だ。

たかが2階へ行くだけでも土日ではこれほど時間がかかるのかと用を足しながら辟易《へきえき》してしまう。トイレ前も順番待ちという有様だった。次入るときはもう少し早く出るなりして時間をずらしたほうがいいだろうか。

トイレから出ると再び大宮さん達と合流し、すぐに3階へ向けて出発する。ここからは少しだけ混雑が緩和《かんわ》され空間に余裕ができたので三人で横になりながら歩く。

数分ほど世間話をした後に大宮さんが「聞いて欲《ほ》しいことがあるの」と決意に満ちた顔で話を切り出してきた。

「ねぇ……私ね、部活がダメならサークルを作ろうと思うのっ」

生徒会での一件からずっと考えていたらしい。しかし、サークルか。

部活を作るにも生徒会を説得しなければならず、生徒会員である相良の態度を見ても何の実績も伝手《つて》もない現状では意見を通すのは現実的ではない。その実績や伝手を用意するにも多くの時間がかかるし、このまま手をこまねいていては闇雲《やみくも》に時間が過ぎ、Eクラスのまともな成長の機会が見込《みこ》めなくなってしまう。

なので部活の創設にこだわらず認可《にんか》がすぐに下りるであろうサークルを先に創設し、クラスメイトが強くなれる環境《かんきょう》を一刻も早く用意したいとのこと。サークルなら三人いれば作れるし生徒会からの認可も格段に得られやすい。元々Eクラスの救済が目的なので部活の創設にこだわる必要はないのだ。

またサークル加入そのものはクラスメイトにとってその場しのぎでも良く、いずれ部活に入るにしてもサークルという鍛錬の場を作り、実力を付けた上でその後を決めればいい。少しでも這《は》い上がろうとする皆《みな》の助けになれれば、というのが大宮さんの考えだ。

デメリットとしては、部活と違ってサークル活動費はほとんど下りないし、闘技場《とうぎじょう》などの施設《しせつ》も部活が優先されるため、まず借りることはできない。また部活動対抗戦のような成績ボーナスがある競技や大会にも出られない。クリアすべき課題は多いという。

（しっかり考えている。しかし――）

ここまでの流れはゲームと同じ。問題はこの後だ。

メインストーリーでの大宮さんはこの後にサークル創設の申請《しんせい》は無事に許可され、Eクラスのために奔走《ほんそう》することになるのだが、そのような動きは上級生や他クラスの連中に疎ましく思われ攻撃のターゲットにされてしまう。

心無い罵倒《ばとう》、暴力もまじえた度重《たびかさ》なる嫌《いや》がらせを受けるが、彼女は一人歯を食いしばり必死に抵抗《ていこう》を続ける。それでも次第《しだい》に精神が擦り切れ……ついには退学に追い込《こ》まれてしまう、そんなストーリーがあったのを覚えている。

「それでね、ここにいる三人でどうかなって」

こちらのほうに手を差し伸《の》べ、あどけない笑顔でほほ笑《え》んでいる大宮さん。どうやら俺も誘《さそ》ってくれているらしい。ルームメイトの新田さんにはサークルの話はしてあるのだろう、ニコニコとこちらを見ている。

ダンエク経験者からみれば、大宮さんは〝悲劇のヒロイン〟だ。このまま何も対策を講じなければゲームと同じ結末を辿《たど》るかもしれない。いや、俺が見て経験してきた冒険者《ぼうけんしゃ》学校の状況《じょうきょう》を鑑《かんが》みれば間違いなくそうなる。

仮に大宮さんを助けるとして、サークル設立後に起こるであろう厄介《やっかい》なイベントにいくつも対処しなくてはならなくなる。攻撃を仕掛《しか》けてくる生徒どころか、動き出す派閥も多数あるので下手をすれば暴力沙汰《ざた》にも巻き込まれる。そこで余計な情報が洩《も》れたり思わぬ危険な状況に陥《おちい》るかもしれない。身の安全のことだけを考えれば、ここはやんわりと断るべきだろう。

――だが。

誰《だれ》かのためにこんなにも直向《ひたむ》きに頑張る子を、分け隔《へだ》てなく思いやってくれる優しい心の持ち主をあんな酷《ひど》い目に会わせちゃいけないだろ。オリエンテーションのときにハブられボッチだった俺に声を掛《か》け、助けてくれた恩は忘れちゃいない。この恩には、より大きな恩で返すべきだ。そうだろう、成海颯太《そうた》よ。

「私は入るわ～。だってサツキは大切な親友だし。成海君も、モ・チ・ロ・ン、入ってくれるよね～？」

ニンマリとほほ笑みながら俺に問いかけてくる新田さん。何を考えているのかその胸の内を知りたいが、どうやらやる気らしい。ゲームでは最強の敵でありライバルでもあった彼女が味方になるというのならなんとも心強いものだ。

「――当然、俺も入るさ」

僅《わず》かに首を傾《かし》げウィンクしながらサムズアップで答えたのだが、何か空気が気まずくなった気がした。

第20章 ✦ 契約魔法書

「いい狩場《かりば》があるのよね～」

ようやく目的地であるダンジョン3階に到着し、どこで狩《か》ろうか話し合っていたところ。新田さんが提案してきた狩場とは、なんと5階。その〝いい狩場〟というのはオークロードの橋落としのことだろうか。

それ以前に今から5階へ行って帰る時間を考えれば、狩りをする時間は僅かしか取れないという問題もある――ゲートを使わないという前提ならば。

もしかして話す気なのだろうか。話すにしてもゲーム知識とその危険性についてどう考えているのか、少し聞いてみたほうが良さそうだな。

「(ちょっといいかな)」

チョイチョイと新田さんを呼び寄せる。

「(え～と……新田さんはどこら辺りまで話そうとしてるの？)」

「(サツキは信頼《しんらい》できるし～色々と話そうと思ってるよ～。……あと私のことは～リ・サって呼んでって言ったでしょ?)」

俺の頬《ほお》をツンツンとつつきながら訂正《ていせい》を要求してくる。先程《さきほど》、共にサークルを作る同志として、また親友として、下の名前で呼び合い親睦《しんぼく》を深めようという流れになったのだ。幼馴染《おさななじみ》であるカヲルならともかく、クラスの女の子を下の名前で呼び捨てにするのは少々気恥ずかしいものが……いや、それはまぁいい。

ダンジョンの知識や情報は発信元を辿られれば、まだ見知らぬプレイヤーから特定されることにも繋がってしまう。俺達《おれたち》が特定できていない状況でそのプレイヤーから悪意を向けられれば危《あや》うい状況に陥りかねない。

それが杞憂《きゆう》に終わればいいのだが、ゲーム情報の拡散がクラス内で留まるだけならまだいい。プレイヤーとて元は常識ある向こうの世界の人間だ。話せば分かり合える可能性は十分にある。また敵対したとしても俺とリサが組むなら、やりようはある。

しかし外部に洩れれば事態は深刻だ。ダンジョンの新情報のためには人の命なんてどうでもいいと考えている組織や国が腐《くさ》るほどあるこの世界で、情報を持っていると臭《にお》わせた、もしくは疑いをかけられただけでも何が起こるか分からない。

まだ試《ため》すことはできていないが、上級ジョブや最上級ジョブで覚えるスキルの中には精神を操作、改ざん、破壊《はかい》する非常に危険な魔法《まほう》だってある。もしくは精神操作スキルが封《ふう》じられたマジックアイテムもすでに存在しているかもしれない。それらを防ぐ方法もあるにはあるが、今使われたら為《な》す術《すべ》がない。

さらに最悪を考えれば。

精神操作魔法なり脅迫《きょうはく》や拷問《ごうもん》なり、何らかの手段でプレイヤーのゲーム知識が抜《ぬ》き取られ、それらの情報が世界に拡散した場合。世界中の倫理《りんり》が失われ無法地帯に、もっといえば世界秩序《ちつじょ》が一変し、地獄《じごく》の釜《かま》の蓋《ふた》が開く可能性すらある。

ダンエクというゲームの世界観をそのまま適用させたこの世界の有様は、まさに綱渡《つなわた》り状態と言えるのではないだろうか。

「(それでもサツキとゲーム知識を共有して早く駆《か》け上がることは、この先を考えれば絶対に必要に思えるの。メインストーリーの修羅場《しゅらば》を乗り越《こ》えるためにもね)」

新田さん……リサの言うメインストーリーの修羅場とは、ダンジョン周辺一帯が焦土化《しょうどか》したり、多くの人命が失われるような暗鬱《あんうつ》なイベントのことだ。ストーリーを盛り上げる要素としていくつも用意されているのが恐《おそ》ろしい。

攻略《こうりゃく》キャラごとの個別シナリオならそのキャラを攻略しなければいいだけだし、クエストなら受けなければいい。だがメインストーリーはどのシナリオでも、そしてプレイヤーが誰であろうと共通して発生する。

仮にこの世界がダンエクのそれをなぞるのなら、主人公がどのルートを選択《せんたく》したところで惨劇《さんげき》が起こりえるということを意味する。

もちろんそんな事が起きないよう阻止《そし》に動くつもりだが、惨劇シナリオというタイムリミットがある中で情報の拡散を防ぎながらレベルを上げ、対処できる強さを獲得《かくとく》していくことは容易ではない。そこで信頼できる仲間とパーティーを組むという考えに辿り着くわけだ。

俺の場合は絶対の信頼を置いている成海家と共にダンジョン攻略しつつ、守る対象も強化して乗り切ろうと考えていたが、家族と共にいないリサはそうはいかない。大宮さん……サツキを巻き込んでダンジョン攻略する計画だったようだ。

本当はダンジョン攻略も、この世界の対外的なものにも、ゲーム知識を所有するプレイヤー同士が結束して当たるのが一番なのだが、それは言っても詮無《せんな》き事《こと》。誰かがプレイヤーだと名乗ったところで俺ならば警戒《けいかい》して名乗らないし、他のプレイヤーも同様に出方を窺《うかが》うはずだ。

「(ソウタは私たちを信用できない？)」

「(……信じていないわけじゃないさ。ただ、共有する情報はよく吟味《ぎんみ》したほうがいい)」

「(そうね～ストーリー、イベント系は止めておくとして。今日のところはゲート、モンスター情報、橋落としってところかしら）」

渡す情報も必要最低限にしたほうがいいだろう。俺は家族へほぼ無制限の知識の垂れ流しをしていても、それは命を預けられるほどに、そして命を賭《か》けてもいいほどに信頼しあっている。一方で親友になったとはいえ、まだ出会って2ヶ月も経《た》っていない相手に特大級の情報を共有するのは俺達にも彼女にもリスクがでてきてしまう。

「（情報を流すにしてもその危険性を重々認識《にんしき》してもらってからのほうがいいだろうな）」

「（もちろん。口約束以外でも縛《しば》るものは必要だと思うわ。それでコレの出番）」

背中に背負っていたリュックから、細かい文字のようなものが沢山描《たくさんえが》かれた紙をおもむろに取り出す。これは……契約魔法書《けいやくまほうしょ》か。

ゲームのメインストーリーでも度々《たびたび》登場する魔法書。使った対象者の行動や発言を縛るという魔法が封じられている。

ダンエクでは【サマナー】や【エレメンタラー】というジョブもあり、強力かつ個性派揃《ぞろ》いの召喚獣《しょうかんじゅう》、精霊達《せいれいたち》と契約をすることができる。悪く言えば召喚獣や精霊は我《わ》が儘《まま》で制《せい》御《ぎょ》しづらく危険極《きわ》まりない存在なので、俺はそれらのジョブに就《つ》くつもりはない。

そして契約魔法とは召喚獣、精霊が契約時に、してほしいことや守ってほしいことを契約者の身に刻《きざ》み込む呪《のろ》いの一種。契約内容を違《たが》えれば、契約者は漆黒の炎《ほのお》により身を焼かれ死ぬことになる、らしい。

その契約魔法紋様《もんよう》を書面に劣化コピーしたものがこの契約魔法書。契約目的や義務を言いながら魔力《まりょく》を流すと発動し、契約内容が破られた際には契約書が黒く焦《こ》げる仕組みとなっている。

契約を違えた者が焼かれることはないため、契約魔法のような拘束力《こうそくりょく》があるわけではない。あくまで契約魔法書は契約を破ったか否《いな》かを判別するためのもの。人体に直接契約魔法を書き込む実験もどこぞの国でされているが、人道的見地の批判からその技術は表に出てきていない。

契約内容も漠然《ばくぜん》としたものでは効果がなく、条件を狭《せま》く細かく明確にして契約者に認識させる必要がある。例えば「俺からもたらされたダンジョン情報を他言してはいけない」というのは、俺からの戦闘《せんとう》指示や、地形、攻略に関する通常会話すら話していいのかどうか、契約した本人にとって明確なライン引きが難しい。

そこで「この日、この場所で俺とリサからもたらされたゲートの知識を他言してはならない」とかなら契約者は契約内容を破ったことも認識しやすい。おそらくリサも似たようなやり方で事細かく指定して何枚か契約魔法書を使うのだろう。

ゲーム世界のメインストーリーでも契約内容が重要な場面では契約魔法書がポピュラー

に使われていた。こういったダンジョン由来のマジックアイテムがこの世界にはいくつか浸透《しんとう》しているのは興味深いところだ。

余談だが、俺《おれ》とカヲルが交《か》わしていた〝結婚契約魔法書《けっこんけいやくまほうしょ》〟なるものはブタオが小さいときに契約魔法書の話を聞き齧《かじ》って作ったもので、何の効力もないただの紙切れ。破ったからと言って何が起こるわけでもない。

話がまとまったので再び合流し、契約の話をするために人気の少ない場所へ移動する。

「何を話していたのかなっ？　リサとソウタって仲がいいけど、もしかして……もしかするのかな～？」

何か変な勘違《かんちが》いをしているようだけど、そんな下心丸出しでリサに近づいたら綺麗《きれい》に真っ二つにされてしまうじゃないか。やめていただきたい。

「秘密の狩場のことを相談してたの。だからね～絶対に他言しないと誓《ちか》ってくれるなら教えようと思うんだけど」

「そんな所があるのっ？　知りたいなっ」

本当にそんな場所があるのか懐疑的《かいぎてき》になりつつも期待と興味を捨てきれず知りたいと即答《そくとう》するサツキ。だが「その前に～」と前置きして、これから言う情報は流さないと遵守《じゅんしゅ》させるために契約魔法書に署名してもらうことを伝える。

「こっ……これ、本物の契約魔法書だよね……そんな凄《すご》い情報なの？」

目を丸くし、ごくりと生唾《なまつば》を飲《の》み込むサツキ。それもそのはず契約魔法書はかなり高額なのだ。リサはこれを用意するのに時間がかかったと言っていたが、どうやって揃えたのかは教えてくれなかった。

「それだけではないわ。これで交わした約束を破った場合は～……命で償《つぐな》ってもらうわ」

「!?」

「というのは、半分冗談《じょうだん》で～」

しっかりとサツキを見つめ「でも半分は本当」と告げたことで再び緊張感《きんちょうかん》が生まれる。

俺達がダンジョンに関するいくつかの機密情報を持っていて、それらの情報を何があっても絶対に流してはいけないということを分かってくれたようだ。

「これから教える情報を流したら俺達だけじゃなく周りにいるみんなの命を狙《ねら》われる可能性があるからね」

「……どうしてそんな凄い事を知っているのっ？」

それは当然のように疑問に思うだろう。その答えは元プレイヤーだから。そんなことを言うつもりはないので答えられないと伝える。

重要なのは、契約魔法書を使うような危険な情報を知ってまで強くなりたいかということ。もし拒否《きょひ》するというならそれはそれでいい。ゲーム知識を使ったレベル上げは俺とリサで行えばいいし、サツキのレベル上げは別件で時間を取って協力するつもりだ。

そのサツキは逡巡《しゅんじゅん》する様子を見せたものの、すぐに覚悟《かくご》を決める。

「ほ、本当に強くなれるのなら……私は契約したいっ」

サツキの家は貴族に仕える士族の、さらに分家の出。本家である士族を支えるため地元の高校に行く予定だったが、家族に無理を言ってこの冒険者学校に入学してきたらしい。絶対に良い成績を取って家族の期待に応《こた》えないといけないと握《にぎ》りこぶしを作りながら言う。Eクラスの待遇《たいぐう》に落ち込んでいたのも憧《あこが》れていた学校の実情を知り、大事にしている家族の期待を裏切ってしまうかもしれないと嘆《なげ》いたからだ。

それと同時に自分と同じような境遇《きょうぐう》のクラスメイトが多くいたことに気づく。自分が救われたいのと同じように救ってあげたい、学校を変えたいという思いが日々強くなっていったとのこと。

メインストーリーでも彼女はEクラスのため、精神を擦《す》り減らしながらも奔走していた。それを知っている俺達《プレイヤー》ならその思いが真実なのだと理解できる。

「それじゃ～契約しよっか」

「うんっ！」

契約魔法書は橋落とし関連情報に使わず、ゲート関連情報だけに使うことにした。橋落としはたとえバレても1時間に1回しかできないため、多くの冒険者が橋に殺到《さっとう》したところで場所の取り合いになるだけだ。その恩恵を受けられるのはごく一部のみ。悪用されたとしても影響《えいきょう》はほぼないだろう。それに俺達のレベルを上げて用済みとなれば橋落としが使えなくなっても支障はない。

一方、ゲート関連情報はバレた際の影響が極大のため最上位レベルの機密扱いで契約魔法書を使用する。

「それじゃ魔力を通してみて」

地面に置いた契約魔法書にリサとサツキが向き合って手を乗せる。

リサも使うのは初めてとのことだが、ネットにいくらでも使い方が載っていたので問題なく発動できていた。ゲートの仕組みやゲート部屋の存在など、ゲート関連の全《すべ》ての情報を流出させることを禁止するとの文言を入れて、紙にコピーされている紋様《もんよう》に二人が魔力を通す。

ゲートとは何なのか分かっていないままの契約だが、黒い紋様が淡《あわ》い緑色に発光したことで、紙面の契約魔法がちゃんと動作したことが分かった。

無事行使されたようなので、改めてゲートの存在と仕様について教える。学校の地下1

階に飛ぶということにリサは予想外だったようで、小さく驚《おどろ》きの声を上げていた。

「そんな便利なものが本当に……でも、あったら凄いよねっ！　狩場の往復時間が短縮できるしっ」

「信じるのは実際使ってみてからでも大丈夫《だいじょうぶ》。それでは5階へ向かいましょうか」

5階のゲートが使えるということなら狩場も橋落としに変更《へんこう》だ。今頃は俺のお袋《ふくろ》と妹がやっていることだろう。午前中だけらしいので俺達が着くころには終わっていると思うけど、まだ続けていたら混ぜて貰《もら》えばいい。

「でもオークロードって、注意喚起《かんき》されてる有名なモンスターだよね……」

「ソウタが守ってくれるよね～？」

「あぁ、大丈夫だぞ」

現状、5階程度のモンスターならワンパンで倒《たお》せる力はあるし、オークロードにだって後《おく》れを取ることはない。けれど、俺を守る対象として見ていたサツキは意外そうに、そして疑いの眼でこちらを見ている。

互いに信頼し合ってダンジョンダイブを続けていけば後々分かることなので今はレベルを言うつもりはない。

各々《おのおの》考えることがあるのか、言葉少なに5階を目指すことになった。

第21章 ✦ 華乃のウソ泣き

昼の1時をちょっと過ぎたところで5階に到着《とうちゃく》。

眩《まばゆ》い照明に照らされた入り口広場は莫蓙《ござ》が所狭《ところせま》しと敷《し》かれており、冒険者達《ぼうけんしゃたち》が一斉《いっせい》に昼食を取っていた。ここ5階は入り組んだ地形が多いため見通しが悪く、安全地帯も少ないので、モンスターがポップしない入り口広場まで戻ってきて昼食を取るのが慣例のようだ。

売り子はこの機会を逃《のが》すまいと弁当や飲み物を売り歩き、屋台の店主が客を捕《つか》まえようと大声で売り物をアピールする。冒険者のほうも美味《おい》しそうな匂《にお》いに釣られて屋台の前へ出向き、あれやこれやと雑談しながら食い歩きしている。

俺達もそろそろ飯にしたいところではあるが、橋落としポイントに着けばいくらでも休憩できるので、そこで外で買った弁当をゆっくり食べるつもりだ。

とはいうものの、先ほどまで気丈《きじょう》に振舞《ふるま》っていた女子二人の顔には疲労《ひろう》が色濃《いろこ》く見えている。

「サツキ大丈夫？」

「うん、なんとか。でもこの先は付いていくだけで精一杯《せいいっぱい》かも……」

「もう少しだから頑張《がんば》ろう～」

二人のレベルはまだ5以下。肉体強化の恩恵を受けてはいても、ここに来るまで人ごみの中を朝から5時間ぶっ続けで歩いてきたわけで疲《つか》れるのは仕方がないともいえる。

一方の俺はといえば、どうやらレベル19ともなるとこれくらいではほとんど疲れがでない体になっている模様。この異常なスタミナがどの程度まで持続できるのか、まだ測りかねている。

「でももうお昼をとっくに過ぎてるし、5階は帰りの時間を考えると学校がある日は通える距離《きょり》じゃないねっ」

「私達のようにゲートが使えなければね～」

「……うん」

ダンジョン入場手段が入り口からしかないクラスメイト達は、狩場に到達《とうたつ》するまで時間がかかりすぎてしまう問題がある。特にDクラス以上の生徒は学業がある中の日帰りダンジョンダイブを行うのはまず不可能だろう。朝に見た第一剣術部《けんじゅつぶ》と魔術部《まじゅつぶ》も狩場に到達するだけで数日掛《が》かりになるはずだ。

ならば学業がある日はどうしているかというと、部活で鍛錬《たんれん》して経験値を稼《かせ》ぐ方針を取っている。ダンエクだったときもマジックフィールド内で同格の相手と剣戟鍛錬《けんげきたんれん》を行えば、微々《びび》たる量ではあるが経験値を稼ぐことができたし、おそらくこの世界もその手段は有効なのだろう。だからこそ上位クラスの生徒は部活に入って練習を頑張るし、逆に部活に入れないEクラスは死活問題になってしまうわけだ。

「サークル作るにも、まずは私達《たち》が強くならないとねっ」

「そうそう。私達が強くなければクラスメイトも付いてこないしね〜。それじゃ休憩もしたし、向かいましょうか〜」

伸ばしていた足のストレッチを終えてこちらに向き直る。

「ここからは俺が案内するからしっかり付いてきてくれ」

「うん、ありがと……あの、荷物まで持ってもらって助かるよっ」

「ふふっ。頼《たの》もしいよね〜」

この程度お安い御用《ごよう》だ。出発する前に気休めだが《小回復》をかけてあげよう。

道中にいるオークに警戒しながらいくつか坂を上り下りし、深い谷に架《か》けられた大きな

橋を渡《わた》るとオークロードがポップする部屋が見えてくる。

「もうここって……ギルドで注意喚起されているエリアだよね」

緊張のためか両手で胸を押《お》さえ若干《じゃっかん》縮こまりながら話すサツキ。レベル4でオークロードと出会ってしまったら死を覚悟しなければならないほどの強敵なのだから、大丈夫といわれても安心できないのだろう。

俺も初めて見たときは冷《ひ》や汗《あせ》が出てちびりそうだったのを覚えている。今見ても何とも思わないことを考えれば《オーラ》で威圧《いあつ》されていたのかもしれない。

一応、いるかどうか部屋の中をこっそり確認《かくにん》してみると……すでに釣って倒した後なのか、モンスターは1匹《ぴき》もおらず蛻《もぬけ》の殻《から》だった。

「やっぱり中にいなかったよ。橋落としは今、妹がやってるはずだからね」

「へぇ……妹ちゃんって凄いんだ」

釣り自体はある程度の走力があれば難しいことはない。道さえ覚えればトラップに引っかからないように気を付けながら走るだけだ。ただ走力がギリギリなら俺が初めてやったときのように死ぬ思いをすることになるけども。

「ここまで来たら目的地までもうすぐだね～」

「あぁ。だけど今は橋が落とされているだろうし、向こう岸に行くなら迂《う》回《かい》しないと」

橋が落とされていないならこのまま真《ま》っ直《す》ぐ進んで目的地まで最短距離で行けるが、現在その橋は落とされているはずなので通れず、少し迂回したルートで行く必要がある。それでも目的地まで間近なことに変わりはなく、リサが「頑張るぞ～」と空元気を出してサツキを励《はげ》ましている。

そこから更《さら》に１㎞ほど歩き、ようやく目的の谷が見えてきた。どこに陣取《じんど》ろうかと辺りを見ていると、少し下がった場所に茣蓙を敷いて呑気《のんき》にお菓子《かし》を食べているお袋と妹がいた。

「あっ、おにぃ～！　……と、お姉さん達も？」

「あらあら、こっち空いてるから座《すわ》って座って」

茣蓙の空いている場所に座るよう手招きしながら茶を勧《すす》めるお袋。元気そうで何よりだ。聞けばお袋のレベルも順調に上がっているようで、身軽になったのを見てくれと借りてきた剣《けん》をぶんぶん振《ふ》り回している。親父《おやじ》と出会うまでは冒険者をやっていて４階まで潜《もぐ》った経験はあると言っていたので、剣の扱《あつか》いはそれなりに様になっていた。

橋落としの合間に妹は携帯《けいたい》ゲーム機、お袋は小説を持ち込みながら狩りをしていたという。非常にマイペース……だが、リポップするまではやることないし、そんなものか。

そしてリサとサツキはここまでほとんど休憩せず空腹のまま移動し続け、さらにはオークロード部屋からここまではかなりの高低差がある道を通ってきたため、すでに取り繕《つくろ》う余裕《よゆう》も無いほどクタクタ。のっそりとした動きで「ありがとうございます」と遠慮《えんりょ》なく座り込み、背中を丸めてお茶を啜《すす》っている。

「次はいつ？」

「ん～と、あと20分後くらい？　私とママはこれ食べたら帰るところだったんだけど」

今日はお袋がレベル7になるまでパワーレベリングをするのが目標で、すでにレベル7まで到達済み。今は持って来たお菓子を食べながらのティータイムらしく、もう帰るところだったらしい。

「それじゃ俺達が飯食ったら引き継《つ》ごうかね」

「えぇ～。おにぃがやるなら私ももう少しここでやろっかなっ」

「お前はお袋を家まで無事に届けろ。ここはレベル7でも安全圏《あんぜんけん》ではないからな」

レベル7にもなればそこらを徘徊《はいかい》しているゴブリンソルジャーやオークアサルトに負けるとは思えないが、他の冒険者のトレインなどがきっかけで集団に出くわすこともある。道も良く分かっていないお袋を一人で帰すのも心配だ。

そう説得すると何をトチ狂《くる》ったのか「おにぃが仲間外れにしようとする」とサツキとリ

サの足元に泣きつき転げまわりはじめた。我《わ》が家《や》の恥《はじ》さらしになるからやめなさいと引きはがそうとするものの、しがみついたまま離《はな》れようとしない。

「妹ちゃんが一緒《いっしょ》にやってくれるなら、私も嬉《うれ》しいかなっ」

「ソウタったら意地悪なんだから～」

ウソ泣きが功を奏したのか一瞬《いっしゅん》にして二人を味方に付けた妹。その結果、何故《なぜ》か俺が悪者となってしまった。……まぁいても困ることはないし、二人も妹を歓迎《かんげい》しているならいいか。妥協《だきょう》して「お袋を無事に送ったらまた来い」と条件を変えることにした。

「じゃぁママを送ったらすぐ来るね～」

「頑張るのよ、颯太」

元気に手を振る妹と、サツキとリサの方を見ながら意味深なことを言うお袋がそそくさと去っていく。それを見届けて、莫蓙に座りながら弁当をもそもそと食べている二人にオークロードと橋落としのやり方を一通り説明する。

今回のパワーレベリングは二人なので二人とも経験値を貰うためには呼吸を合わせて同時に吊《つ》り橋《ばし》を落とさなくてはならない。

「モンスターレベル10を相手にするって、やっぱりちょっと怖《こわ》いね」

「どれくらい経験値が入るのかしら」

ついに来たかと若干顔を青ざめさせ弱気になるサツキに対し、リサはゲームでもお馴染《なじみ》の橋落としをリアルで体験できるとあってワクワクしているように見える。実際やる事はゲームと全く同じだし、違うと言えば落ちるときのオークの叫《さけ》びくらいか。

「失敗してもいざとなったら俺が倒すから安心してくれ」

「ソウタの強さが今ひとつ分からないから不安なのもあるんだけど……」

本当は路上にいるオークを倒して強さを見せるつもりだったのだけど、全く戦闘せずにたどり着いてしまった。暇《ひま》つぶしに妹がこの辺りを走り回って倒していたらしいがそのせいだろうか。

「ワイヤーを切るタイミングは俺が言うから、渡り切る前に焦《あせ》って切らないように」

「ここを切るだけでいいんだよねっ」

「懐《なつ》かしいな～」

さっきまでへたって元気のなかったサツキもこれからやることを説明すると緊張感が出てきたのかやる気を出してくれたようだ。まぁワイヤーを切り落とすだけの簡単な作業なので特に体力を使うわけではない。多少疲れていてもできるだろう。

そんな話をしていると突如《とつじょ》時間が巻き戻《もど》されたかのように切り落とされていた橋が浮《う》き上がり大きな音を立てて修復されていく。背後では何事かと驚いたように小さな悲鳴が上がる。

ダンジョンには強烈《きょうれつ》な修復・復元作用があり、建造物や壁《かべ》などに穴をあけたり破壊《はかい》しても一定時間経つと元通りになる性質がある。ゲームの時はそういうものだと気にも留《と》めていなかったが、目の前で物理現象を無視したような光景を初めて見たときは俺も驚いたものだ。

そしてこの橋が修復されたということはオークロードがリポップしたサインでもある。

「それじゃ釣《つ》ってくるけど、沢山《たくさん》くるから驚かないようにね」

「うん。その……気を付けてね？」

「頑張ってね～」

小さく手を振り笑顔《えがお》で見送ってくれる二人を見たらやる気も漲《みなぎ》ってきた。それではいっちょやりますか。

第22章 ✦ 大宮皐①

――大宮皐《さつき》視点――

こちらに背を向け、颯爽《さっそう》と走り去るソウタ。ダンジョンに入ってからここまでの長い距離、私とリサの荷物を全部背負ってもらったというのに息一つ上がっていない。
これから多くの冒険者に被害《ひがい》をもたらした悪名高いオークロードと対面するというのに、微風《びふう》が靡《なび》くような平常心を保っている。一体何者なのだろうか。
初めて成海颯太という人物を意識したのは確か――

休憩《きゅうけい》時間になるとEクラスのクラスメイト達は、寮《りょう》のルームメイトや中学時代からの知己《ちき》を中心に親睦を広げるべく、コミュニケーションに精を出す。

それは単に友達が欲《ほ》しいからというだけではない。人脈を駆使《くし》し少しでも良い仲間を集め、強いパーティーに身を置くことは自分の成績を左右するのだと誰もが知っているからだ。

ホームルームが終わっても、学校の出来事や生徒の情報収集に余念がない。誰々《だれだれ》が強くて誰と組んでいるのか、誰がどのスキルを有しているか、試験や大会にはどういったものがあり、どう臨《のぞ》むのか。そういった情報を集めて虎視眈々《こしたんたん》と少しでも良い条件の居場所を探していく。

するとどうなるかというと、赤城君や磨島君のように強い人がいるグループに近づこうと画策するようになる。かく言う私もリサと一緒に赤城君のグループに接触《せっしょく》したことがあったのだけれど、固定パーティーを組んでいるようで思うように入り込《こ》めなかった。磨島君には一度声を掛けられたけど未《いま》だ関係は進んでいない。

そんな感じでクラスメイトは必死になってコネクション作りのために鎬《しのぎ》を削《けず》り、奔走《ほんそう》しているというのに、一番後ろの席でぼーっと窓の外を見ているだけの太った男子生徒がいた。それがソウタだった。

いつも物静かで誰かと話していることもほとんどないけれど、影《かげ》が薄《うす》いとか目立っていないとかではない。逆にクラス内ではちょっとした有名人になっていた——悪い意味で。

只《ただ》でさえ最下位での入学なのに誰とも交流を深めようともせず、放課後を迎《むか》えればすぐに帰ってしまう。その上ダンジョンに入ったかと思えば小学生でも勝てると言われているスライムに負け、Eクラスどころか学校中から〝冒険者《ぼうけんしゃ》学校史上最弱〟と悪評を付けられてしまった曰《いわ》く付きの生徒。

そんな彼《かれ》を見て、口さがないクラスメイト達は下卑《げび》たあだ名で呼び、眉《まゆ》をひそめて悪罵《あくば》を隠《かく》さない。秀《ひい》でたスキルを持つわけでもなく、肥満体形のためまともにダンジョンダイブができていないと蔑《さげす》まれた彼は、誰《だれ》からも声を掛《か》けられることなくクラスから孤立《こりつ》具合を深めていた。仲間とのコネクションが重視される冒険者学校生活において、それは致命《ちめい》的《てき》なことだ。

誰とも組んでもらえなければソロでダンジョンに入らざるを得ず、そんなことができるのは精々が3階くらいまで。彼の学校生活は半ば詰《つ》んでいる、足手まといには関《かか》わりたくない、とクラスメイトの間では専《もっぱ》らの噂《うわさ》だ。

だけどみんなの考え方は浅い。これからクラス対抗戦《たいこうせん》や闘技《とうぎ》大会に向けて上位クラスと厳しい戦いをしていくというのに、仲間外れなんてしている余裕などないというのに。分かっているのだろうか。

強さだってこれから十分挽回《ばんかい》できる機会はあるし、まだ入学して間もない時期に評価を決めてどうするのか。それに、彼は授業態度も真面目《まじめ》で学力も高いことを踏《ふ》まえれば悪評されるような人ではないと思う。

それらを確かめたくて私は勇気を出し、オリエンテーションの時にパーティーに誘《さそ》ってみたことがある。周りからは「手を差し伸《の》べてあげた」とか「優《やさ》しいね」とか言われたけど、そうではないのに。

ルームメイトのリサも彼のパーティー加入にそれほど反対せず、むしろ受け入れていることには少し驚いた。彼女《かのじょ》はのんびりした性格に見えるけど妙《みよう》に鋭《するど》く、冷静な一面があることも知っている。何か考えがあったりするのかもしれない。

それで彼と話してみて分かったのは、思っていた以上に理知的で思慮《しりよ》深《ぶか》い人だということ。それなのにコミュニケーションを取らないのはその能力がないからではなく、クラスメイトや自分の悪評に興味がないだけなのだということ。他人がどうとかは関係なく、確たる自信を持って動いているかのようだった。

だとしてもソロでのダンジョンダイブに限界があるという事実は変わらない。その限界が早々に来てしまうことも。だから私が誘ったことを機に、クラスに溶《と》け込める導線になれば良いな、と思っていた。

オリエンテーションで仲良くなったのだから次の日から私達の中に割って入って話しか

けてくれるかなと期待していたけど、彼はそんな素振《そぶ》りは見せず学校が終わるといつものようにすぐに帰ってしまう。

本当に一人でも問題ないのか。端末《たんまつ》で彼のレベルを見てみてもレベル3からちっとも上がっていない。そのことからも3階付近で苦戦していることが読み取れる。

もしかして私を仲間にするほどの魅力《みりょく》を感じて貰えなかったのだろうか。それとも他に組む相手がいるのだろうか。

――だけど、もう彼を心配するどころではなくなってしまった。Eクラスに対する悲惨《ひさん》な実態が露《あら》わになってきたからだ。

まずは部活動勧誘式《かんゆうしき》での出来事。上位クラス全ての生徒から罵倒《ばとう》を受け、私達Eクラスが実は見下されていたことを理解させられた。憧れていた部活に入っても下働きしかさせてもらえないという。そのことにクラスメイトは絶望し、暗闇《くらやみ》が教室を支配した。

その後にあったDクラスとの決闘騒《けっとうさわ》ぎはさらに深刻だ。クラスメイトの赤城君は無慈悲《むじひ》な暴力を受け、私達はEクラスの先輩方《せんぱいがた》が作った部活に入ることを禁止された。それから遠慮がなくなったのか、Eクラスの教室内に入ってきてはクラスメイトをからかい貶《おとし》めるようなことも増えてきた。

同じ学校の生徒なのにどうしてこんな酷《ひど》いことができるの。冒険者学校は強さこそが絶対だっていうのは知っていたけど、強くなろうと努力する人の芽を摘《つ》んで何になるというのか。学校も見て見ぬふりをしている。入学時、怪我《けが》や死亡のリスクについての契約書も書いた。もちろんそういった荒々《あらあら》しい校風についても承知していたつもりだけど、ここまでとは……やはり納得《なっとく》いかない。一寸先も見えないような暗い日々が続いていく。

全てを投げ出してしまいたい気持ちになることもある。だけど、冒険者学校に入れてくれた両親の期待は絶対に裏切りたくない。クラスメイトの思いも頑張りも未来も無駄《むだ》にしたくない。

同じ思いをする仲間と深夜遅《おそ》くまで話し合い、泣いて議論して葛藤《かっとう》して、また泣いて。それでたどり着いた結論が私たちのための部活を作るってことだった。早速申請《さっそくしんせい》してみたものの、Eクラスに対する根深い差別意識がある生徒会がそう簡単に話を聞くはずもなかった。

その対策を練る過程で、また〝彼〟と一緒になったのだけど。

入学式のときと比べてずいぶんと体重を落としたせいか、なんだか頼もしく見えるようになっていた。葛藤し苦しむクラスメイト達の姿とは違い、飄々《ひょうひょう》としていて捉《とら》えどころのない雰囲気《ふんいき》はそのまま。リサもそんな感じだけど、ソウタは超《ちょう》が付くほどのポジティブ思考なのかもしれない。

そこからストレス解消に一緒にダンジョンに潜ることになり――そう。ここまではおかしいことはない。

それがいつからか美味しい狩場《かりば》の話になって。契約魔法書《けいやくまほうしょ》の話になって。遂《つい》にはゲートとかいう眉唾物《まゆつばもの》の話。リサとソウタ、二人して私をからかっているのかと疑ってしまったけど、どうやら話は本当かもしれない。


遠くには土煙《つちけむり》を上げながら走るオークロード。さらにその後ろにもしかしたら三桁《けた》に届くのではないかという数のオーク達。先頭には小走りのフォームなのに異常なまでの速度がでているソウタがいた。そんな速度で橋を渡れば大きく揺《ゆ》れるはずなのに、ほとんど揺らさず滑《すべ》るように渡っているのは何かの魔法《まほう》だろうか。

「俺が合図するのでタイミング合わせて！」

程なくして全長50ｍほどの大きな吊り橋にオーク集団が騒《さわ》がしい鳴き声と共に我先にと乱暴になだれ込む。橋が横にも縦にも大きく揺れたせいで数体が弾《はじ》き出されて落ちていくが、それでも橋の上には数十体は乗っている。

先頭には何としてもソウタに一撃《いちげき》を喰《く》らわさんと、凶悪《きょうあく》な顔のオークロードが目を血走らせ走っている。上級冒険者のみが相対することを許されていると言われるのも納得の風格。それがもう目の前に迫《せま》っている。息遣《いきづか》いが聞こえ始めるその時——

「今だっ！　切って！」

恐怖《きょうふ》で身が竦《すく》みそうになりながらワイヤーを切り落とす。ロープの張力が崩《くず》れ、断末魔《だんまつま》と共に橋ごと落下していくオーク達。10秒ほどすると強烈なレベルアップ症状《しょうじょう》が現れ、胸の奥《おく》が燃えるように熱くなり息が詰まりそうになる。

「うぅ……今のでレベル上がったの……？」

「私もレベル上がったみたい～」

一度に膨大《ぼうだい》な量の経験値が流れ込んできて苦しくなり、思わず前かがみになる。リサを見れば、ガッツポーズをしてニンマリと喜んでいた。

「ふむ。レベル5になったようだね」

ソウタが《簡易鑑定《かんてい》》を使ったのか、心の奥底《おくそこ》を覗《のぞ》き込まれるような感覚に襲《おそ》われる。

私もその《簡易鑑定》を覚えたということは、少なくともレベル5以上になったということだ。

ロープを切り落とすだけで、レベルが上がるなんて凄すぎる！　あれだけの数のオークを倒せば上がるのは分かるのだけど……オークロードの性質を利用して橋ごと落とすなんて一体誰が考えたのだろう。

ソウタは私達にしっかりと経験値が入ったのを確認すると、一度伸びをして「うるさいので掃除《そうじ》してくる」と勢いよくどこかへ走り去る。谷の向こう側には橋の上に乗りきれなかった数十体のオークがブモォとこちらを威嚇《いかく》し、鳴き声を木霊《こだま》させている。

あの数のオークを「掃除する」って何かまた特別な方法でも使うのかなと見ていると、遠くから回り込んできたソウタはそのまま真っ直ぐオーク集団の中へ突《つ》っ込んでいってしまった！

そこでソウタの強さが垣間見《かいまみ》えることになったのだけど。はっきり言って私では何が起こっているのかよく分からない。

というのも、四方八方から振り下ろされるオークの斬撃を躱《かわ》す動きが速すぎて、どう避《よ》けているのか見えないし、武器を振るう攻撃《こうげき》速度もあまりに速く、二《に》の腕《うで》から先がブレてよく分からない。

戦い方も剣戟《けんげき》の授業で教わった「基本的な戦術」からかけ離れている。

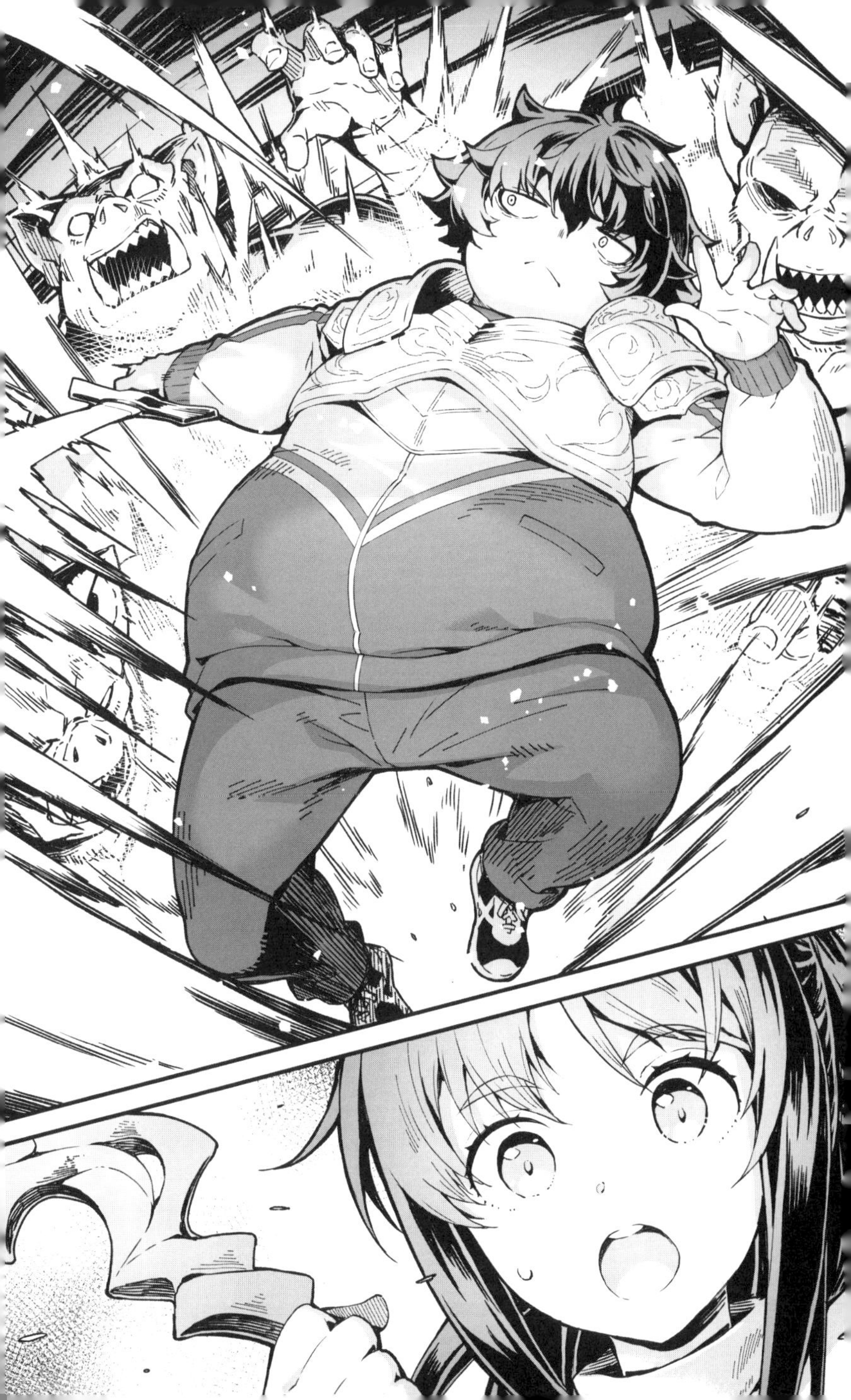

普通《ふつう》の多対一における戦術は、如何《いか》に囲まれないよう、そして死角を見せないよう常に動き回りながら戦うのかが重要だと言われているのに。ソウタはオーク集団の中心に陣取り、四方から攻撃を浴びせられるポジションでほぼ動かず戦っている。

だというのにオーク達の攻撃は一発も当たらず、逆にソウタの振るう剣の軌跡《きせき》に吸《す》い込まれていくように次々と斬《き》られている。オークの動きを誘導《ゆうどう》している？　何らかの固有武術だろうか。いずれにしても何の躊躇《ちゆうちよ》もなくあの戦術を実行できているのは大きなレベル差があるからだろう。

その証拠《しょうこ》に、太ったオークの巨体《きよたい》を然程《さほど》力が入っているようには見えない一振《ひとふ》りで斬り捨てている。相当量のＳＴＲ《膂力》がなければできない芸当だ。あの剣も決して軽くないはずなのに、まるで棒切れを扱うが如く振るっている。

決闘騒ぎのときに見た赤城君と比べても、さらにはそのときの相手である刈谷《かりや》君と比べても、谷の向こうで戦っているソウタの強さは一線を画している。あれほどの実力なら無理して公表する必要がないのも納得がいく。

その後はソウタの妹ちゃん――華乃《かの》ちゃんといってソウタに負けず劣《おと》らずの強さだった！――が合流し、橋落としというやり方で何度も大量のオークを倒した。ロープを切るだけで数十体のオーク達が雄叫《おたけ》びを上げながら一斉に落ちていく様は何度見ても心臓に悪い。

いつしか華乃ちゃんとソウタのどちらが沢山のオークを連れてこられるかという勝負に。ソウタが150体ほど連れてくることに成功すると、次の華乃ちゃんが負けじとオーク200体ほどを召喚《しょうかん》させた辺りでオークロードのMPが尽《つ》き、途中《とちゅう》で倒れてしまうというハプニングも起きた。

そのおかげもあって、たった数時間で私のレベルは6まで上昇《じょうしょう》。このレベル6というのは私が夏休みを全部使い、頑張って潜ってやっと届くかどうかの目標レベルだったのだけど、こうもあっさり……それもほとんどの時間を談笑《だんしょう》しながら到達するなんて考えもしなかったことだ。

今日のダイブはあまりにも驚くことがありすぎて、あと可笑《おか》しくて、学校での暗鬱《あんうつ》とした気持ちが何処《どこ》かへ吹《ふ》き飛んでしまった。久々に心から笑えた気がする。ソウタもこんなに面白《おもしろ》い人だったなんて。

これからしばらく一緒に潜る約束をしてもらったけど、彼らに付いていけばもっと面白いものが見られる気がする。そう思うと、私の中にあった古く色褪《いろあ》せた世界に色が付き、どんどんと光輝《ひかりかがや》いていくのを感じた。

お父さん、お母さん、待っててね。絶対に強くなって戻るからっ。

第23章 ✦ 談笑のひと時

次のオークロードがポップするまでは談笑の時間だ。持ってきたお菓子を食べながら他《た》愛《あい》もない話をしていると――

「私もサークル入りたいっ！」

華乃が学校の話が聞きたいというのでサークルを作った話をしたら、自分も入れろと駄々《だだ》をこねはじめた。やんわりと拒否するとひっくり返って「もっとダンジョンに行きたいのに」だの「おにぃは私をほったらかしにする気だ」とみっともなく転げまわる始末。

冒険者学校のサークルに部外者、しかもダンジョンに入れない中学生をサークルに入れてどうするんだと説得するも馬耳東風《ばじとうふう》。終《しま》いには1時間ほど前に見た、サツキとリサの足元に泣きつき味方に付けるという芸を再び披露《ひろう》し、またもや俺《おれ》が悪者になってしまった……

「練習するだけだし、良いんじゃないかなっ」

「華乃ちゃんにはこれからもダンジョンでお世話になるからね。私も賛成かな～？」

「やったー！」

華乃は俺と同じレベルを持ち、ダンジョンに関する機密情報も多く共有している。この先もダンジョンに潜って深層を目指すならパーティーを組むことにもなるだろう。ならばサークルの練習を通じ、親交を深めておいたほうが安全面も効率も良いと逆に理詰《りづ》めで説得されてしまった。

目を潤《うる》ませ二人に抱《だ》き着いて喜ぶ我が妹。甘《あま》やかすとまた泣きつきゴリ押しカードを使いそうで、ろくなことにならないのだが。しかしやけに仲がいいな……買ってあげた腕端《うでたん》末《まつ》の連絡《れんらく》番号を交換《こうかん》しているではないか。オレモオレモー！

妹には目立たず校内に入れるようダミーの制服とジャージも買ってあるので、サークルに参加する程度ならバレることもないだろう。まぁ、家族がサークルの練習に参加したところで別にどうということはないか。

「サークル名はなんていうの？」

「そんなのは無いぞ。クラスメイトの練習の場として一時的に作るだけだしな」

「え〜じゃぁ、名前付けてあげるっ。シャイニング・カラーズとかどう？」

妹が早速《さっそく》パクリっぽい名前を提案してきた。既存《きそん》のクラン名をもじるのはちょっと。というか俺はカラーズに良いイメージがないんだよなぁ。

「百花繚乱《ひゃっかりょうらん》とかいいかも～？」

「にゃんにゃんファミリーとかっ」

男の俺が参加するのに百花繚乱ってどうなの……参加していいんだよね？　あと、にゃんにゃんファミリーって。そんな如何《いかが》わしい名前を付けようとするサツキに流れを持っていかれるのは宜《よろ》しくないので俺も提案しておこう。

「Ｅクラスのためにあるサークルだから、Ｅから始まる単語……Ｅｖｏｌｖｅとかどうよ」

「Ｅ？　うーん……Ｅｎｄとか？」

「Ｅクラスを脱出《だっしゅつ》するという意味で、Ｅｘｏｄｕｓとかっ」

「謎《なぞ》の集団を意味するＥｎｉｇｍａはどうかな～」

その後もＥの付く単語を並べるものの、しっくりとしたものが出てこない。とりあえず仮付けで〝ＥＥＥ《スリーイー》〟ということになった。何かの秘密結社みたいだが、サークルを申請《しんせい》するにも名前がいるので仮の名前があるだけでも良しとしよう。

「あれ？　そういえば……華乃ちゃんって何歳《なんさい》なの？」

小柄《こがら》なＪＣの童顔をまじまじと見ながらサツキが当然の疑問を口にする。冒険者中学校の生徒を除《のぞ》けば、本来なら高校生以上でしかダンジョンに入る許可を貰えないからだ。

このメンバーに秘密にしていても良い事はないので、実はゲートを使ってこっそり入っていると正直に伝える。俺のダンジョンダイブ計画はクラスメイトではなく家族と共にレベルを上げて行くことが主柱となっている。それを聞いたサツキは思うところがあったのか、妙に素直《すなお》に納得してくれた。

「じゃあ、しばらくは私達だけで頑張っていくことになるのかなっ」

「この四人なら放課後に学校で訓練するよりもダンジョンに潜ったほうが手っ取り早いだろうな」

「そうそう。学校関連のトラブルに対応していくためにも〜早めにレベル20くらいまでにはなっておきたいわね〜」

「に……20⁉」

後々にクラスメイトを誘ってメンバーを増やす予定ではあるものの、サークルの申請が受領されても、実際に動けるようになるまで一ヶ月くらいはかかる。その間は今いるメンバーだけでゲートを使ったレベル上げに専念したほうがいいだろう。

またゲームではサークルを作ってしばらくすると上位クラスや上級生が様々な妨害《ぼうがい》工作を仕掛《しか》けてくるようになる。こちらの世界でも同じような妨害が来るかどうかは分からないが、対処できるよう早めにレベルを上げておくことに越《こ》したことはない。

端末のデータベースを見る限りでは生徒会や他の大派閥《だいははばつ》の連中もレベル25には達してい

ないので、レベル20くらいあれば一先《ひとま》ず対抗《たいこう》できるはずだ。一方でサツキはレベル20と聞いてあたふたと驚《おどろ》いている。目の前のちんちくりんな妹もすでに19になっているのでサツキも頑張ればすぐに追いつけると思う。

ただ現時点では四人のレベル差が激しいので、サツキとリサをパワーレベリングしてレベル15くらいまで上げつつ、俺と華乃は別個で動き、装備を整える時間にしたほうがいいだろう。華乃も早く新層攻略《こうりゃく》したいようなので近いうちにダンジョン通貨稼ぎができる狩場に連れて行こうかしらん。

「訓練といえば。立木《たちぎ》君からのメールは見たかなっ？」

「見たよ～。まだ返事はだしていないけど」

お菓子を齧《かじ》りながら端末のメールを見せてくる。立木君の提案で、クラス対抗戦に向けて何回か練習会を開くという旨《むね》が書かれていた。

レベルが思うように上がっていないクラスメイトを優先的に誘っているらしく、データベースではレベル3表示のままの俺とリサに出席要請《ようせい》のメールが来ていたのだ。サツキはレベル4表示なので対象者ではないが、連絡事項《れんらくじこう》としてメールが届いていたという。

立木君もクラスのために動いていると知って喜ぶサツキ。ゲームのメインストーリーでもサツキが退学に追い込まれたときに一番悲しんでいたのが彼だったわけで、こちらの世界でも互《たが》いに信頼《しんらい》し手を取り合う未来はあるのだろう。

「え〜とソウタは……どう見てもレベル3じゃないよねっ」

「私も本当はレベル5だったけど〜更新《こうしん》してないだけなんだ〜」

通常、冒険者学校の生徒はレベルが上がったら鑑定を受けて学校のデータベースを更新するものだが、俺のレベルでは厄介事《やっかいごと》を呼び込む可能性があるので更新はしていない。同様に、これからサツキにも当てはまることになる。

「これからはしばらくは鑑定はやめておいたほうがいいよ。レベルの上がり方がおかしいと問い詰められるし」

「で、でもずっとしないのはまずいよねっ？」

データベースを更新しないということはずっとレベル4表示のまま。それだけならともかく定期試験では計測を必要とする科目もあり、いずれバレるはずだとサツキが危惧《きぐ》する。

「【シーフ】にジョブチェンジすれば《フェイク》というステータス偽装《ぎそう》スキルを覚えられるからとりあえずは大丈夫《だいじょうぶ》だよ」

「ふぇ……いく？　そんなスキル【シーフ】にあったっけ」

サツキは首を傾《かし》げながら端末のデータベースを見つめている。《フェイク》は【シーフ】のジョブレベルを1つ上げただけで取れるので、【キャスター】になるにしても先に取っておくことを勧めておこう。

（しかし練習会か。面倒《めんどう》だな）

早速明日からやるとのことだけど、レベルは十分に足りているし出席したくはない。サボろうとも考えたがそれを予想したカヲルから追加で「迎えに行くので絶対に来るように」と念押《ねんお》しのメールがさっき届いた。逃《に》げられそうにもない。

「俺は明日は行かないとまずそうだ。カヲルが家まで迎えに来るみたいだしな」

「ふ～ん。ソウタが行くなら～私も行こうかな～？」

「私も行きたいっ」

2時間くらいで練習は切り上げるらしいし、さくっと終わらせて帰ってこよう。こちらのためを思って誘ってくれたのなら、とりあえず顔出しくらいはしておこう。

あと華乃《かの》、お前はダメだ。


その後も何度か妹の我《わ》が儘《まま》を宥《なだ》めつつ橋落としを続け、夕食の時間になったので終わりにすることに。次からはゲートを使うからもっと長くやれることとだろう。

荷物を纏《まと》めて5階のゲート部屋がある場所へ案内する。やはりいつ来ても誰もいない。気にせずゲートに関する説明を一通りして魔力《まりょく》登録を促《うなが》すと、しきりに端末を見ていたサツキが不思議なことを言い出した。

「この辺りってMAPに書かれていないけど、どうしてかなっ」

「あれ～？　ほんとだね～」

俺も腕端末からMAPを開いて確認してみる。確かにゲート部屋の一帯がマッピングされていない。この端末に搭載《とうさい》されている地図は冒険者ギルドの計測スタッフが作成し配布しているものだ。５階入り口から然《さ》程《ほど》離《はな》れていないこんな場所を見落とすことなんてあるだろうか。

「何か理由が……人が来ないように何かが仕掛けられているとか？」

「まぁまぁ。今日は疲《つか》れているし～難しいことは後日にでもね」

ふと思考の海に沈《しず》みそうになったものの、リサの一言でその場を後にすることとなった。

確かにこの場で考えることでもないか。


「サツキねぇ。リサねぇ。また遊んでねっ！」

「こちらこそだよっ！」

「またね～華乃ちゃん」

互いに抱き合い、その後長いこと手を振りながら別れを惜《お》しみ合う女性陣《じょせいじん》。サツキとリサは共に寮住まいなのですぐに行ける距離《きょり》にある。時間が合うなら存分に遊んでもらえばいい。

夕日に照らされ赤く染まった校内の並木道を、謎に元気いっぱいの妹を引き連れて歩く。

（それにしても。今日は大きな進展だったな）

彼女達《かのじょたち》と組めるなら学校のイベントも、ダンジョン攻略においても大いにやりやすくなる。妹とも気が合うみたいだし、ここらでレベル上げを加速する計画でも練っておこうかね。

第24章 ✦ 真夜中の密会①

意義深いダンジョンダイブから帰ってきて飯と風呂《ふろ》を済ませ、これからのことを考えつつ微睡《まどろ》みながらゴロゴロしていると端末に電話が掛かってきた。リサからだ。

華乃が電話番号の交換をしているときにどさくさに紛《まぎ》れて交換を持ち掛け、無事に女子二人の番号をゲットという快挙を成《な》し遂《と》げたのだ。いやぁ、できた妹を持つ兄は鼻が高い。グッジョブ。

こうして俺の寂《さび》しい電話帳に家族以外の名前が初めて加わったのだが、いつまでも感慨《かんがい》に浸《ひた》っている場合でもないので早速電話に出てみる。何用だろうか。

『起きてたかな～？　ごめんね～夜分遅くに。時間大丈夫～？』

「起きてたよ。ゴロゴロとしてただけだし問題ない」

時刻は夜の10時過ぎ。それにもかかわらず電話の向こうからは車が走る音が聞こえてくる。どこかで歩きながらの通話のようだ。

『色々考えてたら気になっちゃって。この世界の仕組みとか、ダンエクとの関連性とか、そういうのって誰とも相談したことなかったでしょ～？』

「……そうだな。こちらに来て色々と気づいたことはあったけど、誰かと考察したことを擦《す》り合わせてみたいとは思っていた」

　リサはゆっくり間延びした話し方するので一見おっとり天然系女子のように思えるが、周りをよく見ていて鋭い観察眼を持つ屈指《くっし》のダンエクプレイヤーでもある。俺では気づかなかったことが彼女にはあるかもしれない。

『せっかく電話番号交換したんだし～。こうやって話すのもいいかなって』

「あぁ。話す内容もアレだし、そっちにいったほうがいいか？」

　今の俺達《おれたち》がすでに誰かによって監視《かんし》されてるとは思わないが、電話で話す事でもない。

『そうだね～それじゃ……学校の裏山にある公園で待ち合わせよっか』

「分かった。準備してすぐ行く」

　電話を切り、ゆっくりと起き上がる。

（裏山の公園か。今の時間のあの場所は……）

　学校の裏山は風致《ふうち》公園となっていて、夜は冒険者学校やその周辺の街を一望できるデートスポットとしても有名だ。そんな場所で可愛《かわい》い女の子——中身はアレだけど——と二人きり。オラちょっとドキドキしてきたぞっ。

妙なテンションになりつつ急いで服を着替《きが》える。リサと会うなら念のためにアレも持っていこうかね。

軋《きし》む階段を下りて玄関《げんかん》へ向かうと、パジャマ服のお袋《ふくろ》がフェイスパックをしながら歩いていた。

「あら、出かけるの？」

「ちょっとそこまで。鍵《かぎ》は持ってくよ」

手をひらひらと振《ふ》って「気を付けてね～」と言うと冷蔵庫を漁《あさ》り出す。今日も我《わ》が家《や》は平和である。

さて。こんな時間だしリサをあまり待たせたくない。早歩きで行くとしよう。

元は高さ200m近くあった山も、麓《ふもと》にダンジョンが出現した都合により80mほどまで削られ小さくなってしまった。それでも山頂はそれなりに見晴らしは良く、展望台やレストランもあり、昼は家族連れ、夜はカップル達《たち》の憩《いこ》いの場として愛され続けている。

その山頂まではハイキングコースのような坂道が整備されており、夜の帳《とばり》の中えっちらおっちらと昇《のぼ》っていく。途中、いちゃつくように手を繋《つな》ぎながら歩くカップルとすれ違《ちが》うが、今夜は気分が良いので爆発《ばくはつ》なんて願わないでいてやろう。

そんなこんなで登り始めて10分ほど。すでに夜は更《ふ》けており深夜といっていい時間。いつもは多くの人が訪《おとず》れるこの公園もさすがに人影《ひとかげ》は疎《まば》らで、話をするにはいい静けさだ。

「公園のベンチにいるって言ってたけど……あ、いたいた」

お洒落《しゃれ》なポールライトにほんのり照らされた夜の公園を見渡《みわた》してみると、早速俺《さっそくおれ》を見つけたリサが控《ひか》えめに手を振っていた。シャーリングが可愛い茶色のブラウスにカジュアルでベージュ色のワイドパンツ。元々見た目が大人っぽいというのもあってか、落ち着いた雰囲気を醸《かも》し出している。普段《ふだん》私服を見ないので多少ドキマギしてしまうのは致《いた》し方《かた》ない。

「早かったね～。もう少しかかると思ってたけど」

「運動がてらに早歩きで来たからな」

機嫌《きげん》が良いのかリサはニコニコとしながらベンチに座《すわ》る様に促してくる。ここはマジックフィールド範囲外《はんいがい》のため肉体強化は適用されず、自分の筋肉だけで登ってきたので程よい疲労感《ひろうかん》がある。座りたいと思っていたので遠慮《えんりょ》なく腰《こし》掛けることにした。

「ごめんね～こんな時間に。ちょっと気になることがあって眠《ねむ》れなくて」

「気になることなら俺もあったからな。それに話すとなると場所やタイミングが難しいし丁度いい」

俺もリサも〝異世界〟から来た数少ないプレイヤーという立ち位置。元の世界やダンエクの話は信頼できる家族にさえ相談できないが、リサとならできる。もし同じ立場の人がいるなら色々と話し合ってみたいと思っていたのだ。

「ふふっ。学校では他愛のない話はしてたけど～お互いの正体が分かってからは、ちゃんと話したことってなかったしね。ゲームの中ではあんな関係だったのに……不思議」

星空を見ながらリサがゲームでの関係性を思い返し、しみじみと言う。〝目が合ったら即《そく》殺し合い〟という極度の敵対関係だった二人がこのような特異な状況《じょうきょう》に巻き込まれ、ベンチに座りながら相談し合っているのも確かに不思議な状況であり、何だか可笑しい話でもある。

俺も夜空を見上げてみたものの、街灯《まちあか》りのせいで一等星すらほとんど見えない。ここは夜景ならともかく星空を見るにはあまりいい場所ではないようだ。

一呼吸置いたのを見たリサは何か話したいことはあるかと聞いてきた。まぁここはレディーファーストということで出だしの話はリサに譲《ゆず》ろう。

「ありがと。それじゃまずは～……やっぱり今日のゲートの出来事でも話そっか」

「ゲート部屋が地図に書かれていなかったというやつだな」

冒険者ギルドが多くの人員を投入して制作し配布しているダンジョンの地図。そこにはゲート部屋の在処《ありか》が書かれていなかった。一見そこまで気にするものではないように思えるが、やはりリサも気になっていた様だ。

5階のゲート部屋は冒険者が沢山《たくさん》いる入り口から程近《ほどちか》く、狩《か》りをしていてもおかしくない場所にある。それなのにいつ行っても人影は見当たらず、それどころか配布されている地図にも描《えが》かれていなかった。となると――

「ゲート部屋一帯に人除けのような何かがかけられているとか？」

「私もそう考えたけど～。それならどうして私達プレイヤーとゲートの秘密を知ったサツキや華乃ちゃんには効かなかったのかな」

「……ゲートを認識《にんしき》したかどうかが関係しているのかもな」

ゲートという事象を認識していることが人除けを突破《とっぱ》するキーになっている可能性。その場合、かけられている魔法は認識阻害《そがい》系になるのだろうか。

「ゲートだけなら人除けの類を考えるよね～。でも認識についておかしな事がまだあるの」

それは何かと聞いてみると、サツキが《フェイク》の存在を知らなかったというのだ。《フェイク》は【シーフ】に転職して最初に覚えるスキルなのに冒険者学校の生徒、しかも好学のサツキが知らないなんてあり得ないとのこと。

もしかして《フェイク》というスキルは普遍的《ふへんてき》なものではないのかと思い、冒険者ギルドの図書室で調べたところ、やっぱりどこにも記載《きさい》は見つからなかったそうな。そして一般的《いっぱんてき》な【シーフ】のジョブに就《つ》いている冒険者も《フェイク》を獲得《かくとく》できていないという。

それから考えられることはスキル習得の際に、そのスキルが存在するという認識が必要なのではないか。あると思わなければ無いことになる、そんなシステムがこの世界には備わっているのではないかとリサが推測する。

「なるほどな、逆に認識さえしてしまえば華乃のように《スキル枠《わく》＋3》を習得できたり、一人でゲート部屋に行けるようになるというのもそれなら説明できる」

「《フェイク》に《スキル枠＋3》、ゲート。認識が必要なものは他にも色々ありそうね～」

普遍的に知られているモノと知られていないモノ。一体どんな違いがあるのか。だがこれは大体予想は付く。

「サービス開始時にあったものは認識が必要ではなく、アップデートされたものは認識が必要なパターンか」

「うん。その可能性は高いかな～」

この世界の人々のダンジョンに関する常識や知識は、ダンエクサービス開始時点で実装されていたものに近い。最初期からあったジョブやスキルは、この世界でも広く知られているものと大体が一致《いっち》している。

一方で《フェイク》、《スキル枠＋3》、ゲート部屋やスライム部屋などはサービス開始からしばらく経《た》って追加されたコンテンツだ。この世界の住人達はそれらを知らない、もしくは認識できていても一部の者のみに情報が制限または独占《どくせん》され、一般《いっぱん》社会には隠匿《いんとく》されている。

サービス開始時のダンエクも、俺達がこちらの世界に来る直前のアップデートされまくったダンエクも、こちらでは同じ1つの世界。どちらを内包しても辻褄《つじつま》が合うように、このような認識という手段で差別化されているのかもしれない。

「ふふっ。どの情報を見せていいのか、いけないのか。これで少しは判断しやすくなったかな～」

「元プレイヤーの武器が何なのかというのも判別しやすくなるな」

俺達ダンエクプレイヤーにはマニュアル発動や、ゲーム時のキャラのスキルが使えるなど様々なチートがあるのは知っていた。だが、アップデートされたもの全《すべ》てがプレイヤーの武器になりえるというのは今後の行動において新たな指針となりえる。しかし——

「……《フェイク》に関してはちょっと困った問題がある」

「どうしたの〜？」

先日の冒険者《ぼうけんしゃ》ランク昇級《しょうきゅう》試験のときに出会った〝くノ一レッド〟のオッパイさん……もとい、くノ一さんのことである。名前はまだ知らない。彼女《かのじょ》はほぼ間違《まちが》いなく《フェイク》を使用していた。同時に俺が《フェイク》を使用していることに大きな関心を示していた。

恐《おそ》らく《フェイク》は先ほど話した予測の通り一般的には知られておらず、くノ一レッドのような特殊《とくしゅ》な立場の者のみが情報を独占しているスキルなのだろう。それは非常に美味《い》しい特権となっているはずだ。

強さや能力を偽装できれば、そして偽装を疑う者がいない状況ならば、相手の油断を誘《さそ》いたい放題できる。戦闘《せんとう》や工作活動を行うにも大きなアドバンテージとなるだろう。

そんな特別なスキルを何の変哲《へんてつ》もない男子高校生が所持していたとなれば、どう思うのか。

翌日にはクランパーティーの招待状が楠《くすのき》 雲母《きらら》——以下キララちゃん——によって届けられたわけだが、その理由が少しは分かった気がする。

「そのクランパーティーっていつあるの？」

「クラス対抗戦《たいこうせん》が終わったあたりだ。参加する予定だったんだが、やっぱり不味《まず》そうか」

自分達だけが知っているはずの極秘《ごくひ》情報が知られていた。もしかしたら俺を脅威《きょうい》と考えているかもしれない。くノ一レッドの動きには警戒《けいかい》をしておくべきか。

「もうソウタや家族について調べ上げているはずよ」

「その上で直に俺と面談したいということか」

「そもそもの話、ソウタはくノ一レッドというクランをどの程度まで知っているの？」

表向きの顔は華《はな》やかでお色気満載《まんさい》の【シーフ】クランということ。クランリーダーの御《み》神遥《かみはるか》は芸能界でも度々《たびたび》話題となっている有名人。だが裏では冒険者ギルドや政府による依《い》頼《らい》を受けるほどの上級クラン。あのくノ一さんもそう言っていた。

「ダンエクでは三条《さんじょう》さんのメインストーリーにも登場するわ。敵としてね」

「……敵か。ＢＬモードでやったことないから分からなかったな」

キララちゃんが三条さんの味方となり背中を押《お》すキャラだというのは知っていたので、その彼女が所属するくノ一レッドも何となく良いイメージを持っていた。招待状の中身やキララちゃんの対応を見てもそう危険な感じがしなかったという理由もある。

しかしリサによるとくノ一レッドは、国家と伝統を重んじる非常に保守的なクランで、それらを脅《おびや》かすと判断すれば容赦《ようしゃ》なく攻撃を仕掛けてくるという。そんなクランの本拠地《ほんきょち》に本当に一人で行くのか、と言われても。

「正式な招待状を無視していつまでも逃げ回るというのもな。どうしたもんか……」

「いきなり危害を加えることはなさそうかな～。それならもう襲ってるはずだし」

ゲームでのくノ一レッドを考えれば、俺から無理にでも情報を引き出したい、もしくは封殺《ふうさつ》したいなら躊躇なく迅速《じんそく》に行動を起こしているはず。呑気《のんき》に招待状を送って歓迎《かんげい》するやり方を取ったからには攻撃なんて考えていない、とのことだ。

恐らくだが最初に俺の背後にどんな組織がいるか調べでもしたのだろう。だがそんなものは無いのだから出てくるわけがない。そこでくノ一レッドは慎重《しんちょう》に話し合いの機会を設けて、探《さぐ》りを入れたいと考えたのかもしれない。

「一応顔は出すが、相応の準備はしていくか」

戦闘が起こる可能性は……少ないだろうが否定もできない。念のためクランパーティーの日は家族にダンジョンにでも行ってもらったほうがいいのかね。

「それなら～。私をパワーレベリングしてくれたお礼にいい事を教えてあげよっか。もしかしたら力になれるかも？」

ふふっと小さく笑うと腕を前面に出し何かを描き始める。何をするのかと思いきや、マジックフィールド外であるにもかかわらず、突然《とつぜん》スキルを解放し始めた。

第25章 ✦ 真夜中の密会②

日を跨《また》ぎ静まり返った公園で、リサがマジックフィールド外であるにもかかわらず《オーラ》を発動した。

「その反応からすると、もう知っていたようね～」

「ゲームでもできたならこちらの世界でもまず試《ため》すからな」

通常、肉体強化とスキルは、ダンジョン内かその入り口１５０ｍ以内のマジックフィールドでしか効果が現れず発動もしない。人為《じんい》的《てき》に作られたマジックフィールド――ＡＭ《Artificial Magic》Ｆ《Field》――生成機能がある魔道具《まどうぐ》を使用すればどこでもマジックフィールドを作り出せるが、ＡＭＦ魔道具の所持・使用は政府により厳しく制限されており、俺達もそう簡単には使えない。

だが《オーラ》だけはマニュアル発動限定で、マジックフィールド外でも使用可能なのだ。さらに《オーラ》を発動し続けると自分の周囲に魔素が満ち、短時間だが肉体強化やスキル行使が可能な疑似《ぎじ》マジックフィールドとなる。このＡＭＦはダンエクの裏技《うらわざ》のようなものだが、プレイヤーなら大抵《たいてい》は知っているものだ。

「じゃあ……これは知ってるかな～？」

リサがゆっくりと目を瞑《つぶ》ると、周囲に溶《と》けて不意にいなくなる——ような錯覚《さっかく》に陥《おちい》る。すぐ目の前に少女が確かにいるにもかかわらず、集中してよく見ようとしなければ気づかなくなってしまう異様な事態。これは気配を低下させる《ハイド》ではなく、周囲から存在感も視認性《しにんせい》も大きく低下させる《インビジブル》か。

スクロールやマジックアイテムを使った形跡《けいせき》はない。にもかかわらず上級職のスキルを発動できているということは、ゲーム時のキャラが覚えていたということだろうか。

「このスキルはゲームのときは覚えてなかったよ～？」

「じゃあ、どうやって覚えたんだ」

ゲーム時に覚えていなかったとなると、この世界で新たに習得したということになる。上級職に就くにもレベル20以上という条件があるというのにだ。

「ゲームのときは《オーラ》の量なんて調節できなかったけど～、この世界なら可能だって気づいたの。《インビジブル》は体全体から溢《あふ》れ出る《オーラ》を周囲と完全に同調させれば……」

再び目の前の少女の存在が希薄《きはく》になる。ちなみにゲームと同じで話したり動いたりすると解けるようだ。

リサによると《オーラ》は叩《たた》きつけるように一気に放出すれば威圧《いあつ》になるし、放出量を一定にして周囲の魔素となじませれば《インビジブル》に。完全に閉じて魔力漏《まりょくも》れをゼロにすれば《ハイド》になるという。新方式のマニュアル発動スキルなんだろうか。だが――


「その程度ならこちらの世界の冒険者も試したことくらいあるだろうに……あぁ、そうか。これもスキルとして発動させるには認識が必要なのか」

「《インビジブル》というものを知っていなければ《オーラ》の量や流れをどう調節したところで存在感を消すという効力は出ないみたいね～。スキルとして習得もできないはずよ？」

スキルの動きや魔力の流れを単に真似《まね》るだけでは効力はでない。例えば単なる横なぎと【侍《さむらい》】の《居合い》が仮に同じモーションだとしても、スキルであるか否《いな》かで攻撃力補正《こうげきりょくほせい》と切断力が段違《だんち》がいになる。《インビジブル》も真似ただけではスキルの効力がでない、というのがリサの予測だ。

ちなみにこのスキル発動法はかなりの集中が必要で、戦闘時にはおススメしないとのこと。やるなら安全地帯でやるか一度スキル枠にいれてオート発動したほうがいいようだ。

それでもこの方式で《オーラ》系スキルが発動し、会得《えとく》までできるというのは大きな情報といえる。俺も試しにやってみるか。

まず《オーラ》だが、マニュアル発動はモーションスキルではなく魔法陣《まほうじん》入力だ。最初に前面を掌《てのひら》でなぞりその後に魔力を少量放出しつつゆっくり円を描く。すると《オーラ》が体中から湧《わ》き出てくる。このまま放出を続ければ俺の周りが一定時間、マジックフィールドとなる。すでにリサがこの場を疑似マジックフィールドにしているので俺が発動する意味は無いが。

次に放出量を調節してみる。《インビジブル》は周囲の魔素に《オーラ》を馴染《なじ》ませるとのことだが……体から溢れ出る《オーラ》を均一に放出するどころか、調節することすら上手《うま》くいかない。どうやるんだ。

「何かコツがあるのか？」

「放出量の調節って結構難しいでしょ〜。何度も練習しないとね〜」

ちょっとやっただけでは放出量を自在に操《あやつ》るなんて芸当が簡単でないと気づく。かといって長く練習しようとしたらMP切れを起こしてしまいそうだ。

「先に《メディテーション》から練習したほうがいいかな〜」

「確かにそれができれば続けられるかもしれないけど……」

《メディテーション》はスキル使用中にMPリジェネして回復する優秀《ゆうしゅう》なスキル。高レベルのプレイヤーがわざわざスキル枠に入れるほどのものではないが、MP量が少なく枯渇《こかつ》しやすい低レベルでは重宝する。【キャスター】のジョブレベルを最大まで上げれば覚えられるものの、それがすぐに覚えられるというのは朗報だ。

目を閉じて丹田《たんでん》の周りで《オーラ》をぐるぐると循環《じゅんかん》させれば《メディテーション》になる……と簡単にいうがやはり難しい。《オーラ》という今までに無かったモノを、この短期間で自在に操り、いくつものスキルを会得したリサには驚くばかりだ。もしかして才能の差とかあるのだろうか。

そんな彼女はゆっくりと息を吐《は》き、自嘲《じちょう》気味に笑《え》みをこぼす。

「私がオーラ系のスキルを頑張《がんば》って練習したのは理由があってね～。もしかしたらソウタも同じじゃないかな～って」

「同じ、とは？」

「不都合な初期スキルを持っていたの」

不都合な……やはりリサも持っていたか。

「鑑定《かんてい》アイテムで見てもいいか？」

「うん。今なら、いいよ」

もしかしたら俺《おれ》の《大食漢》のようにリサも特殊なスキルがあるかもしれないと思い、鑑定アイテムを用意してきたのだ。早速《さっそく》スキル欄《らん》を見てみると――

「《簡易鑑定》に……《発情期》か。如何《いか》にもヤバそうなスキル名だな」

俺の《大食漢》にリサの《発情期》。これらはプレイヤーに対する呪《のろ》いなのではないかと疑ってしまう。俺の場合はＳＴＲとＡＧＩが大幅《おおはば》に下がることによる運動能力低下と、常時食欲増大というデバフが掛《か》かっていた。リサの場合は……とにかくスキルの中身を見てみよう。

「レベルアップ時にＭＰとＡＧＩの上昇値《じょうしょうち》にプラス補正、性欲増大、ＨＰ－30％、ＶＩＴ－50％《色欲》へアップグレード可能……これはきついな」

レベルアップ時の補正はいい。しかし最重要項目《こうもく》のＨＰとＶＩＴの低下に加えて「性欲増大」……どの程度の性欲増大なのかは分からないが、仮に俺の食欲増大並みに強烈《きょうれつ》に作用してるとなると非常にマズい気がする。

「性欲増大ってひとえに言うけど、24時間ず～っと発情してるようなものだったの。このスキルで入学当初の私はまともに生活できそうにないくらい精神的に追い込《こ》まれてたのよ～？」

今だから言えるのだとにこやかに言う。確かにこんなものが常時発動していたら頭がおかしくなりそうだ。特に女子が性欲増大に苦しむというのは色々な意味で危険を伴《ともな》うかもしれない。

俺もそうだがこの初期スキルはマジックフィールド外でも問答無用で作用してくる。どこにも逃《に》げ場《ば》が無いのだ。

一刻も早く《発情期》を消したい。その手段として最初に思いついたのはジョブチェンジして新しいスキルを覚え、上書きすること。だけど精神的に追い詰《つ》められている状況で何週間も悠長《ゆうちょう》にダンジョンダイブしている余裕《よゆう》などない。手詰《てづ》まり感に打ちひしがれていたという。

「それでね～少しでも精神を落ち着けようと時間があるときはダンジョンに入って瞑想《めいそう》してたの～」

元の世界でも、そしてこちらの世界でも何か考え事や悩《なや》み事《ごと》があるときは瞑想をしていたという。その最中に《オーラ》を弄《いじ》っていたらお腹《なか》付近に何か引っ掛かりを覚え、偶然《ぐうぜん》《メディテーション》を習得。それから《オーラ》の流れで何かをするスキルなら他にも覚えられるのではと色々試したそうだ。

「それで覚えたのが《インビジブル》や《ハイド》、《メディテーション》なんだけど～」

練習しても駄目《だめ》だったスキルがほとんどで、オーラ系スキルなら《ドラゴンオーラ》、《セイクリッドオーラ》、《魔闘術》なども全て失敗に終わったそうだ。これらのスキルはただ単に《オーラ》の流れや放出量を変えればいいというわけではないようで、詳《くわ》しい習得条件は未《いま》だ謎《なぞ》が多いとのこと。

「それだけ覚えられたのに初期スキルは上書きはできなかったのか？」

「うん、上書き不可みたい。ソウタも多分上書きができないはずよ」

まぁ何となくだがそんな気はしていた。ゲーム知識に該当《がいとう》せず、しかも元プレイヤーだけにあるデメリットの大きな初期スキル。色々と秘密がありそうだ。

「でも～最後の頼《たの》みの綱《つな》だった《フレキシブルオーラ》は覚えられたわ」

《フレキシブルオーラ》とは状態異常を軽減、または掛《か》かりにくくする対デバフスキル。これで発情というデバフ効果を薄めて、ようやく平穏《へいおん》な日常を送れるようになったのだと深い息を吐きながら言う。

しかし発情は存外に強力なデバフなようで一日に数回掛けなければ抑《おさ》えられないとのこと。それでも多少なりとも抑制《よくせい》できたなら、俺の《大食漢》の食欲増大にも効果があるかもしれない。

そして気になる問題はまだある。この初期スキルは上位スキルへ昇格が可能ということだ。

「俺達が持ってる初期スキルは〝資格者〟というのを倒《たお》すことで上位スキルに昇格《しょうかく》できるんだが……どう思う？」

「鑑定したときに昇格条件が見えたわね。その資格者というのはよく分からないのだけど、上位スキルに昇格させたらデメリットも更《さら》に大きくなるかもしれないわ」

鑑定ワンドでも昇格した後のスキル効果までは分からなかった。今の状態でもヤバイほどのデバフ効果が付いているというのに、これ以上となれば手に負えないだろう。より上位の鑑定魔法《かんていまほう》でスキル効果を見極《みきわ》めるか、強力な対デバフ装備を手に入れるまでは昇格を止めておくほうが賢明《けんめい》だ。

そして資格者とは何なのかだが――

「俺はどうやら昇格条件を満たしているようなんだけど」

「えっ？　資格者というのを倒したの？」

「多分だがアイツを倒した時だ。それ以外に考えられない」

漆黒《しっこく》の《オーラ》と尋常《じんじょう》ではない殺意を放ってきたユニークボス、ヴォルゲムート。今でもアイツとの死闘《しとう》は鮮明《せんめい》に覚えている。

「すっごく強かったみたいね～。でも資格者って私達のような元プレイヤーのことかと思っていたのだけど違うのかしら」

「そこなんだが、アイツと戦っていた時を今思い返せば……」

アンデッドモンスターらしからぬ感情の起伏《きふく》。間合いやスキル特性を熟知し、様々な方法でフェイントを仕掛《しか》け、おまけに俺の攻撃《こうげき》を誘ってカウンターまで狙《ねら》ってきやがった。まるでダンエク世界の実戦経験が豊富なPKK、もしくは闘技場《とうぎじょう》のランカーと戦ったかのような感覚。あれほど怜悧《れいり》狡猾《こうかつ》なモンスターというのも冷静に考えてみればおかしなことだと分かる。

「ソウタにそこまで言わせるほどなんだ～。でもそんなモンスターがいるとしたら」

「あの戦い方だけを見れば、まるでダンエクプレイヤーのようだった」

ヴォルゲムートはプレイヤーだったのか。

断定できる材料はないけれど、勘《かん》がそう囁《ささや》いている。しかしそうなるとプレイヤーの転移先が学校の生徒だけでなく、モンスター側にも適用されるという恐ろしい可能性が浮《う》かび上がる。

ゲームだった世界に俺達が存在しているくらいだ。何が起こっても不思議ではない。しかし仮に「気が付いたらアンデッドでした」なんて状況になったら、果たして俺は正気を保っていられるだろうか。

「そんなのとダンジョンで出会って戦闘になってしまったら厄介《やっかい》ね～。奥《おく》の手《て》を出すにしても死闘は避《さ》けられないわ」

「ゲーム知識にないモンスターに出会ったら要注意だな。新種モンスターよりも資格者の可能性を疑ったほうがいい」

ヴォルゲムートは目覚めたばかりだったからか、動きに緩慢《かんまん》な部分がありプレイヤー時代のスキルも使ってこなかった。それでも十分に対人戦慣れしており、突発的《とっぱつてき》に戦闘にでもなってしまったら厄介この上ない。

「初期スキルの昇格狙《しょうかくねら》いでプレイヤー同士が争わなければいいいんだが……」

「それは憂慮《ゆうりょ》すべきことね」

資格者というのが特定のモンスターのことならばいい。だが元プレイヤーを意味するのなら、スキル昇格を巡《めぐ》って互《たが》いに殺し合う理由が生まれてしまう。それを阻止《そし》する何かしらの対策をしておきたいところ。

例えば拘束力《こうそくりょく》がある契約魔法《けいやくまほう》で争いを封《ふう》じるとか、レベルアップを急いで他プレイヤーより強くなり俺達が抑止力《よくしりょく》となるとか、あるいは互いに攻撃しないよう見張るルールを構築するとか。いずれにしても時間がかかるし、そもそもプレイヤーが誰《だれ》でどの程度の強さなのか分からないと意味がない。

「しかし何人のプレイヤーがこちらに来ているんだろうな。思っていたよりも多いのか？」

「テスター募集《ぼしゅう》イベントの難易度からしてクリアできた人はそう多くないと思うけど……でも」

唇《くちびる》に人差し指を当て、ニヤリといたずらっぽく笑うリサ。

「……一人だけなら知ってるよ～？」

第26章 ✦ 朝の憂鬱

「遅刻《ちこく》〜遅刻〜」

遅刻といっても今日は休日。休日といっても立木君が主導する練習会に呼ばれている日だ。

鏡を見ながら寝《ね》ぐせだらけの髪《かみ》を押さえつけ、急いで学校指定のジャージに着替える。昨晩は色々と考えていたらいつの間にか明け方となり案の定、寝坊《ねぼう》してしまったわけだ。

「それにしてもこのジャージ……」

これも買いなおさないと駄目かもしれない。痩《や》せてきたことで腰回《こしまわ》りがゆるゆるになっており、腰ひもをきつく縛《しば》ることで一時しのぎしている。世の中のダイエット成功者達は今まで着ていた服をどうしてるのだろうか。

「颯太《そうた》〜カヲルちゃんに悪いから中に入ってもらうわね〜」

階段下にはすでにカヲルが迎《むか》えに来ており、待たせている状態だ。急いで着替えて一階へ降りると、カヲルは静かにお茶を飲んで寛《くつろ》いでいた。

「来たか……このお茶は美味しい。飲み終わるまで少し待っててくれ」

背筋をピンと伸《の》ばし、両手で行儀《ぎょうぎ》よく湯呑《ゆの》みを持ちながら茶を啜《すす》る幼馴染《おさななじみ》。ダンエクのヒロインに相応《ふさわ》しく洗練された日本刀のように美しい。内なるブタオマインドも大喜びだ。

俺も一息つくために同じテーブルの反対側に座り、茶を注いで飲むことにする。ふむ、今年の新茶か。確かに美味《うま》い。

「……」

「……」

向き合って顔を合わせたところで会話はない。それでも、入学当初の嫌悪感《けんおかん》溢れる目付きは少しだけ和《やわ》らいだ気がする。俺がこの体に入ってからはセクハラをしたり、無理に近寄って機嫌を悪くさせていないせいだろう。

これまでのことを完全に許されてはいないのだろうが、少しでも安心してもらえたら嬉《うれ》しい限り。いつしかカヲルとは心から笑い合い、色んな話をして通学してみたいものだ。この心の浮き上がり方からしてブタオもそれを望んでいるはず。

そんなことを考えているといつの間にか飲み終わったようで、早々に家を出て練習場所へと移動することになった。

いつものように数歩前をカヲルが歩き、俺がその後ろを付いていく――かと思いきや。

「そういえば。今日は聞きたいことがあるのだけど」

珍《めず》らしく俺の横まで下がってきて並んで話すカヲル。女子としては身長が高いせいか、ふと見れば幼馴染の美しい顔が俺のすぐ真横にあった。ちょっとドキマギしてしまうぢゃないか。

「ごほんっ。何を聞きたいのかね？」

「その話し方は何……この前、楠《くすのき》先輩《せんぱい》と話していたと耳にしたのだけど……本当なの」

キララちゃんか。招待状を渡《わた》しに来たときのことがクラスで噂《うわさ》にでもなっていたのかもしれない。

「少し、話をしただけだ」

「……話？　彼女は貴族様で、学校でも大派閥《だいはばつ》を率いる立場。どういう接点があったというの」

カヲルでも知っているほどの有名人。しかも派手で可愛《かわい》い女の子がスクールカースト最下位の俺に会いにくるなんて普通《ふつう》はありえない。知らぬ存ぜぬで通すのも無理があるな。

クランパーティーに呼ばれた、という説明はすべきではないだろう。ダンジョンでキララちゃんの知り合いとちょっとした縁《えん》があり、その後の報告のために来たと言っておこう。

「それでは別に知人というわけではないのね」

「あぁ。何でそんな気になるんだ？」

しばし考え込むカヲル。話そうか迷っているのだろうか。

「……今、私達《たち》のクラスが窮地《きゅうち》に立たされているのは知っているだろう。もし楠先輩と親しいのなら、お力になってもらえないかと考えていた」

「それは恐らく無理だろうな、1回話しただけだし。もう俺の事なんて忘れてるだろうよ」

Ｅクラスの立場は非常によろしくないのは分かっている。だが、これでもまだ序の口。ゲームのストーリー通りに進むなら今後はより深刻な状況に追い込まれていくことになる。挑発《ちょうはつ》やイジメとも取れる行為《こうい》、また暴力を交えた嫌《いや》がらせを仕掛けてきたり、クラスメイト達が何人も挫折《ざせつ》して学校から去っていくかもしれない。そうなれば目の前にいる幼馴染も涙《なみだ》を流し、葛藤《かっとう》する日々が続いていくことになるだろう。

そんな胸糞《むなくそ》イベントなんて正直リアルで経験したくはないし見たくもない。ならば全て阻止してしまうか……なんて考えが頭をよぎるが、そんなイベントでも主人公の心身を強くし成長させるもの。その機会を俺が勝手に奪《うば》ってしまっていいのだろうか。

主人公には主人公でしか解決できないイベントがあるし、俺がＥクラスや主人公達を絶えず監視《かんし》して守っていくなんてできるわけがない。今後を見据《みす》えれば彼《かれ》ら自身で強くなってもらわなくては困るのだ。ある程度は屈辱《くつじょく》を受けてもそれをバネにし、成長を促《うなが》す契機《けいき》にしてもらいたい。

もちろんサツキやカヲルに危機が迫《せま》っているなら動くつもりだし、壊滅的《かいめつてき》な失敗や被害《ひがい》を引き起こすものには事前介入《かいにゅう》しようとは思っている。そのためにもカヲルに接近し、赤城君達の動向を掴《つか》んでおくべきか。

「……その代わりといってはなんだが、俺が協力できることなら手伝うけども」

「じゃあ、今日の特訓は期待してるわ」

そう言うとカヲルは再び歩みを早め、いつもの定位置での通学となってしまった。まぁ今の俺はカヲルに信用されていないので仕方がないか。

ここでゲーム知識をひけらかし信用を得ようとしても、カヲルはまともに取り合わないだろう。今は適切な距離《きょり》感《かん》を保ちつつ時間をおいて少しずつ信頼《しんらい》を取り戻《もど》すことを優先しよう。いつか仲間として見てもらえることを夢見て。

それに今はそこに頭を使っている場合ではないのだ。これから行く目的地に悩ましい問題が待っているのだから。

事の発端《ほったん》は昨晩の密会のことだ――

街灯《まちあか》りで星が全く見えない真夜中の公園。ポールライトの仄《ほの》かな光に照らされたリサは唇に人差し指を当て、いたずらっぽく笑うと。

「一人だけなら知ってるよ～？」

突然、とんでもないことを暴露《ばくろ》し始めた。すでに俺以外のプレイヤーと接触《せっしょく》してたとは。

「明日の練習会に来ると思うよ？　うちのクラスの月嶋《つきじま》君なんだけどね」

「月嶋……あの少しチャラい感じの」

エリートの学校には似つかわしくない金髪《きんぱつ》ロン毛。制服を着崩《きくず》してズボンのポケットに手を突《つ》っ込みながらダルそうに話すチャラ男こと、月嶋拓弥《たくや》君を脳裏《のうり》に思い浮かべる。なんと向こうからリサを元プレイヤーだと特定し、組まないかと誘ってきたらしい。

「なんかね～？　ゲームで登場するEクラスの生徒全員を憶《おぼ》えていたらしいの。すごいよね～」

それによると〝正体不明〟のクラスメイトは月嶋君自身の他に、リサしかいないとのことだ。正体不明とは「カスタムキャラ」のことを言っているのだろうか。

ダンエクでは通常、「主人公」――つまり赤城君、ピンクちゃん――と、自分でカスタマイズしてキャラメイクする「カスタムキャラ」でスタートできる。

主人公を選べばキャラ特性は固定だがメインストーリーを体験でき、カスタムキャラを選べば自分好みの見た目とキャラ特性を作れるというメリットはあるが、ストーリーはサブストーリーと攻略《こうりゃく》キャラの個別シナリオのみとなる。

だがこのゲーム世界にくるきっかけとなったテスターモードは性質が異なる。「おまかせキャラ」と「カスタムキャラ」の二択《たく》のみ。

「おまかせキャラ」を選べば俺――つまりブタオ――のようなダンエクに登場する既存《きそん》のキャラのどれかに入り込むことになり、一方の「カスタムキャラ」を選べば、リサのように元の世界の自分自身がアバターとなってしまう。

つまり、月嶋君がゲームに登場しない正体不明とやらを突き止めたところで「カスタムキャラ」ならともかく、「おまかせキャラ」を選んだ俺のようなプレイヤーは特定できないはずなのだ。

「もしかして月嶋君はおまかせキャラの仕様に気づいていないのか？」

「多分ね。彼には勘違《かんちが》いしたままでいてもらおうかしら～」

その方が都合がいいと静かに笑いながら言う。

月嶋君は最初、主人公である赤城君とピンクちゃん、そして正体不明のリサの３人をプレイヤーだと疑っていたらしい。だがどうも元主人公勢は違《ちが》うと分かり、この世界にいるプレイヤーは自分以外ではリサだけだと断定した模様。

自分がアダムで、リサはイブ。彼はそう言って誘ってきたのだと言う。それはそれでどうなのだとも思わなくもない。

——といった感じで昨晩はリサと別れたわけだが、最後に話題となった月嶋君もこれから向かう練習会に参加予定という。

彼とは一度も話した事はないのでどういった人物なのかは分からない。教室での記憶《きおく》にある限りでは多少チャラチャラとしてはいるものの、別段悪人と思えるような言動は無かったはず。普通の陽気な男子高校生としか思っていなかった。

しかし元プレイヤーであるならば世界に大きな影響《えいきょう》を与《あた》える知識を有しているわけで、彼のこれからの行動次第《しだい》では俺達《おれたち》も巻き込まれる可能性はある。なので、どういった考えの持ち主なのか近づいて見極めるためにも、リサが言ったように勘違いしたままでいてもらったほうが都合がいいのは確かだ。

（良い人であればいいんだが……）

そんなことを憂《うれ》いながら、トボトボとカヲルの後を付いて歩いていくのだった。

第27章 ✦ 練習会

学校の運動場と体育館の間には、やや狭《せま》いがマジックフィールドのフリースペースがある。今日はそこで練習をするとのこと。もう何人かのクラスメイトが到着《とうちゃく》し談笑《だんしょう》していた。今日の練習会の指南役は赤城君、ピンクちゃん、立木君。そこにカヲルも混じり打ち合わせが始まった。あの四人はダンジョンダイブも上手くやっているようでEクラスの中ではレベルが高く、大いに期待されている。このまま他クラスからの妨害《ぼうがい》にも屈《くっ》せず頑張ってほしいものだ。

よっこらせと適当な場所でカバンを降ろし欠伸《あくび》をしながら赤城君達を眺《なが》めていると、後ろから軽《かろ》やかな女性の声がかけられた。

「やっほ～」

振《ふ》り返ればジャージ姿のリサが小さく手を振ってほほ笑んでいた。緩《ゆる》く留《と》めた髪型《かみがた》が大人びていてとても似合っている。ゆっくりとした動きで荷物を置くと「よいしょ」と言いながら隣《となり》に座《すわ》ってきた。

こっちも一人だと心細いので話し相手になってくれるのなら助かるね。

「剣戟《けんげき》の授業みたいなことをやるのかな～?」

「カヲルから聞いた限りだと、細かく指導するようだぞ」

「それは面倒《めんどう》ね～あんまりやる気はないんだけど」

今日は情報収集が主な目的だし、練習のほうは形だけちゃんとやっておけばいい。そういえば昨日はちゃんと眠《ねむ》れたのか、などと話していると他の参加メンバーもちらほらとやってくる。

その中に、ひっそりと目立たないように歩く久我琴音《くがことね》の姿が見えた。ショートボブの髪の片側をやや跳《は》ねさせ、むにゃむにゃと眠そうに歩いている。彼女《かのじょ》はアメリカの情報収集部隊の出身で、この学校に潜入《せんにゅう》している工作員。実際にはレベルは20を超《こ》えているものの、端末《たんまつ》上ではレベル2なので彼女も半強制的に練習会に呼ばれた模様。練習なんてしたくないのか欠伸をしながら不機嫌《ふきげん》そうな表情を隠《かく》していない。

その後ろには大きめのジャージに手を突っ込みながら歩いている金髪ロン毛が見えた。リサがプレイヤーだと言っていた月嶋君だ。そのままこちらのほうへ歩いてくる。

「よう、リサも来たのか。こんな練習会じゃ何も学ぶことなんてないだろうに」

リサの隣に「どっこいしょ」と腰《こし》を下ろす月嶋君。いつも教室でつるんでいるメンバーはいないようだ。今日は一人で参加なのだろうか。

「おはよ〜。そちらこそよく参加する気になったね〜」

「立木が参加しろとうるさくてさぁ。あ〜だりぃ……」

彼のレベルも端末上では3だったが実際はどれほどなのか。まぁプレイヤーならいくらでもレベルの上げようはあるので、参加に意味を見出《みいだ》せないというのも理解はできる。

「……ところで。最近ブタオとよく話してるようだけど、どういった関係なんだ？」

「ど、どうも〜」

こちらを怪訝《けげん》な表情でジロジロと見てくる月嶋君。こういう無遠慮《ぶえんりょ》な感じが陽キャというものなのか。俺としても不和を起こしたくないので愛想笑《あいそわら》いをしながら挨拶《あいさつ》しておく。

だが同じプレイヤーであるリサの近くにいれば何かあるのかと勘繰《かんぐ》りたくもなるだろう。

適当な理由でも言って警戒《けいかい》を緩めてもらったほうがいいだろうか。

「一緒《いっしょ》にダンジョンダイブしているの。ダンジョン仲間といった感じかしら」

どう言うべきか考えていると、リサが気を利《き》かせてそれっぽい理由を述べてくれる。一応、俺がプレイヤーだということは黙《だま》っていてもらうことになっている。

「マジでコイツと？　後々アレになるのに？　でもまぁダンエクでもそこそこのレベルには達してたから一応使い物にはなるのか……？」

ゲームでのブタオを知っているなら距離を取るべき人物と思われても不思議ではない。カヲルルートでシナリオを進めると後に様々な不祥事《ふしょうじ》を起こし、最後には退学となる悪役キャラなのだし。俺も最初は悲嘆《ひたん》に暮れたものだが今は温かい家族のおかげで満更《まんざら》でもないと思っている。

「話してみれば案外良い人なんだよ～。ね～ソウタ♪」

「え？　おっ、おう」

「なんでコイツは呼び捨てなんだよ。オレには〝月嶋君〟って言ってるのに」

この感じからするとリサに気でもあるのだろうか。見た目が可愛いのは間違《まちが》いないが、中身は名を馳《は》せた凶悪《きょうあく》なＰＫＫクランのリーダー。これはゲームでのリサの正体に気づいていない可能性があるな。

「そういや聞きたかったんだけどよぉ、赤城に剣《けん》の入れ知恵《ぢえ》したのってリサなのか？」

「……それをここで話すの～？」

「構いやしないだろ。ブタオだって意味わかんねーさ。で、どうなんだ？」

赤城君に剣の入れ知恵……刈谷《かりや》イベントのとき、赤城君は対刈谷の切り札として「スタティックソード」を使った戦術を取ったのだが、その戦術を授《さず》けたのがリサなのではないかと考えているのだろう。

「逆に聞くんだけど～。あの戦術の対策を刈谷君に入れ知恵したのは月嶋君なのかな～？」

「おうよ。赤城の負けっぷりはそこそこ笑えただろ」

「……でも、彼が頑張ってくれることは私達のメリットにもなるのよ～？」

くっくっくっと静かに笑う月嶋君。赤城君が負けてEクラスの空気と立場が悪くなった元凶《げんきょう》はコイツか。刈谷は何故《なぜ》か［スタティックソード］戦術を知っていて、対策も講じていた。そのせいで赤城君が負けたのだと言っても過言ではない。

しかし何故だ。赤城君が成長し強くなれば多くの厄介イベントをクリアしてくれて心配事が減るというのに。逆に成長が頓挫《とんざ》してストーリーが上手く進めなくなれば様々なイベントの行く末も予測不可能となる。それで不利益を被る《こうむ》のは俺達だ。

「まぁイベントを頑張ってもらいたいのは山々だけど、赤城はハーレム形成しそうだったから。ちょいと邪魔《じゃま》したくなっちまってさ」

ゲーム時代ではカヲルが大好きだったようで、カヲルと仲良く話しているのを見ていると邪魔をしたくなってしまったそうな。刈谷イベントの攻略に失敗すればヒロインの好感度が下がるということを利用したのだろう。

しかし、まさかのカヲル推《お》しかよ！　というか、目の前に幼馴染かつ婚約者《こんやくしゃ》である俺《ブタオ》がいるというのに本当に遠慮《えんりょ》がないな。でもこれはブタオにとっては手強《てごわ》いライバルになるのか？

ゲームヒロインは総じてチョロインが多い。カヲルもその例に漏《も》れず、意外と押《お》しに弱い上に、プレイヤーなら必然的に手に入れられる〝強さ〟に憧《あこが》れ、焦《こ》がれている面がある。それを知っている月嶋君なら、ぐいぐいとカヲルを押しまくり、強さ《レベル》を示せばあっさりと攻略に成功する可能性も無いわけではない。

俺の場合はすでにセクハラしまくって盛大に嫌《きら》われているので、強さを見せても押しても無駄《むだ》だろう。押して駄目なら一度引いてクールダウンを挟《はさ》んで……っておい、イライラ感が満ち溢《あふ》れてきたぞ。落ち着けブタオマインド！

「じゃあ、今後は赤城君に協力的になってくれるのかな～？」

平静を保とうと心の中で必死に格闘《かくとう》していると、リサが自然な流れで月嶋君の動向を窺《うかが》う。彼の考えを知る上では重要な質問だ。

「気が向いたらな。それに……どんなイベントが来たところでオレならどうとでもなる」

仮に主人公パーティーがイベントに失敗し壊滅的な被害をだしても、自分なら乗り越《こ》えられると豪語《ごうご》する月嶋君。

理由としては、メインストーリーで起こるイベントはどれもレベル30強あればクリアできる難度でしかないこと。そのレベルは月嶋君ならそれほど時間がかからず到達《とうたつ》可能らしい。それほどまでにレベル上げが順調なのか。

「だから赤城がどうとかじゃねぇ。要はテメェに生き残る力があればいいだけの話だ」

「……それはこの街、いえ、この世界に住む人々を軽視する発言ね～」

ダンエクには恐《おそ》ろしいイベントが数多《あまた》く待ち構えている。それらを俺達が乗り越えられたとしても、この世界に生きている人達は免《まぬが》れることはできず、甚大《じんだい》な被害がでるはずだ。

もしかしてこの世界を、ダンエクの設定を受け継《つ》いだゲーム世界に過ぎないという見方をしているのだろうか。俺の家族やカヲルはゲームキャラではない。元気な妹やのんきな親父《おやじ》、おっとりしたお袋《ふくろ》のいる食卓《しょくたく》のにぎやかさ。愛着とまでいわないが、いつの間にかそれらが日々の楽しみになってきている。カヲルもクラスがトラブルに巻き込まれる中、葛藤しながらも必死に前を向き頑張っているのを知っている。

ちゃんと皆《みな》が地に足をつけて悩み、笑い、涙し、生きているのだ。

「そういう世界に来たんだよ。オレ達は選ばれし者だ。その気になれば世界を作《つく》り替《か》える力だって得られる。今後も好き勝手するつもりだ」

「……選ばれし者ね～。本当にそうなのかしら」

「こんな面白《おもしろ》れぇところにＡＫＫの〝閃光《せんこう》〟や、ラウンズの〝鬼《おに》〟、あの〝災悪〟ですら辿《たど》り着けなかったんだ。天がオレ達を選んだ以外に何と言えばいい？」

俺《おれ》はここにいるけどな。まぁ天に選ばれたかどうかはともかく、中々に夢見がちな少年のようだ。

この世界に対する考えは少し思うところはあれど、月嶋君が別段悪人だとは思わない。自分から悪意を振りまいたり明確に破滅《はめつ》を呼び込もうなんて考えてはいないだろうし、特別な力を持っているなら使って何が悪いという考えも嫌《きら》いではない。

俺だって最初はゲームの世界だと思っていた。すべての人がＮＰＣに見えた。成海家に対する温かな愛情や、カヲルに恋《こ》い焦がれるような純情がなければ今でも月嶋君と同じように考えていたかもしれない。だが、今の俺には尊い情が確かに宿っている。

月嶋君が考えを改めない限り、相容《あいい》れない関係になりそうだ。

「でも、そこまでレベル上げに自信があるのは～何か秘密があるのかな～？」

「オレと組むなら教えてやってもいいぜ。魔法契約書《まほうけいやくしょ》は必須《ひっす》だがな」

悪そうに口元を歪《ゆが》めてニッと笑う月嶋君。やはり隠し玉はあるようだがそれが何なのか、リサには探《さぐ》ってもらいたいところではある。

「おっと悪ぃな、ブタオ。さっきの話は忘れてくれよな」

「……あぁ」

パンパンと乱暴に肩《かた》を叩《たた》きながら言ってくる月嶋君。というか仮に俺がブタオだったとしても先ほどの内容を忘れろというのは難しいと思うが如何《いかが》なものか。

月嶋君との関係に思い悩んでいると、立木君がこちらに歩いてきて用紙を見ながら説明をし始める。

「それでは練習会を始めよう。まずはこちらで指定したペアで組んで欲《ほ》しい」

剣戟の授業と同じように、まずはペアを組んでゴム製の剣で練習するそうだ。誰と組むかはすでに決めてある模様。それによると俺の相手は……よりにもよって彼女とか。

目の前には眠そうに欠伸を繰《く》り返し、微塵《みじん》もやる気を感じさせない久我さんがいる。

彼女は《簡易鑑定《かんてい》》の上位互換《ごかん》である《鑑定》を持っているため、俺の《フェイク》を突破《とっぱ》し真のステータスを見破ることが可能だ。ここは面倒事を避けるためにも大人しくやられ役に徹《てつ》するべきだろう。

「ど、どうも～よろしく～……」

「……」

向き合って剣を構えるも、久我さんは剣を持った手をだらりと垂らしたまま欠伸を繰り返すだけ。こちらを見ようともしない。

（どうすりゃいいんだよ！）

第28章 ✦ 早瀬カヲル③

――早瀬《はやせ》カヲル視点――


「ナオトく～ん、こんな感じかな？　もう少しだけ教えて欲しいのだけど」

「さすが、ユウマ君だよね～。剣の扱《あつか》いならもう上位クラスと張り合えるんじゃないかな」

レベル3以下のクラスメイトを対象とした初めての練習会。参加者の女子達は猫《ねこ》なで声でナオトとユウマに甘《あま》えながらべったりとまとわり付いている。その一方で、私とサクラコには冷めた視線を送ってくる。

てっきり私達と固定パーティーを組みたいがために近づいているのかと思っていたけど、それだけではなく、あの二人と組んだおかげで私とサクラコのレベルが6になったと思われていることに気づく。

確かにナオトとユウマは優秀《ゆうしゅう》で素質も才能もあるし、ダンジョンダイブにおける貢献《こうけん》は計り知れない。それでも私とサクラコのやってきた努力に何の敬意も払《はら》わないというのは遣《や》る瀬《せ》無《な》い気持ちになってしまうではないか。

とはいえ、そんなことを言っても仕方がないので彼女らの対応は任せ、私は他の参加者の指導へ行くとしよう。


まず目についたのは新田さんと月嶋君のペア。

新田さんの太刀筋《たちすじ》は少ない時間ではあるが、剣戟の授業で見たことがある。そのときは変わった型だなと思ったものの、特に悪くはなかったはず。にもかかわらず未《いま》だにレベル3ということは、ダンジョンダイブにあまり時間をかけられていないのだろう。下手に指導するよりも、スケジュール調整や狩場《かりば》情報の提供などを行っていくべきだろうか。

そして最近、色々とアプローチしてくるようになった月嶋君。前もデートにいこうと頻《しき》りに誘《さそ》ってきたことがあった。男っぽいと陰口《かげぐち》を言われるこんな私に好意を寄せてくれるのは悪い気がしないけど、いかにも軽い態度なのは、ちょっといただけない。そもそも練習会に呼ばれる程度のレベルなのに、態度が妙《みょう》に大きいのも気になるところだったし……。

そんな二人は先ほどから話《はな》し込《こ》んでなかなか練習を始めない。楽しそうに……というよりは真剣《しんけん》な面《おも》持ちで何かを話している。月嶋君にいたってはすごい剣幕《けんまく》で身《み》振り手《て》振《ぶ》り新田さんに何かを説いているではないか。ダンジョンについての単語が聞こえるので、単に世間話をしているわけではなさそうだけど、せっかくの練習会なので長くかかるようなら注意しておこう。

そんな風に心にメモして、次の参加者を見る。

視界の片隅《かたすみ》には颯太と久我さんがやる気のなさそうに向き合っていた。

久我さんはいつもの眠そうな顔をしたまま棒立ちしているだけだし、颯太は剣を一応構えてはいるものの何か落ち着きがない。この二人はナオトとの〝Ｅクラス強化計画〟の議題に何度も上がった要注意人物達だ。

久我さんはクラスの中でも最下位のレベル２で、ダンジョンダイブが上手《うま》くいっていないのは明らか。基本的に一人でいることが多く、誰ともパーティーを組めていないのかもしれない。

颯太はレベル３だとしてもパワーレベリングで上げてもらった疑惑《ぎわく》があり、技術的な問題を抱《かか》えている可能性が高い。入学前の颯太を見ていればそのような考えを抱《いだ》いてしまうけど、もしかしたら本当に頑張《がんば》って上げた可能性もある。

なので今日は二人の剣のレベルをしっかり見極《みきわ》め、適切な指導を行っていきたい。

そう思ってしばらく見ていたものの、お互いが向き合っているだけでちっとも開始せず、微塵もやる気を感じられない。たまらず声をかけてみる。

「せっかくの練習会なのだし、遠慮せず打ち込んでほしいのだけど」

「……」

「……」

颯太も久我さんも黙っている。もう一言くらい何か言おうと思っていると。

「どうして私が参加しないといけないの」

などと不満を言い始めた。それは久我さんがレベル2だから。近くクラス対抗戦《たいこうせん》もある。

私達はあなたが上手くレベルを上げられるよう手伝いたいの。と言うと、とんでもないことを言い出した。

「なら、次までにあなたと同じくらいまでレベルを上げておく。今日は帰る」

「帰るにしても私を納得《なっとく》させるまでは駄目《だめ》」

私達が上位クラスと戦っていくためには落ちこぼれを出すわけにはいかない。それにこの練習会は久我さんのためでもあるのだと諭《さと》すように言うと、事もあろうに私と同じレベル6まで上げておくからもう構うなと暴論で言い返してきた。ここまで上げるのにどれほど大変だったと……

でも私だって言われたままでは終われない。そんなにすぐに上げられるならどうして未だにレベル2なのかとすかさず切り返す。

「じゃあ、目の前のコイツを叩きのめして帰る」

「ぶひっ」

ますます不機嫌になる久我さんに、ぴくりと震《ふる》える颯太。

武器はゴム製の剣だし、プロテクターも付けてもらっている。むしろ遠慮なく思いっきりやってほしい。そう考えていると久我さんは重心をわずかに下げ、持っていた練習用の剣をくるりと回して逆手に持ち、ボクシングのようなリズムを取り始めた。

（なんだろう。剣術《けんじゅつ》とは程遠《ほどとお》いスタイルに見えるけど。どちらかというと格闘技《かくとうぎ》のような――）

短剣《たんけん》やナイフならともかく、練習用の剣は1m近い長さがある。そんなものを逆手で持ったら武器に力が入らず攻撃力《こうげきりょく》が大幅《おおはば》に低下してしまう。

颯太との距離は4mほど。どうするのか見ていると、その距離をたった一歩で縮め、剣を持った手で颯太の側頭部に巻き込むようなパンチを繰り出した。ボクシングでいえばフックといえばいいか。

（速い！　斬《き》るのではなく殴《なぐ》りにいった！）

予想以上の初速で目の前まで近づかれた上に、視覚外からの高速フック。颯太に対応できるわけもなく、前を見たまま唖然《あぜん》として動けずにいる。こめかみに吸《す》い込まれるように決まってしまう――と思いきや、久我さんは寸止めしてくれたようだ。

「さ、さすがだね、久我さん。全然反応できなかったよ」

「……」

冷《ひ》や汗《あせ》を流しながら驚《おどろ》く颯太。それはそうだろう、今の攻撃《こうげき》はレベル6の私でも避《よ》けられなかったかもしれない。それくらい速く鋭《するど》い攻撃だった。半円を描《えが》くように遠心力を利用して体重も乗せていたので、相当なパワーも込められていたはず。

颯太はヘッドギアを付けていたとはいえ、あれほどのフックが側頭部に決まったならそれなりのダメージは免れなかったかもしれない。颯太があまりにも無防備にパンチを貰《もら》いそうだったから、久我さんが止めてくれたことに思わず安堵《あんど》の息をついてしまった。そんな自分をちょっと意外に感じつつも、あの攻撃にはまだ続きがあったことにさらに驚く。

仮にあれを後ろに躱《かわ》したとしても、逆手に持っていた剣で斬られてしまう。しゃがんで躱すとしても久我さんは次の手として左手を引き絞《しぼ》り、ボディーブローを狙《ねら》いに移行していた。懐《ふところ》に入られた時点で詰《つ》んでいたのだ。

格闘経験がない素人《しろうと》では絶対に真似《まね》のできない一連の動き。寸止めとはいえ、たった一発のパンチで戦闘《せんとう》技術の高さを示してしまった。

それなのに――

「ねぇ、今の。もしかして見えてた？」

「……いや、まったく見えてなかったよ！　俺ごときじゃ相手にならないからパートナーを代えてもらったほうがいいと思うんだけど。どうだねカヲル君」

久我さんは何故か今の高速フックが見切られていたと言い、慌《あわ》てる颯太《そうた》の顔を覗《のぞ》き込もうとする。そんなわけないのに。それとカヲル〝君〟って。せめて〝ちゃん〟と言ってほしいのだけど。

「そう。なら仕切りなおしてもう一度」

「ちょ、ちょっと待って。もう少し穏《おだ》やかにいこうよ。あ、お腹《なか》痛くなってきたから向こうで休んでいいかな」

後方を指差しながら胃が痛いと仮病《けびょう》を使おうとする颯太に「今度は寸止めしない」と小声で言う久我さん。今までのやる気の無さが嘘《うそ》のように再びボクシングのような構えでリズムを取る。

技術不足だったとしても颯太のほうがレベル1つ高いから大丈夫《だいじょうぶ》かと思っていたけど、先ほどの攻撃を見た限り、彼女を相手するのは荷が重いのかもしれない。ペアの相手を代えたほうがいいのか他の参加者を見渡《みわた》すと――校舎側から白銀の金属光沢《こうたく》を放つ全身鎧《よろい》が複数の黒服を従えて歩いているのが見えた。

（あの人は……変わった噂をよく聞くけど、本当にいつもフルプレートメイルを着ているのね）

この冒険者《ぼうけんしゃ》高校1年Aクラスの次席であり、近接戦闘能力《せんとうのうりょく》で言えば首席をも凌《しの》ぐと言われるほどの傑物《けつぶつ》、天摩《てんま》晶《あきら》。何故かどんなときも鎧を着ていて、誰《だれ》も彼女の素顔《すがお》を見た者はいないという。

後ろに続く黒いスーツを着た男達《たち》の胸には、○の中に〝天〟と書かれたマークが見える。全員が天摩さんの専属執事《しつじ》で、学内にもかかわらず常に彼女に付き添い世話をしている。彼らは単なる執事ではなく、ダンジョン内まで付いていき戦闘のサポートまで行う武闘派《ぶとうは》の執事達。一人ひとりが攻略クラン並みの戦闘力を持つとの噂だ。

そんな異色尽《ず》くめの一行が、こちらに急ぎ足で向かってきている。重そうなフルプレートメイルからは何らかの魔法《まほう》が働いているのか金属の音が全く聞こえない。

息を殺してそのまま通り過ぎるのを待っていると、天摩さんは目の前で急に足を止め、颯太の顔をまじまじと見始めた。

『ちょっと。そこのキミ。びっくりするくらい痩《や》せてるけど、どうしたの？』

顔を全《すべ》て覆《おお》っているヘルムのせいでくぐもった声かと思いきや、とても聞きやすい電話のような声だった。発声の魔道具《まどうぐ》を使って話しているようだ。

「はへっ？　俺っすか？」

『そう、成海颯太。キミのことだよ』

天摩さんは颯太を見てフルネームで名前を呼び「痩せた」という。何故、颯太のことを知っているのだろうか。それは颯太も同じく思ったようで、呆《ほう》けた顔をしながら聞き返している。

「あのぉ、どうして俺の名を？」

『キミくらいだったからねー、この学校ですんごい太ってるの。ウチも太ってるからシンパシーを感じちゃって。で、どうやってこんな短期間で痩せることができたの？』

しどろもどろになる颯太。天摩家は商家の出身とはいえ、ダンジョン関連技術の貢献が認められ、日本政府より男爵位《だんしゃくい》を叙爵している立派な貴族様。そんな人物に話しかけられれば緊張《きんちょう》してしまうのも当然だろう。

とはいえ、私も聞きたかったのだ。入学前はあれほどダイエットに消極的……それどころか絶えず暴飲暴食を繰り返し、怠惰《たいだ》で不健康な生活を送っていたというのに。今では極度の肥満からは脱《だつ》し、筋肉すらついてきているように見える。今日も文句を言わず練習会に参加しているし、何か心変わりする出来事でもあったのだろうか。

『ここでは話しにくいの？　それなら向こうに行こうよ』

天摩さんが黒塗《くろぬ》りの大きな車を指差す。校門付近で度々《たびたび》見る異様に長いリムジンは、どうやら天摩さんの家の車らしい。

けれど今は練習会の最中で、颯太を連れていかれるのは困る。一体どうすれば……声をかけて説明したほうがいいのだろうか。

「……ちょっとまって。コイツとは私が先約なのだけど。あなたは邪魔」

『んー？　キミは誰かな？』

久我さんが一歩前に出て、練習用の剣で天摩さんをぞんざいに追い払おうとする。そのあまりの仕草に後ろにいる男達の表情が険しくなり、一気に場が緊張する。一方の天摩さんは腕《うで》の端末を久我さんの方へ向けて画面を操作し始めた。

『データベースによるとぉ……キミは1年Eクラス、久我琴音。レベル2……たったの2？　それでウチに喧嘩《けんか》を売ってきたの？』

「だから何」

久我さんのレベルが2と分かり、大仰《おおぎょう》な身振《みぶ》りで驚きを示すポーズを取る。ヘルムをしているので本当に驚いているのかは分からないけれど、これが天摩さんなりのコミュニケーション法なのだろう。

一方で彼女のレベルはデータベースに載《の》っていないので不明だが、Ａクラスの次席というからには相当なレベルであることは間違いない。久我さんに多少の格闘経験があろうと大きなレベル差の前では意味をなさないだろう。

それだけではない。相手は貴族様なので下手に口答えすればどうでてくるのか予測ができない。

この冒険者学校は貴族、庶民《しょみん》にかかわらず入学できる学校なので、身分による差別や待《たい》遇《ぐう》の差をなくす校則も存在する。だけどそんなものは建前に過ぎないと誰もが知っている。現に天摩さんに対する物言いに対し、後ろにいる男達も首や手の関節を鳴らしながら怒気《どき》を放っているではないか。

久我さんは何やら興奮しているし、颯太はあたふたとして頼《たよ》りない。やはりここは私が勇気を出して守るしかない。

「も、申し訳ない。ただいまEクラスで練習会をやっていて、その、こちらの久我さんも悪気はないのです。どうか穏便《おんびん》に……」

「どけ」「きゃっ」

天摩さんのお付きの一人に肩を押され、跳ねのけられてしまった。ここはマジックフィールド内。高レベルの肉体強化の前にはレベル6の私など、手の平で押されただけで簡単に弾《はじ》き飛ばされてしまう。

険悪な雰囲気《ふんいき》にユウマやナオトも気づき、何事かと近寄ってきた。それでも久我さんは眉《まゆ》一つ動かさず、全身鎧の天摩さんを睨《にら》み続けている。

「お嬢《じょう》、どうしやす？」

『んー……今日はその度胸に免《めん》じてこの場は許してあげようかな。本来なら叩き潰《つぶ》すんだけどっ。それじゃまったねー成海クン』

そう言い残すとあっという間に去っていく天摩さん。怒気を放っていた男達もこちらに興味を失ったのか、すぐにこの場から離《はな》れていった。私といえば危機が通り過ぎたことの脱力感《だつりょくかん》から膝《ひざ》を突《つ》きそうになってしまう。

「おいおい、久我よ。こんなところでドンパチやられちゃ俺等も被害《ひがい》を受けるんだが」

「ふふっ。でもどうなるのか見てみたかったかも～」

先ほどの諍《いさか》いを見ていた月嶋《つきじま》君と新田さんが笑いながら懸《け》念《ねん》を伝えてくる。ドンパチも何も、レベル差がありすぎて戦いにすらならないというのにお気楽なものだ。

「ふんっ。とんだ邪魔が入った。それじゃ……あれ？」

久我さんが練習の続きをしようと辺りを見渡すけど、肝心《かんじん》の颯太の姿は見当たらず。

さては逃《に》げたな。

第29章 ✦ 溢れ出す記憶

『それじゃ早瀬さんには責任を持ってソウタのレベル上げを手伝っておくって伝えておけばいいのかなっ』

「あぁ。相談に乗ってもらえて助かったよ。レベル上げの方も頑張ってくれ」

『頑張ってくるよっ。それじゃまたねっ』

練習会に参加したはいいものの、俺を試《ため》そうとしてくる久我さんと、後ろから睨むカヲルとの間で板挟《いたばさ》みとなり、さらには天摩さんまで加わったため居《い》た堪《たま》れず逃亡《とうぼう》。その後処理としてサツキに泣きついて……もとい相談していたわけだ。

腕端末《うでたんまつ》を閉じ、とぼとぼと家路につきながら思わずため息をつく。

「……はぁ。まさかあの二人に絡《から》まれるとは思ってもみなかったな」

俺と肩を並べるほどのボッチで、落ちこぼれ扱いもされている久我琴音。だが実はレベルは20を超えており、様々な諜報《ちょうほう》スキルを所持している現役《げんえき》バリバリの諜報員だ。そんな彼女の高速パンチを思わず目で追って反応するという失態をおかしてしまったのはまずかった。

練習会に行くとまた絡まれそうなので距離《きょり》を置くために今後不参加でいきたいのだが、それを俺が言ったところでカヲルに首根っこを掴《つか》まれ、連れていかれることだろう。

信用も発言力もないことは自覚している。そこでクラスメイトから人気があり支持も得られているサツキとリサに協力を願いでたというわけだ。二人が味方してくれるならカヲルも一考せざるを得まい。だが頼ってばかりでは借りが大きくなるばかり。特にリサからは何を要求されるか分かったものではないので、可及的速《かきゅうてきすみ》やかに返していきたいところだ。

一方で偶然《ぐうぜん》通りかかり俺に話しかけてきた天摩さんにはびっくりした。1年生の中でも屈指《くっし》の強さを誇《ほこ》る超《ちょう》エリートで貴族でもある有名人。そんな彼女にまさか名前を覚えられていたとは。現在は呪いのせいで常にフルプレートメイルを着ているけど、立派なダンエクヒロインの一人でもある。そういえばダイエットに興味があるとかそんな設定があったような……

シナリオ上では序盤《じょばん》にほとんど登場しないキャラなので警戒していなかったけど、俺を知っていたとは想定外だった。天摩さんの背後で睨みを利かせていた執事共も相手にすると何かと面倒そうだし、彼女とも距離を開けておきたいところだ。

次はどうやって逃げようか、などと考えながら最後の角を曲がって家の前までいくと、丁度、軽トラから荷物を降ろしていた『早瀬《はやせ》金具店』オーナーの早瀬辰《たつ》さんがいた。カヲルの親父さんだ。俺を見るとにっこり微笑《ほほえ》んで挨拶をしてくれる。

「おや颯太君。こんにちは」

「こんにちは……おっと」

重そうな荷物を抱えていたためかフラついていたので支えてあげることに。それほど大きな箱ではないのだが、中に金属が入っているのかずいぶんと重い。トラックの荷台にまだ大量の箱が残っているので手伝いを買って出ることにしよう。

日頃《ひごろ》から辰さんには「雑貨ショップ　ナルミ」の金物関係の仕入れに世話になっているし、俺自身――ブタオのことだが――も小さな頃《ころ》からたくさん迷惑《めいわく》をかけてきた人なので、ちょっとは恩返しをしておきたいのだ。

「これで全部だ、助かったよ颯太君。それにしてもずいぶんと力持ちになったねぇ。体もここ数ヶ月で見違《みちが》えるになっているし、さすがは冒険者学校の生徒だ」

「まぁ、少し鍛《きた》えましたからね」

「……美味《おい》しいお茶とお菓子《かし》が手に入ったんだけど、よかったらどうだい？」

鍛えたといってポーズを取ると同時にお腹も鳴ってしまった。それを聞いて辰さんが茶と菓子をご馳走《ちそう》しようと笑顔《えがお》で言う。小腹も減ったし少しだけいただくとしようか。

小さな頃はよく来ていたらしい早瀬家。かなり前に建てられた古い家で、何度も修復・増築したことで多少、形が歪《いびつ》だ。その奥《おく》まったところにある引き戸の玄関《げんかん》から中に入って縁側《えんがわ》の廊下《ろうか》を通り、ちゃぶ台がある居間へと通される。辰さんは用意してくると言って台所のほうへ行ってしまったので、俺は大人しく座《すわ》って待っていよう。

「しかし、記憶が次々に蘇《よみがえ》るな……小さい頃は結構仲良かったのか」

ここには幼少の頃からよく来ていたようで、辺りを見回すと懐《なつ》かしい記憶が溢れるように蘇ってくる。一番最初に浮《う》かんだのは俺に向かって楽しげに微笑む幼少のカヲルだ。でも普段《ふだん》は少しおどおどして大人しい子供だったようで、今の凛《りん》として気丈《きじょう》な彼女《かのじょ》のイメージと大きく異なっていた。あまり昔の記憶は読まないようにしていた俺だが、早瀬家に来たことで脳裏《のうり》に自動再生されてしまったようだ。

背の低いタンスの上には少々古い額縁《がくぶち》に入れられた家族の写真。笑顔の辰さんと、小さな女の子。そしてカヲルによく似た綺麗《きれい》な女性が寄り添《そ》って写っている。この人はカヲルのお袋だ。今は亡《な》くなっており辰さんとカヲルの二人で暮らしている。

縁側の外に目を移せば、水草が浮いている池や綺麗に整えられた木々がある。辰さんの趣味《しゅみ》なのか、日本庭園っぽい庭を日頃から手間暇《てまひま》かけて作っているのだ。あの池に祭りで取ってきた金魚をカヲルと一緒《いっしょ》に放ったことを思い出す。昔はあんなに仲が良かったというのにどうしてこんなに拗《こじ》れてしまったのか……それは君がセクハラしたからだよ、ブタオ君。

「おまたせ。これは知り合いにいただいたものでね。おいしいよ」

「ありがとうございます。では早速《さっそく》……はむ……あぁ確かにこれはおいしいですね」

向こうからお茶と２㎝くらいの厚さに切られた羊羹《ようかん》を持ってきてくれた。１つ口に放《ほう》り込んでみると、中に入っている豆のようなものが舌で簡単にほぐれ、舌触《したざわ》りが絶妙《ぜつみょう》。甘さもほど良くいい感じだ。結構有名どころの羊羹なのかもしれないな。

俺の反応に気を良くして、テーブルの反対側にゆっくりと腰《こし》を下ろし一緒に羊羹をつまむ辰さん。こうして腰を下ろし二人で向かい合って話すというのも、俺がこの体に入ってからは初めてかもしれないな。

「調子はどうだい？　冒険者学校は大変なところらしいけど」

冒険者学校か。思えば特殊《とくしゅ》すぎる学校だよな。大変ではあるけどその理由は授業内容ではなく、主に人間関係でのシガラミだが。

「まぁなんとかやっていけてますよ」

「最近の颯太君は何と言うか……伸《の》び伸びと自由に飛びまわっているようだ。楽しくやれて何より」

俺を見ながら高校生になって見違えるように逞《たくま》しくなったという。それは中に〝俺〟と言う異物が入り込み、日々ダイエットに取り組みつつダンジョンダイブで鍛えまくっていたからだ。逆に言えば入学以前は不摂生しすぎたと俺の中のブタオマインドに喝《かつ》を入れておく。だがこれだけ自由にやらしてもらっているのも家族のブタオに対する信頼《しんらい》の高さがあってこそだと思うので、少しは感謝したいところだけど。

「それに比べ最近のカヲルは……何やら大変そうに見えてね」

庭を見ながらゆっくりと息を吐《は》くように言う。カヲルは遅《おそ》くまでダンジョンにこもり、酷《ひど》く疲《つか》れている毎日を過ごしている。頑張っているだけならともかく悩《なや》んでもいるようで、高校に入ってからは口数もずいぶんと少なくなったという。

ゲームでも入学して数ヶ月は上位クラスや貴族から嫌《いや》がらせという名の洗礼を浴びる時期。主人公やヒロイン達はそれらをどう切り抜《ぬ》け、あるいは打ち勝っていくかがメインストーリーの焦点《しょうてん》となっていく。現実化したこの世界でも主人公チームの一員であるカヲルには、ゲームと同じように様々な方面から難題を吹《ふ》っ掛《か》けられていることだろう。

「だから私は心配でね。よければ少しだけでもカヲルに目をかけてやってもらえないだろうか」

「はぁ」

こちらに向き直り頭を下げて頼《たの》む辰さん。

ゲームでのカヲルは苦難を乗り越えていくたびに心身共に大きく成長し、やがて夢であった一流の冒険者の道が開けることになる。こちらの世界でのカヲルも見た限りではゲームと同じく芯《しん》の通った女の子で、戦闘や勉学のポテンシャルも非常に高く、剣術の才能もあるので優《すぐ》れた冒険者の素質があるといっていい。このまま赤城君と共に頑張って進んでいけばきっと大成するに違《ちが》いない。

だがそれはあくまでゲームの結末を知っていて、かつカヲルという存在を俯《ふ》瞰《かん》的に見ればの話。大事な一人《ひとり》娘《むすめ》が目の前で落ち込み悩んでいる姿を見たのなら親として心配になるのも当然だ。こんな俺に頭を下げて頼むくらい切実なものなのだろう。

（だけど目をかけるといってもな……俺ってばクラスでは落ちこぼれ扱いなんだけども）

先ほども練習から逃げ帰って来たところだし、次にカヲルと会ったときには怒《おこ》られるかもしれない。そう考えると俺という存在はカヲルの悩みをただ大きくしているだけのような気がしないでもない……が、まぁそれはおいておくとしてだ。

この古くたびれた畳。手入れされた庭。額縁に入れられた女性と小さな女の子の写真。それらをゆっくりと眺《なが》めていると、アルバムを捲《めく》るように過去のブタオの見た〝早瀬家の風景〟が脳裏に流れ込んでくる。その中でも印象的なのは綺麗な母親に寄り添って甘えている小さな女の子の姿だ。

当時のカヲルとは家が近く年齢《ねんれい》も同じであったものの、顔見知り程度で少し話すくらいの関係でしかなかった。それが変わったのはあの綺麗な母親が亡くなってからだ。カヲルは酷く落ち込み今にも消え失《う》せてしまいそうになっていたため、ブタオはどうしても彼女を守ってやりたくなったのだ。


「どうしたんだ……？」

目の前で小さく肩を震わし泣いている女の子に勇気をだして声をかける。するとゆっくりとこちらに振《ふ》り向き、涙《なみだ》で濡《ぬ》らした顔を上げた。

「おかあ、さんが……」

あぁ、知っている。この子の母親はとても遠いところに行ってしまったのだと。おれにはどうしようもない。だから……

「こ、これ」

ポケットからお気に入りの菓子を取り出し、ぶっきらぼうに手渡《てわた》す。あれほど楽しそうに笑っていた女の子がこんなにも悲しそうな顔をするなんて胸が苦しくなる。どうしても元気づけてあげたかったんだ。

「なに？」

「お菓子。これ、おれの一番好きなヤツ」

「……いらない」

「な、なんで？　美味しいぞ？　ほら」

これを食べればいつだって誰だって笑顔になれた。だからこの子も絶対笑顔になれると思ったのに。

「……おかあさんと、一緒にいつも食べてたけど……もういない」

そう言うと再び蹲《うずくま》り、堰《せき》を切ったように大粒《おおつぶ》の涙を溢《あふ》れさせる。この子を放っておいたらまずい。このままでは母親と同じようにどこか遠いところに行ってしまうかもしれない。目の前で小さくなっている姿を見ていると、おれは焦燥感《しょうそうかん》で居ても立ってもいられなくなってしまった。

そのときから毎日声をかけて遊びに誘い、華乃《かの》も巻き込んで元気づける日々が続いた。それが功を奏したのか当時のカヲルに大変好かれるようになり、ブタオもとても誇らしく嬉《うれ》しかった。〝結婚契約魔法書《けっこんけいやくまほうしょ》〟なんてものを作ったのもその頃だったかもしれない。

時は流れ。成長したことでカヲルの美しさは輝《かがや》きを増し、目を見張るものがでてきた。守りたいという庇護欲《ひごよく》もあったのだろうが独占欲《どくせんよく》も増大し、そこに不幸にもスケベ心が重なって胸とか尻《しり》とかを凝視《ぎょうし》してしまったのが運の尽《つ》き。警戒《けいかい》されたカヲルに付きまとってさらに嫌《きら》われるという負のスパイラルを起こし、好かれていたころの好感度はもはや全て消え失せてしまっている。それが入学時点の……というか今の俺《おれ》というわけだ。

だけど、この胸の内から湧《わ》き出てくる「カヲルを守りたい」という声には卑《いや》しいものは含《ふく》まれておらず、純粋《じゅんすい》に本心から守りたいという願いが感じられる。先ほどから「守れ、守れ」と何度も訴《うった》えかけてくる。

（まぁ落ち着けよ）

今でこそ少し距離を空けているがカヲルは俺にとっても内側の人間だ。見捨てるなんて選択肢《せんたくし》は最初からないし、何かあれば家族と同じように守るつもりではある。だが今は下手に手助けなどはせず様子をみるべきだろう。何故《なぜ》ならカヲルは苦難を乗り越《こ》えることで成長するダンエクヒロインなのだから。

「俺も近くで見ていましたがそこまで心配する必要はないと思います。今は入学したばかりで学校の高いレベルについていくのに必死なんですよ。少しでも差を縮めようと毎日足《あ》掻《が》いているところです」

「ふむ。冒険者《ぼうけんしゃ》学校は凄《すご》い生徒ばかりだというしね。それこそ新聞に載るような冒険者学校は日本屈指の才能が集まる場所だ。すでに冒険者界隈《かいわい》を賑《にぎ》わせている生徒もいるし、将来のトップ冒険者もこの冒険者学校から何人か輩出《はいしゅつ》されることだろう。そんな有望な生徒達に割って入るのだから苦労するのは当たり前だ。

さらにゲームのときのように人間関係トラブル、厄介《やっかい》イベントまで襲《おそ》いかかってくる可能性もある。そんな状況《じょうきょう》では並の生徒ならAクラス入りを狙うどころか、Dクラスにすら這《は》い上がれないだろう。

「――でも。カヲルは努力家だし、才能にも仲間にも恵《めぐ》まれている。どんな困難が来ようともきっと乗り越えていけると信じてます」

「はっはっは。なるほど。私も少々親ばかすぎたわけか」

カヲルは強い女の子だ。周りにいる赤城君やピンクちゃんも伊達《だて》に主人公ではなく、才能面では驚異的《きょういてき》なものを持っているし、立木君も知略とサポートなら最高レベルの素質を備えている。彼《かれ》らがいるなら大丈夫だろう――が、そう考えると少し胸がしくしくとするな。本当は俺こそがカヲルの信頼できる仲間であり隣《となり》にいるべき男なんだ、とか思っているのだろう。初恋の人だしな……だが見せ場はあるさ。

「もちろん、折れそうになったときには必ず助けに行きます。そのために俺も毎日鍛えているのですから」

カヲルだって苦境に陥《おちい》って挫《くじ》けそうになったり折れそうになることくらいはあるだろう。そのときは赤城君達でも手に負えなくなっている可能性が高い。そこで俺の出番、と言いたいところだが彼らに代わって障害を退けていくにもまだレベルが足りない。メインストーリーでは今の俺以上にレベルの高い奴《やつ》なんてゴロゴロいたからだ。助けるにしてももっとレベルを上げて強くなる必要がある。

「そうか……ずっと先を見据《みす》えて。颯太君は見た目だけでなくて心のほうも強くなったようだね」

「買いかぶりすぎですよ。そうなればと思っているだけです」

俺も決して余裕《よゆう》があるわけではない。これから始まるクラス対抗戦、その後も冒険者学校では厄介なイベントが目白押《めじろお》しだ。学校外ではソレルやくノ一レッドのような組織が暗躍《あんやく》しているし、世界が一変するようなイベントだってゲームでは用意されていた。果たして俺は家族やカヲルを守りきれるのか――

当然守るし、その案だってある。俺はモンスターやダンジョンエリア情報を熟知しているし、未来に起こりうるイベントだって知っている。ゲーム知識という無類の最強チートを持っているのだから。たとえ相手がトップ冒険者であろうとどこの組織の連中であろうと負けるつもりはない。

問題があるとすれば月嶋君や未知のプレイヤーが他にどれだけいて、どう動くか予測できないことか。そのせいで未来がゲームストーリー通りにいかなくなり、知識チートが使えなくなる可能性も排除《はいじょ》できない。だが俺が一足早く強くなってしまえばどうとでもなる問題だ。

次はあの場所で狩《か》りでもしようかね。さっさとレベルを上げて、たんまり稼《かせ》ぐぜぇ。

「ただいまー……この靴《くつ》。お客さんかしら」

そんなことを考えつつ3つめの羊羹《ようかん》に手を伸ばしたところで、玄関からカヲルの声が聞こえた。練習が終わるまでまだ時間はあると思っていたのに、予想より早く帰ってきてしまった。やばいぞ、どうするっ。

「こほっ……辰さん。俺ちょっと用事を思い出したので帰らせていただきます。それじゃまた」

「あぁ。またおいしいお菓子を用意しておくから、いつでもおいでよ」

にっこりと優《やさ》しく笑う辰さんに一礼し、急いで縁側から逃げ出すことにする——が、縁側の床材《ゆかざい》が古かったせいか、もしくは俺の体重が重すぎたせいかギシギシと大きな音が鳴り響《ひび》いてしまう。わたわたと焦《あせ》っていると。

「……颯太」

振り向けばカヲルがじとっとした目で俺を睨み立っていたではないか。見つかってしまったら仕方がない。ふてぶてしく開き直るとしよう。

「お、おう。こんなところで奇遇《きぐう》だな」

「……奇遇も何も、ここ私の家なのだけど」

その通り。ここはカヲルの家だった。

「次からはちゃんと練習会に参加して……って。大宮さんから聞いたわ」

「そ、そうなんだよ。だから俺のことは気にするな。それじゃ用事があるから——」

「待って」

急いで出て行こうとするとカヲルは再び俺を制止する。そして一瞬《いっしゅん》だけ思案した後に、もじもじしてバツが悪そうな態度を取り始めた。最近では見ることのない不思議な仕草だが、何か悪い物でも食ったのか。

「最近の颯太は、変わった？　……ように見えるけど」

なんだか抽象的《ちゅうしょうてき》すぎる質問だけど、言いたいことは分かる。恐《おそ》らく高校入学以前と以降で俺に何か変化が起きたのではないか、と言っているのだろう。具体的に何がどう変わったのかカヲル自身も確信が持てていないような言い方だが。

（まぁ確かに変わったさ）

俺は生まれ変わった。セクハラはやめ、食事を制限しダイエットも順調。レベルも上がりダンジョンダイブもいい感じ。このままどこまでも走り抜けていくつもりだ。今後の活《かつ》躍《やく》を見ていてくれよな——といった返答をこの場でするつもりはない。人の悪い笑《え》みを浮かべつつ、端的《たんてき》な返答にとどめておく。

「特に変わったことなんてないぞ？　それじゃあな」

俺が何も話してくれないと分かると、目を伏《ふ》せてほんの僅《わず》かに寂《さび》しそうな顔をする。だがこれでいい。カヲルも学校のことでかなり悩んでいる身だ。今はそのことに集中し、好きなだけ悩み葛藤《かっとう》するほうがいい。それこそがお前を高みへと導くのだから。

（もしものことがあったときには必ず守ってやる。そのために俺は誰よりも強くなるぜ）

と心の中で誓《ちか》いながら背を向け、縁側から出て行くことにする。

そんな声がカヲルに聞こえたはずもないが……視線を感じる。背後からじっと見つめているようだ。そして再び「颯太」と口にして俺を呼び止める。

少しぞんざいすぎる返答だったかなと反省しつつ振り返ると、カヲルはまっすぐ俺を見据えて細く綺麗な人差し指をゆっくりと動かし——

「玄関はあっち」

と教えてくれた。

あとがき

お久しぶりです。あるいははじめまして。鳴沢明人です。「災悪のアヴァロン２」をお読み下さり、ありがとうございます。

今回のお話では今いる世界の輪郭を少しくっきりさせるお話がメインとなっております。新たに協力者となったキャラクターやヒロイン達はいかがだったでしょうか。巻末の書きおろしパート含め、楽しんでいただけたのであれば幸いです。

そして短いですが謝辞を。テンションの上がるイラストを描きあげてくださったＫｅＧ先生、刊行にお力添えいただいた担当編集様、校閲者様、デザイナー様、印刷所の皆様方。何より本を買って下さった皆様、深くお礼申し上げます。

最後にコミカライズ続報も！　期待の新鋭・佐藤ゼロ様により、「となりのヤングジャンプ」（集英社様）にて、３月開始予定です！　とても素敵なコミカライズになりそうで、今からワクワクが止まりません。また次巻の３巻につきましては２０２３年夏ごろにお届け予定です。そちらでもぜひまた、お会いできたら嬉しいです。それでは。

二〇二二年十二月　鳴沢明人

HJ NOVELS
HJN68-02

災悪のアヴァロン 2　～学年最下位の"悪役デブ"だった俺、さらなる強化で昇級チャレンジ&美少女クラスメイトとチーム結成します～

2023年1月19日　初版発行

著者——鳴沢明人

発行者—松下大介
発行所—株式会社ホビージャパン
〒151-0053
東京都渋谷区代々木2-15-8
電話　03(5304)7604（編集）
03(5304)9112（営業）

印刷所——大日本印刷株式会社

装丁——内藤信吾（BELL'S GRAPHICS）／株式会社エストール

乱丁・落丁（本のページの順序の間違いや抜け落ち）は購入された店舗名を明記して当社出版営業課までお送りください。送料は当社負担でお取り替えいたします。但し、古書店で購入したものについてはお取り替えできません。
禁無断転載・複製

定価はカバーに明記してあります。

©Akito Narusawa

Printed in Japan

ISBN978-4-7986-3049-6　C0076

ファンレター、作品のご感想お待ちしております

〒151−0053　東京都渋谷区代々木2−15−8
(株)ホビージャパン HJノベルス編集部 気付
鳴沢明人 先生／ KeG 先生

アンケートは
Web上にて
受け付けております
(PC ／スマホ)

https://questant.jp/q/hjnovels

- 一部対応していない端末があります。
- サイトへのアクセスにかかる通信費はご負担ください。
- 中学生以下の方は、保護者の了承を得てからご回答ください。
- ご回答頂けた方の中から抽選で毎月10名様に、HJノベルスオリジナルグッズをお贈りいたします。